# 源氏物語解析圖鑑

全面通曉平安時代人們的生活與心情

著
佐藤晃子
Akiko Sato

插畫
伊藤倉鼠
Hamster Ito

譯
陳令嫻
Ling-Hsien Chen

# 前言

提到《源氏物語》，大家立刻聯想到的會是什麼呢？「學校課本裡面有」、「讀過《源氏物語》改編的漫畫」[※1]、「曾經想過總有一天要全部讀完」、「喜歡到會拿文言文版跟白話文版比對」……看來大家各有接觸這部經典文學的方式。

《源氏物語》很有意思。雖然很有意思，卻是厚重的大部頭作品。我以前參加過《源氏物語》的讀書會，大家每天孜孜矻矻地讀一帖，全部讀完也要花上三個月的時間。《源氏物語》一共五十四帖，算起來應該五十四天就能讀完。然而每一帖的篇幅不一，有些篇章的分量甚至跟一本書相去不遠。即使是簡單易懂的白話文版，都得花上這麼多時間，我再次感受到讀完《源氏物語》是多麼艱辛的工作。

本書的主旨是簡潔介紹《源氏物語》的情節與要點。一開始就想讀完整套書得要花上大把時間，不妨先從人物關係

圖與概要著手。這種認識方式亦無損日後閱讀整套作品的樂趣，而且每頁還介紹了平安時代的貴族相關知識，從生活方式、宗教信仰到風俗習慣等等。了解這些基本知識，更能想像爲何角色要如此行動，閱讀起來也更加有趣。除此之外，許多繪卷與屏風畫等日本藝術品以《源氏物語》爲主題，認識故事情節與時代背景，欣賞這些藝術作品時必然有所裨益。期盼本書能成爲大家深入了解《源氏物語》的契機。

1 作者爲大和和紀。

# 目次

## 序章



## 第一部 光源氏的年輕時代

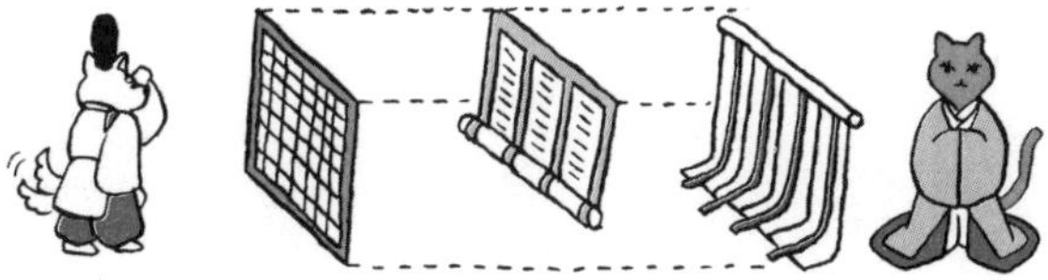

## 第二部 光源氏邁入晚年



## 第三部 光源氏的子孫

## 宇治十帖

序章

# 1 從人物看《源氏物語》！

長篇小說《源氏物語》完成於約一千年前的平安時代（七九四～一一八五）中期，作者是紫式部。故事大致可分為三個部分[※2]，第一部是〈1桐壺〉～〈33藤裏葉〉，主角光源氏享盡榮華富貴，故事尾聲迎向大團圓；第二部是〈34若菜上〉～〈41幻〉，描述光源氏晚年面臨各種考驗，例如遭到年輕的正室背叛，與心愛的側室離別等等。第三部是〈42匂宮〉～〈54夢浮橋〉，光源氏名義上的兒子薰成為主角，講述子孫輩的故事。

《源氏物語》的魅力在於故事層面廣泛：以戀愛為主軸，同時描繪政局變化，令人思索人世無常。每個人物個性都很鮮明，讀者總會發現吸引自己投射情感的對象。一千年來不曾消失於歷史的洪流當中，或許是因為故事內容充實豐富吧！

## 主角不只光源氏一人

眾所皆知，《源氏物語》第一部與第二部的主角是光源氏。第三部則是光源氏過世之後的故事，主角是光源氏之子——薰。但是薰與光源氏不過是名義上的父子，真正的身分是光源氏的正室與其他男人生下的孩子。

### 大家公認的超級巨星——光源氏

天皇（桐壺帝）之子，身分卻是臣子。曾任中將、大將、大納言、內大臣、太政大臣，之後的待遇如同太上天皇（見80頁說明）。

兼具容貌與才能，政治手腕高超，完美無瑕。

喜歡女性時，不在意對方的身分與外表，是受人喜愛的渣男。

凡是愛過的女人都會照顧對方一輩子，因此深受當時女性讀者喜愛。

與岳父左大臣的共同政敵是右大臣家。

### 良性競爭對手——頭中將

輔佐天皇的攝關家左大臣的長男，也是光源氏妻子的兄長。頭中將是官職之一。故事中以官職稱呼他，因此稱呼隨升遷而變化［※1］。最後當上官員的最高職位「太政大臣」。

### 世代交替後的主角是經常煩惱的薰

光源氏之子。從小懷疑自己的身世，因此個性老成。夢想出家當和尚。

體質特殊，會散發異香。

貌似對戀愛消極，其實對象眾多。

### 把薰當作競爭對手——匂宮

父母分別是天皇與光源氏的女兒，身分為親王。為了與薰對抗，特意使用味道強烈的薰香。

※1：藏人少將→頭中將→三位中將→權中納言→大納言兼右大將→內大臣→太政大臣。
※2：將作品分爲三部是後世學者的見解，而非作者本人的意見。由於故事是從〈34若菜上〉進入新局面，因此目前普遍認爲作品分爲三部。

## 為各章節增添色彩的角色

第一部的人物主要是光源氏年輕時邂逅的對象，第二部的人物則是爲邁向晚年的光源氏帶來榮華富貴與痛苦煩惱。第三部的舞台轉移至宇治，中心人物爲八之宮一家人。每個人物個性都很鮮明。

### 第一部活躍的人物！光源氏的戀人與政敵

#### 多姿多采的戀愛對象

**藤壺**
光源氏的後母。與光源氏私通，懷上他的孩子，私生子日後登基成為天皇。

**六條御息所**
對光源氏的愛戀導致她化身為怨靈。受到讀者喜愛。

**紫之上**
從小由光源氏收養，是光源氏最愛的女性。

**明石之君**
雖然在鄉下成長，卻內涵深厚，吸引光源氏拜倒在其裙下。

**朧月夜**
競爭對手右大臣家的女兒。

**朝顏之宮**
少數未對光源氏動心的人。

**花散里**
靠著含蓄的個性抓住男人的心。

**末摘花**
作風老派的公主，鼻頭發紅。

#### 權力鬥爭的夥伴與政敵

**左大臣**
支持女婿光源氏。

**弘徽殿女御**
天敵。右大臣的女兒，陷害光源氏失勢的黑手。

**明石入道**
家財萬貫的大富翁，當光源氏自請流放、離開京都時伸出援手。

### 第二部活躍的人物！強調光源氏人生的光影

#### 帶來富貴榮華

**冷泉帝**
光源氏與藤壺之子。知道自己的身世之後，對待光源氏如同對待太上天皇。

**明石姬君**
光源氏之女，嫁給東宮（日後的天皇），母儀天下，為光源氏帶來榮華富貴。

#### 背叛的年輕人

**柏木**
頭中將之子。這位優秀的官僚受到光源氏照顧，卻勾搭光源氏年輕的正室。

**女三之宮**
天皇女兒，與光源氏年齡相差甚鉅。缺乏主見，心態幼稚。生下柏木之子——薰。

這是因果報應吧！

**光源氏**

### 第三部活躍的人物！薰敬佩的宇治一家

#### 信仰的同志

**八之宮**
光源氏同父異母的兄弟，在宇治過著隱居生活。薰的師傅。

#### 無疾而終的戀愛對象

**大君**　**中之君**　**浮舟**

八之宮的三個女兒。薰依照長幼順序接觸，結果都失敗。

還在探尋自我～～

**薰**

序章

# 2 從主題看《源氏物語》！

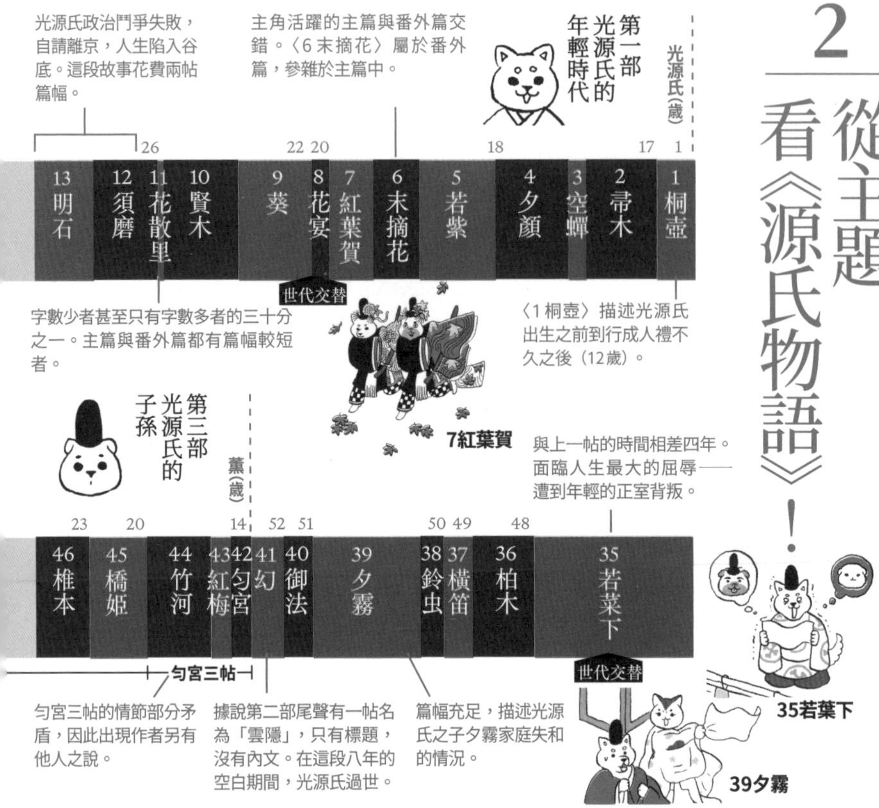
第一部
光源氏的年輕時代
光源氏（歲）
1 17 18 20 22 26
1 桐壺
2 帚木
3 空蟬
4 夕顏
5 若紫
6 末摘花
7 紅葉賀
8 花宴
9 葵
10 賢木
11 花散里
12 須磨
13 明石
世代交替
光源氏政治鬥爭失敗，自請離京，人生陷入谷底。這段故事花費兩帖篇幅。
主角活躍的主篇與番外篇交錯。〈6 末摘花〉屬於番外篇，參雜於主篇中。
字數少者甚至只有字數多者的三十分之一。主篇與番外篇都有篇幅較短者。
〈1 桐壺〉描述光源氏出生之前到行成人禮不久之後（12歲）。
7紅葉賀
第三部
光源氏的子孫
薰（歲）
48 49 50 51 52 14 20 23
35 若菜下
36 柏木
37 橫笛
38 鈴虫
39 夕霧
40 御法
41 幻
42 匂宮
43 紅梅
44 竹河
45 橋姬
46 椎本
世代交替
匂宮三帖
與上一帖的時間相差四年。面臨人生最大的屈辱——遭到年輕的正室背叛。
篇幅充足，描述光源氏之子夕霧家庭失和的情況。
據說第二部尾聲有一帖名為「雲隱」，只有標題，沒有內文。在這段八年的空白期間，光源氏過世。
匂宮三帖的情節部分矛盾，因此出現作者另有他人之說。
35若葉下
39夕霧

《源氏物語》的字數約莫一百萬字，換算成現代的稿紙，大概是兩千四百張[※1]。主要角色約五十人，所有角色合計超過四百人。故事橫跨主角光源氏與其子孫共三代，時間軸長達七十多年，可說是長篇鉅作。

平安時代的文學作品多半作者不詳，由於作者紫式部留下了日記《紫式部日記》，後人才得以知曉[※2]。紫式部喪夫之後，提筆寫作《源氏物語》，撫慰心靈。藤原道長應該是聽聞作品好評，於是邀請紫式部入宮擔任侍女。《源氏物語》原版並未流傳後世，學者根據諸多手抄本[※3]進行研究，將其印刷成冊。我們之所以得以享受這部世間罕見的長篇小說，多虧前人努力流傳正確的內容。

※1：伊藤鐵也〈《源氏物語》本文研究的新時代〉（《總研大期刊》第十五號，二〇〇九年）。

※2：寬弘五年（一〇〇八）十一月一日，平安時代吟詠和歌的歌人藤原公任在酒宴上稱呼紫式部爲「若紫」：「請問若紫是不是在這附近呢？」由這段描述可知《源氏物語》的〈5若紫〉至少在一〇〇八年已經面世，並且有人讀過。

## 約百萬字的長篇小說

本節圖表將各帖的篇幅可視化。《源氏物語》共五十四帖（卷），分爲三部。第一部包含三十三卷，份量最多，字數將近整體的五成。第二部占二成，第三部則超過三成。每一卷時間的流逝速度也不盡相同。

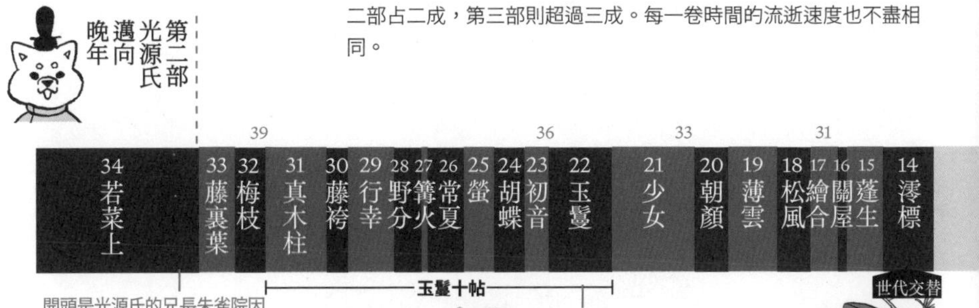

第二部
光源氏邁向晚年
39
36
33
31
34 若菜上
33 藤裏葉
32 梅枝
31 真木柱
30 藤袴
29 行幸
28 野分
27 篝火
26 常夏
25 螢
24 胡蝶
23 初音
22 玉鬘
21 少女
20 朝顏
19 薄雲
18 松風
17 繪合
16 關屋
15 蓬生
14 澪標
玉鬘十帖
世代交替


開頭是光源氏的兄長朱雀院因為生病而想出家，光源氏於是與兄長的女兒女三之宮結婚。然而這場婚姻導致榮華富貴的人生邁向毀滅。

**25螢**

長達十帖的番外篇，主角是光源氏死去的戀人所生的女兒。

**15蓬生**

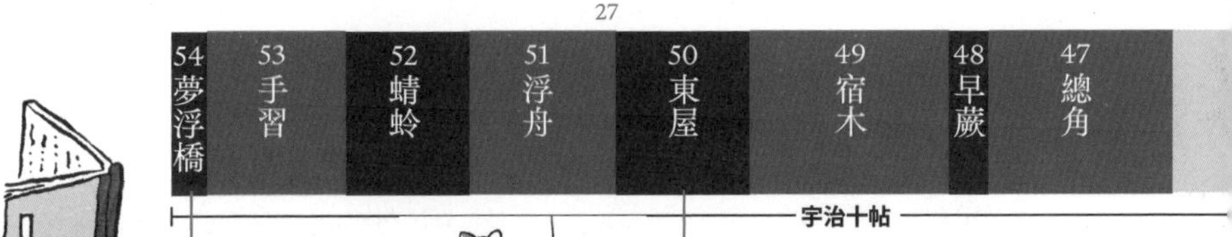

27
54 夢浮橋
53 手習
52 蜻蛉
51 浮舟
50 東屋
49 宿木
48 早蕨
47 總角
宇治十帖


故事將近尾聲時，主角薰二十八歲，人生並未告終，所以結束方式充滿餘韻。

**51浮舟**

故事最後一段的女主角是浮舟。第三部前段詳盡說明她為何與薰相遇。

### TOPICS

**散落於各篇章的和歌約八百首**

書中收錄了795首和歌，全部都是紫式部根據角色特性所創作。由此可知紫式部本身是優秀的歌人。平安時代後期的歌人藤原俊成［※4］曾表示「歌人不讀《源氏物語》太可惜」，因此對於歌人而言也是必讀的書籍。和歌基本上分成如右所示的三大類，作品中多半是贈答歌。

**獨詠歌**
一個人吟詠的和歌。

**贈答歌**
兩人酬唱。

**唱和歌**
三人以上的群眾依序吟詠。

※3：例如藤原定家的「青封面本」，源光行與親行父子編纂的「河內本」等等。二〇一九年發現定家手抄本的〈若紫〉卷，蔚爲話題。

※4：《小倉百人一首》的編輯藤原定家之父。

序章 3

# 從《源氏物語》看日本美術

## 代代傳承的主題與欣賞方式

了解如何賞析源氏繪，對於貴族、武士及其子女而言是不可或缺的涵養之一。土佐派與住吉派等畫派都描繪了大量源氏繪，各帖採用的場景於是出現固定模式。以下介紹其中一例。

**選擇哪一個場景？**

多半避開私通與死亡等沉重的主題，主要採用容易描繪的情節。例如本頁插圖是〈34若菜上〉女三之宮在眾人蹴鞠時一不小心暴露長相的知名場面。〈34若菜上〉的源氏繪卻經常採用與故事主軸無關的場景便是出自上述原因。

**掀開屋頂**

以鳥瞰角度描繪室內的獨特方式，省略屋頂與天花板。室內一目了然，看得清楚每個房間的情況，便於說明故事［※1］。

**線目鉤鼻**

男女人物皆下巴圓滾，細線與く字形象徵眼睛與鼻子。抽象的畫法方便觀眾帶入自己喜歡的容貌。

**以金雲裝飾，連結場景**

「金雲」是以金箔貼成的雲彩，源氏繪中經常可見。除了為畫作增添華麗的氣氛，也能以雲彩連結季節與場景不同的場面。

**依照時代改編**

知名場面根據時代而改編，咸認差距愈大愈有意思。例如江戶時代的畫作把公主女三之宮譬喻為遊女（見89頁說明）。

說到《源氏物語》的畫作，一般人聯想到的都是「平安時代的繪卷」。其實平安時代的畫作鮮少流傳至今。以《源氏物語》為主題的畫作稱為「源氏繪」，完成於平安時代與鎌倉時代（一一八五～一三三三）者多半已經佚失。現存最古老的作品是國寶《源氏物語繪卷》（平安時代，十二世紀），完成時間較《源氏物語》晚一世紀。現存的源氏繪多為桃山時代（一五六八～一六〇三）與江戶時代（一六〇三～一八六八）的作品，形式琳瑯滿目，從類似現代相簿的畫帖、大型屏風、以蒔繪裝飾的工藝品、合貝［※2］、花牌等遊戲牌卡，到改編成江戶時代風俗的浮世繪，應有盡有，已經發展為日本美術的一大領域。了解原作，更能深入欣賞這些藝術作品。

※1：掛軸是掛在牆上，面對面欣賞；繪卷則是放在地上或矮桌上，俯瞰欣賞。因此咸認適合掀開屋頂的畫法。

※2：用於「貝合」遊戲的貝殼。「貝合」遊戲分爲兩種，一種是以貝殼的大小、形狀或顏色來吟詠和歌，比較和歌優劣；另一種是尋找圖案一樣的一對貝殼。

## 參考地圖

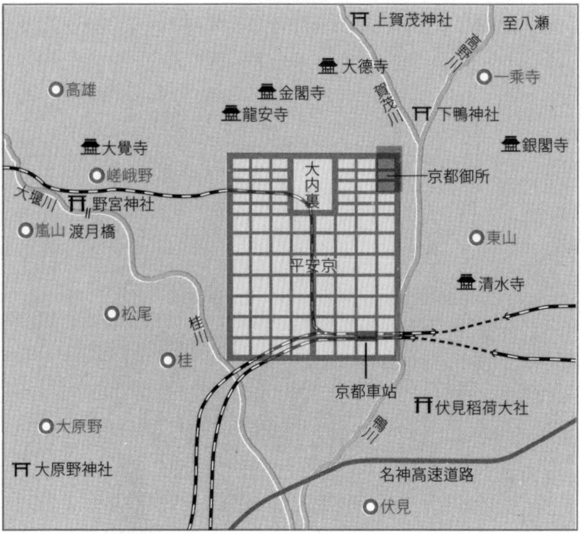
上賀茂神社
至八瀨
高野川
大德寺
一乘寺
高雄
金閣寺
賀茂川
龍安寺
下鴨神社
大覺寺
銀閣寺
嵯峨野
大內裏
京都御所
大堰川
野宮神社
嵐山 渡月橋
東山
平安京
清水寺
松尾
桂川
桂
京都車站
伏見稻荷大社
鴨川
大原野
大原野神社
名神高速道路
伏見

## 本書凡例

**源氏香**
使用該卷篇名的猜香遊戲「源氏香」(〈1 桐壺〉與〈54夢浮橋〉沒有源氏香)。

**《源氏物語》剖析**
圖解該卷情節，以及當時的風俗習慣與文化歷史等等。

**概要**
該卷的概要。

**源氏繪**
插畫引用經典的源氏繪，解說賞析重點。

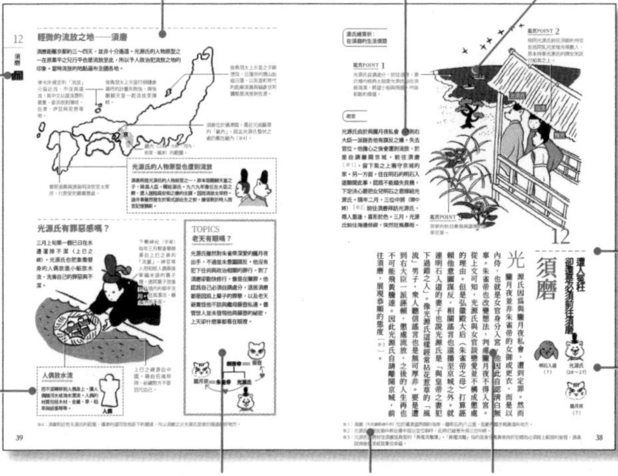

**帖號與卷名**
該卷(帖)的編號與卷名。

**部分解說**
補充說明相關情況。

**登場角色**
該卷的主要人物與年齡(虛歲)。

**TOPICS**
進一步解說與介紹。

**註釋**
解說文中用語。

**本文**
該卷重點。

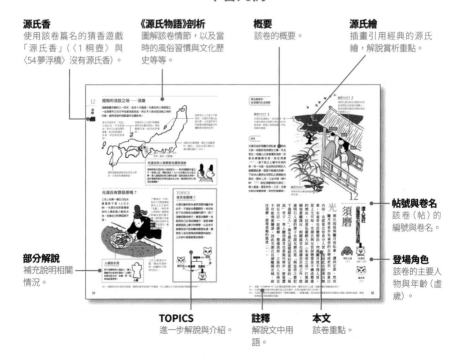

# 第一部

# 光源氏的年輕時代

【1桐壺～33藤裏葉】

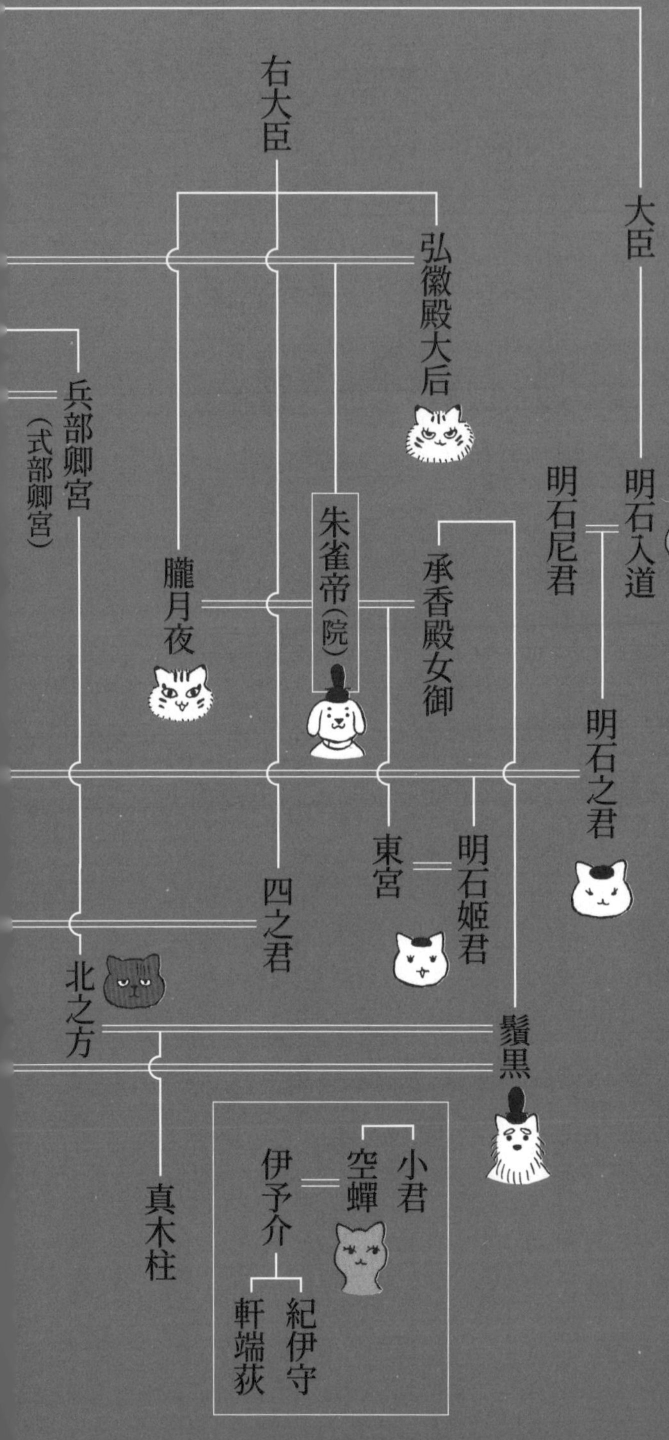
右大臣
大臣
弘徽殿大后
兵部卿宮
（式部卿宮）
朱雀帝（院）
朧月夜
承香殿女御
明石尼君
明石入道
明石之君
東宮
明石姬君
四之君
北之方
鬚黑
真木柱
小君
空蟬
伊予介
紀伊守
軒端荻

治世

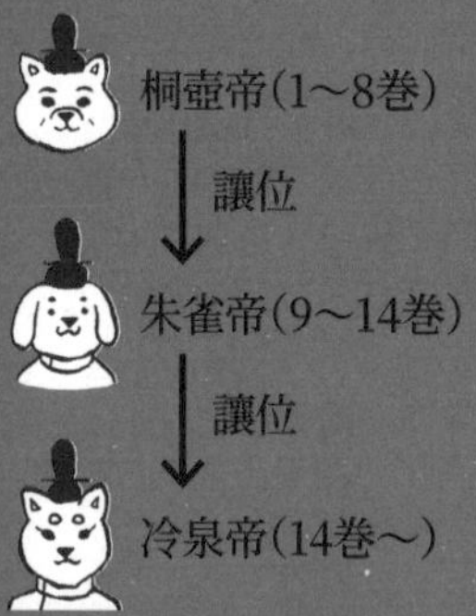
桐壺帝（1～8卷）
讓位
朱雀帝（9～14卷）
讓位
冷泉帝（14卷～）

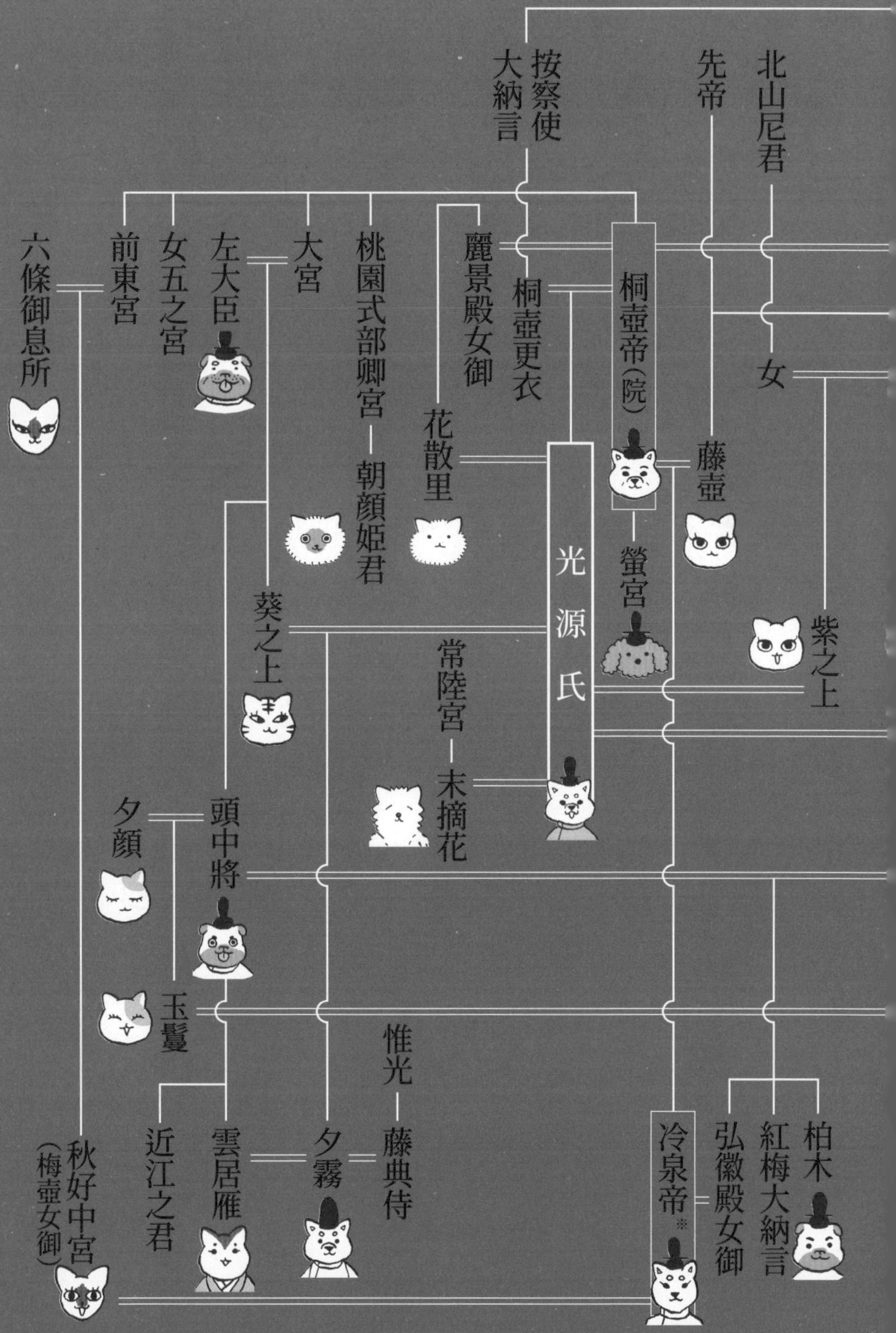
北山尼君
先帝
按察使大納言
桐壺帝（院）
桐壺更衣
麗景殿女御
桃園式部卿宮
大宮
左大臣
女五之宮
前東宮
六條御息所
女
藤壺
螢宮
光源氏
花散里
朝顔姬君
紫之上
葵之上
常陸宮
末摘花
頭中將
夕顏
玉鬘
惟光
柏木
紅梅大納言
弘徽殿女御
冷泉帝※
藤典侍
夕霧
雲居雁
近江之君
秋好中宮（梅壺女御）

※冷泉帝的生父是光源氏

**源氏繪賞析：看面相**

**鑑賞POINT 1**

〈1桐壺〉的源氏繪經常描繪相士為年幼的光源氏看相，或是光源氏行成人禮「元服」的情況。貫徹故事的主題是相士預言主角的命運，主角因而降為臣下。

**鑑賞POINT 2**

看相的舞台是迎賓館「鴻臚館」。相士是來自朝鮮半島的使節團成員，暫居鴻臚館。

**鑑賞POINT 3**

光源氏由相士看相時是假借右大辨之子的身分。相士表示「有帝王之相，不過登基必會造成國家危亂，卻也不是為人臣的面相」。這句話暗示了他之後顯榮發達的人生。

**概要**

桐壺更衣雖然一人獨得桐壺帝的寵幸，卻因為周遭的嫉妒而承受萬般壓力，留下三歲的皇子過世。這名人稱「光之君」的皇子便是故事的主角光源氏。桐壺帝由於相士預言「皇子登機，國必危亂」，因此賜他源氏之姓，降為人臣。皇位繼承問題告一段落後，先帝之女藤壺進入後宮。她的容貌與過世的桐壺更衣如出一轍，安慰了桐壺帝失去愛妃的心靈。光源氏於十二歲時元服，與左大臣之女葵之上結為夫妻。

# 1

## 身分不匹配的愛情悲劇

# 桐壺

桐壺更衣的悲劇在於原本官拜大納言的父親已經過世，在後宮不過是個更衣（見左頁說明），卻成為天皇唯一寵幸的妃子。平安時代重視女子娘家的背景，其他妃子都是位高權重的臣下之女，為了讓娘家飛黃騰達而爭奪天皇寵愛。天皇也重視這些女性，以求政局穩定。桐壺帝獨愛沒有娘家撐腰的桐壺更衣，自然激起其他后妃的怒氣，導致她們欺侮桐壺更衣，逼得桐壺更衣走投無路。

桐壺帝之所以溺愛光源氏卻還是將他降為人臣，也是因為他缺乏強而有力的後盾，擔心他捲入皇位繼承的紛爭，刻意取消皇室成員的身分。

※1：天皇的配偶除了地位崇高的皇后之外，還有妃（二人）、夫人（三人）與嬪（四人。括號內人數為上限，出處：〈後宮職員令〉）。平安時代則以女御與更衣取代妃、夫人及嬪。

## 天皇的配偶身分排序

天皇（帝）的配偶根據身分大致分為三類［※1］。身分最高的中宮（皇后）是從女御當中挑選；光源氏的母親儘管是身分低的更衣，卻集天皇的寵愛於一身。

《源氏物語》知名的開頭提到女御與更衣：「不知是哪一代天皇的治世，在後宮眾多女御與更衣之中……」。此時桐壺帝尚未決定中宮人選，因此後宮瀰漫緊張的氣氛。

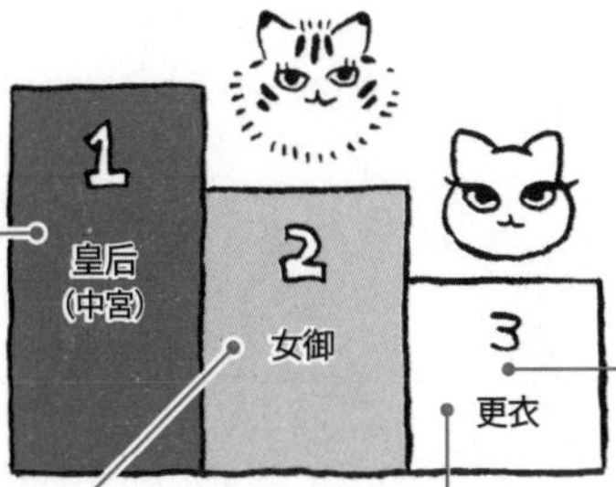
1
皇后
(中宮)
2
女御
3
更衣

女御是從攝政關白與大臣的女兒當中挑選，皇后（中宮）則是從女御當中挑選。

更衣的父親通常是階級為大納言以下的官員。儘管桐壺更衣的母親也是名門之後，父親過世這點對她相當不利。

**紫式部的時代**

皇后又稱中宮，兩者本來指稱同一人物。然而，一條天皇（第66代），卻既有皇后又有中宮。這是因為當時中宮為藤原道隆的女兒定子，藤原道長為了讓女兒彰子當上皇后而利用名稱鑽漏洞。

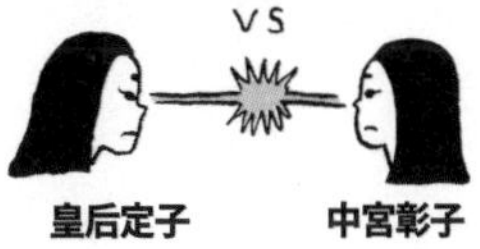
VS
皇后定子
中宮彰子

## 身分也左右後宮的住處

「內裏」是故事舞台之一，也就是所謂的「皇居」。皇居位於平安京（見29頁說明），後宮位於北側（深色處）。後宮的殿與舍則是嬪妃的住處，桐壺更衣住的淑景舍離天皇的清涼殿最遠。

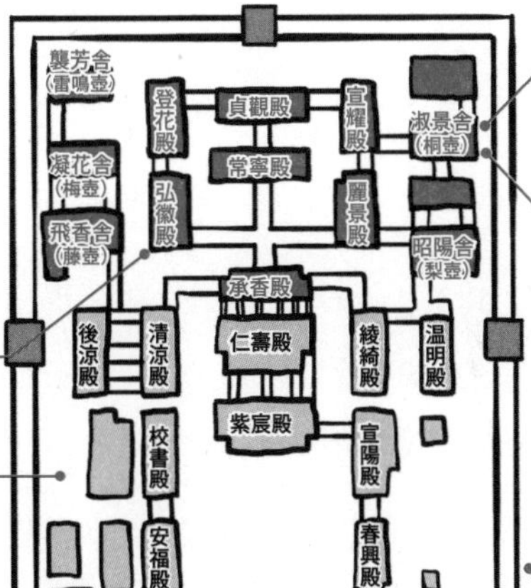
襲芳舍
(雷鳴壺)
凝花舍
(梅壺)
飛香舍
(藤壺)
登花殿
弘徽殿
貞觀殿
常寧殿
宣耀殿
麗景殿
淑景舍
(桐壺)
昭陽舍
(梨壺)
承香殿
後涼殿
清涼殿
仁壽殿
綾綺殿
溫明殿
紫宸殿
校書殿
宜陽殿
安福殿
春興殿

淑景舍的中庭有一棵桐樹，因而又名桐壺，也是桐壺更衣的名稱由來。

桐壺更衣前往清涼殿之際，必得通過其他妃子的住處，因而吃盡苦頭，包括打不開通道的門扇，走廊上有人撒了汙穢骯髒之物等等［※2］。

弘徽殿在清涼殿附近，等級最高。弘徽殿的主人弘徽殿女御是右大臣之女，早就以桐壺帝女御的身分入宮，生下太子（日後的朱雀帝）。

天皇在皇宮中的住處稱為「內裏」，其中天皇的配偶與女官的住處稱為「後宮」。

內裏與官廳合稱「大內裏」（見29頁說明）。

## 降為人臣的光源氏

平安時代能成為親王的只有天皇的直系子女且母親身分高貴者［※3］。不屬於這個範圍的子女則無法取得皇族身分，降為氏族，支持天皇家。

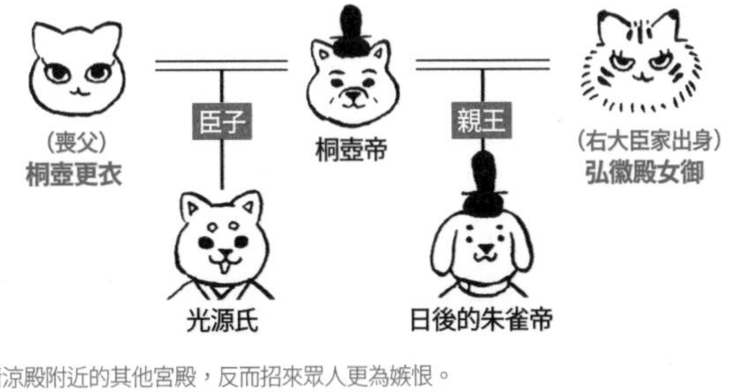
（喪父）
桐壺更衣
臣子
桐壺帝
親王
（右大臣家出身）
弘徽殿女御
光源氏
日後的朱雀帝

※2：天皇後來看不下去，把更衣的住處改為清涼殿附近的其他宮殿，反而招來眾人更為嫉恨。
※3：部分天皇的子女甚至多達三十至五十人，無法養育所有人。

源氏繪賞析：雨夜品評的場景

鑑賞POINT 1
雨夜品評是〈2帚木〉的主要場景，經常成為畫作題材。描繪的通常是光源氏等四人在室內聚會的光景。

鑑賞POINT 2
舞台是光源氏亡母生前住過的淑景舍（〈桐壺〉，見17頁說明）。儘管身分淪為人臣，他依舊是天皇的寵兒。因此夜晚入宮值勤時，獲賜留宿淑景舍，這裡因而成為他的私人房間。

鑑賞POINT 3
只有光源氏穿著家居服「直衣」，一副悠哉休息的模樣。

概要

距離〈1桐壺〉已經過了五年，光源氏也十七歲了。某個梅雨夜晚，光源氏因為「物忌」留在宮中，頭中將、左馬頭與藤式部丞前來找他，興高采烈地討論戀愛話題（「雨夜品評」）。光源氏當天默默傾聽之後，對人稱「中之品」的中流階級女性產生興趣。隔天他因為「方違」造訪紀伊守的官邸，恰巧遇上紀伊守父親的年輕續弦——空蟬。他硬是與對方發生關係，日後又嘗試接近對方，卻遭到拒絕。

# 2 帚木

## 透過「雨夜品評」了解中流階級女性

「雨夜品評」時，人稱「中之品」的女性因為個性獨特風趣而成為話題的焦點。所謂的「中之品」指的是家世為地方官階級的女性。她們雖然不是上流貴族，家世背景促使她們至少能當上一定地位的侍女，入宮工作。作者紫式部本人也是屬於這個階層。光源氏原本是皇族，只認識身分高貴的「上之品」女性。他日後對空蟬[※1]產生興趣，正因為對方是「中之品」。自此之後，他接觸許多中流階層的女性，與之發生關係，每一場戀愛都是實踐「雨夜品評」聽到的一席話。

另一方面，故事中也提到空蟬的境遇。由於父母雙亡，家道中落，不得已嫁給年邁的地方官伊予介[※2]。當女性缺乏後台靠山，人生容易受到他人與環境左右，身處此種環境該如何活下去，是其他章節多數女性角色的共同煩惱，也是《源氏物語》的主題之一。

※1：卷名〈帚木〉指的便是空蟬。帚木據傳生長於信濃國（今長野縣）的園原一地。從遠方看得一清二楚，走近卻不見蹤影。光源氏的和歌以帚木譬喻空蟬薄情（信州園原生帚木，遠眺歷歷近無影，君心難測似帚木，徒作園原失路人）。

## 男性分享挑選賢妻良母的方法——「雨夜品評」

來與光源氏會合的男性分享自己的女性經驗。這席評論顯示的是男性眼中的「理想女性」，而非作者本人對於女性的見解。

| | 光源氏 | 頭中將 | 左馬頭 | 藤式部丞 |
|---|---|---|---|---|
| 背景 | ●近衛中將<br>●最上流貴族 | ●左大臣家的長男<br>●最上流貴族，正宮為右大臣家之女 | ●年長的中流貴族<br>●父親官拜大納言（僅次於大臣） | ●地位生活都落後一截的文官 |
| 不該娶作妻子的女子（親身體驗） | ●無（負責傾聽） | ●「不可靠的女人」：楚楚可憐，最後帶著孩子銷聲匿跡 | ●「吃醋的女人」：雖然是賢妻良母，發現丈夫外遇卻一口咬住對方的手指<br>●「花心的女人」：長相標緻，性好風流 | ●「臭女人」：學富五車，值得信賴，但是散發大蒜的氣味 |

光源氏聽到大家分享與中流女子交往的經驗，得知中流女子個性獨特風趣，因而產生興趣。

結論是適合當妻子的女性是「個性坦率，認真老實」、「談得來，是值得信賴的主婦」。

## 所有行動都受到陰陽道影響？——物忌與方違

平安時代的人深信陰陽道，視為不吉的日子必須慎重行動（物忌）；倘若有不吉的方向則必須避開。非得前往該方向時，前一天會先前往其他方位投宿一晚（方違）。

遇上皇宮物忌的日子，殿上人必須入宮留宿以保護天皇。「雨夜品評」便發生於光源氏在宮中執勤留宿之際。

方違是迴避災難的手段。陰陽道算出方位吉凶，以「方違」的方式避開凶位。

光源氏久違造訪正宮葵之上，於是前往左大臣府邸。但是妻子至今尚未對他打開心房[※3]。他沒多久發現必須進行方違，於是移動到左大臣的部下紀伊守家。

## 家道中落的空蟬

空蟬之父生前是衛門督（負責守宮門的衛門府長官）兼中納言。空蟬原本預定入宮侍奉桐壺帝，卻因為父親過世而失去機會，最後嫁給身分較低但家境富裕的老地方官當續弦。

三位以上是公卿，分別是左右大臣（太政大臣與內大臣為臨時官職），以及大、中納言和參議。又稱為「上達部」。

| | 位階 |
|---|---|
| 上流層 | 一～三位（公卿） |
| 中流層 | 四・五位 |
| 下流層 | 六位以下 |

可以進入清涼殿（天皇日常起居之處）南廂者稱為「殿上人」，包含三位以上，從四、五位選拔者，以及六位的藏人（見128頁說明）。

五位以上是所謂的「貴族」。

相對於殿上人，不能進入清涼殿者稱為「地下人」，通常意指六位以下的官員。

※2：伊予介是伊予國（今愛媛縣）的地方官。
※3：平安時代的婚姻型態多為丈夫造訪妻子家的「訪妻婚」，類似走婚。

源氏繪賞析：
窺視空蟬

**鑑賞POINT 2**

穿著白色輕薄和服（羅的單襲）［※2］的是軒端荻，身材豐潤，容貌美麗。

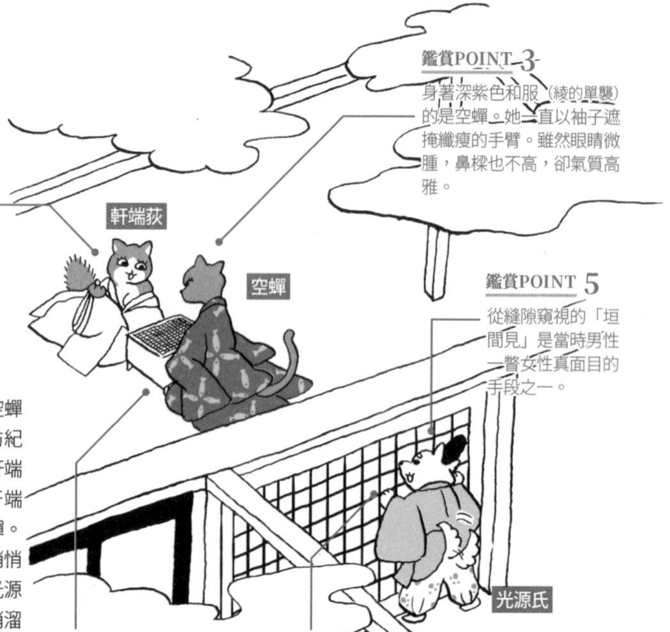


**鑑賞POINT 3**

身著深紫色和服（綾的單襲）的是空蟬。她一直以袖子遮掩纖瘦的手臂。雖然眼睛微腫，鼻樑也不高，卻氣質高雅。

**鑑賞POINT 5**

從縫隙窺視的「垣間見」是當時男性一瞥女性真面目的手段之一。

**概要**

光源氏無法忘懷空蟬，拜託空蟬弟弟小君［※1］帶路，造訪紀伊守官邸，窺視空蟬與繼女軒端荻下棋。比起低俗美麗的軒端荻，他更喜歡樸實高雅的空蟬。當天晚上在小君的指引下，悄悄潛入空蟬的寢室。空蟬發現光源氏闖入寢室便褪下小袿，悄悄溜走。儘管光源氏發現睡在旁邊的不是空蟬，而是軒端荻，仍舊假意是來找她，與之發生關係。

**鑑賞POINT 1**

本卷最常成為畫作題材的是光源氏窺視空蟬與軒端荻下棋的場景。兩名女性角色個性大相逕庭，服裝也有天壤之別。

**鑑賞POINT 4**

時間是夏日傍晚。由於天氣炎熱，收起室內的屏風，也掀起了遮掩用的几帳與布簾（帷子），透過格子的縫隙，看得一清二楚。

# 3 身分不同 想法各異 空蟬

光源氏在〈2帚木〉出於好奇心，與空蟬私通。大大方方與已婚婦女發生關係，絲毫沒有一絲愧疚的態度或許令人蹙眉，然而畢竟他是天皇之子，身分特殊，流露此種態度並不奇怪，因此空蟬身邊的婢女看到光源氏帶走女主人也無法出聲抗議。之後空蟬屢屢拒絕光源氏示愛，並非出於外遇代表背叛丈夫，違反人倫道理，而是認為自己不過是一介地方官的續弦，兩人門不當戶不對；一邊心想要是未嫁時認識光源氏該有多好，同時明白自己父母雙亡，家道中落，無法期待與對方平起平坐。觀察光源氏為了求得與女方同枕共眠的言行，便能明白他其實瞧不起中流階級的女性。紫式部嘗試透過小說描繪空蟬儘管受到光源氏吸引，基於身分相差懸殊只能拒絕的艱辛與不幸［※3］。

※1：小君是十二～十三歲的少年，父親過世之後只能仰賴姊夫。他想入宮當殿上童，負責雜務工作，卻因為缺乏後台背景，無法實現夢想。

※2：多件單衣疊穿。（譯註：單衣為沒有內襯的衣物）

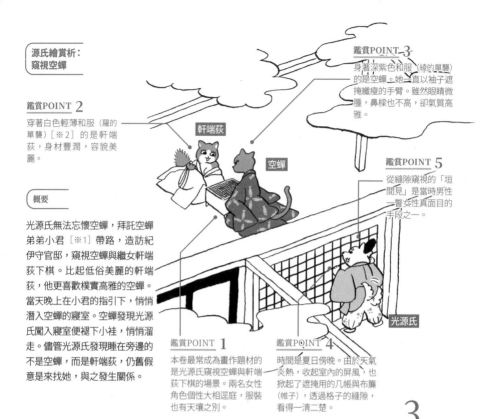

## 男性不得直接觀看女性

女性處於深閨，受到格子、御簾、屏風與几帳層層遮掩。男性在交往之前，無法直接拜見女性容顏。儘管兩人在夜裡發生關係，卻往往因為室內幽暗而看不清對方容貌。

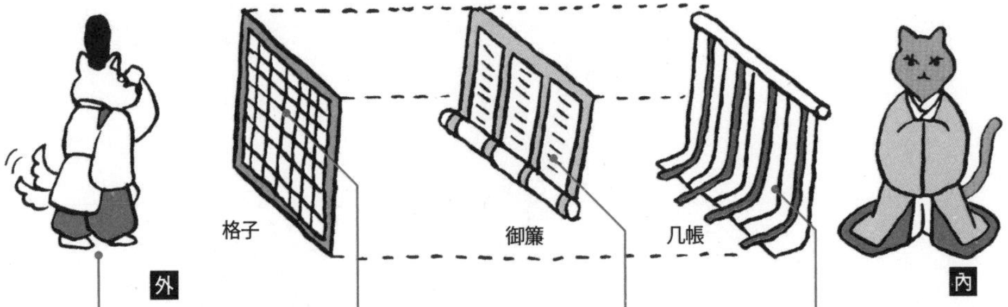
格子
御簾
几帳
外
內

光源氏與空蟬共度一夜時，室內昏暗到僅能靠摸索判斷對方身分。

「格子」是以角材組裝而成的格柵，日文又稱為「蔀」。分為一片與二片兩種，書中登場的多半為前者。（譯註：「一片格子」為簾子在外側，格柵在內側；「二片格子」為簾子在內側，上半部的格柵可向外掀開，下半部固定不動）。

日文稱高級的簾子為「御簾」。御簾搭配几帳，加強擋風與遮蔽視線。

几帳用於區隔室內空間或是阻擋外界視線。底座上有兩根立柱，立柱上方架橫木，掛上布簾。夏季炎熱時，掀起布簾掛在橫木上，讓空氣流通。

## 空蟬留下的小袿是什麼樣的衣物？

大多數的平安貴族女性終其一生都待在家中，平時穿著的衣物便是「袿」。疊穿在袿上的「小袿」兼具時尚與格調。

小袿裡疊穿的衣物
小袿
袿
單（單衣）

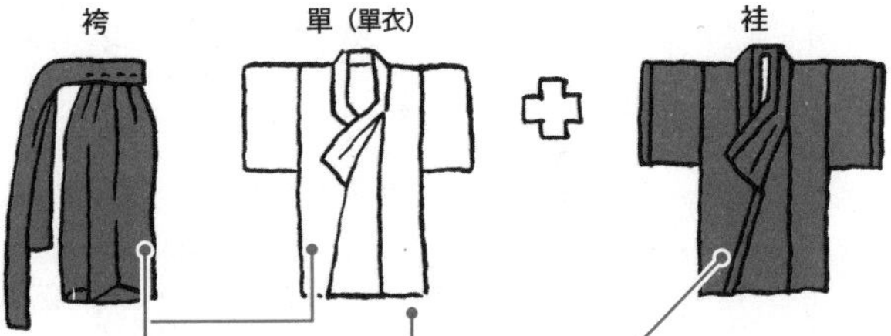
袴
單（單衣）
袿

袴與單衣相當於現代的內衣。袴為紅色，單衣則會多件疊穿。單衣疊穿稱為「單襲」。

日常穿著為內衣上疊穿多件袿。「十二單」（見75頁說明）等正式服裝其實鮮少出場。

小袿比袿短，正式程度略高於袿。

空蟬很在意光源氏帶走的小袿是否沾染了汗漬，之後光源氏把小袿還給女方。

### 穿著方式也看得出氣質

軒端荻遭到光源氏批評容貌漂亮但沒有氣質。光源氏窺視時，她穿著夏季的單（輕薄到近乎透膚），領子開到胸前。對於空蟬而言，軒端荻是年齡相仿的繼女。

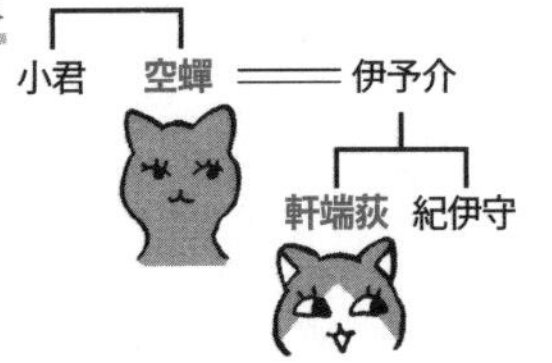
小君
空蟬
伊予介
軒端荻
紀伊守

※3：光源氏在和歌中以脫殼金蟬譬喻空蟬脫下衣物，溜出房間的模樣。空蟬本人則可惜自己不是在未嫁時遇上光源氏，吟詠和歌感嘆。空蟬之名源自〈2帚木〉與〈3空蟬〉的和歌。

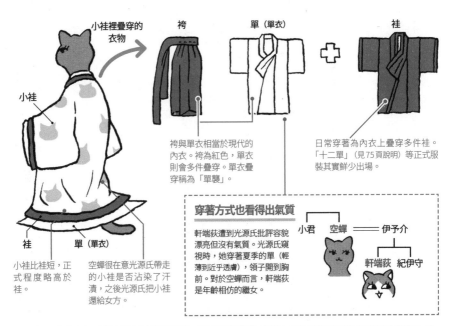

源氏繪賞析：夕顏收下扇子

鑑賞POINT 2

這家種的不是貴族用來觀賞的朝顏（牽牛花），而是平民食用的夕顏（夜開花）［※1］。夜開花的果實為蒲瓜，可以炒來吃或是加工做成蒲瓜乾。

鑑賞POINT 1

〈4夕顏〉有一段情節是夕顏與光源氏雙方的僕從對談。畫中場景多半花已經放在扇子上了。

鑑賞POINT 3

畫中僅以牛車表示光源氏在場。身分高貴者會坐在牛車裡。

概要

光源氏與六條御息所交往時，曾經拜訪乳母家（侍從惟光之母）。他看到乳母家鄰居院子的夜開花盛開，正想摘下時，對方拿來了扇子好讓他放花。光源氏受到女主人夕顏吸引，隱藏身分與對方交往。同年秋天，他帶著夕顏前往近乎廢墟的邸第（某院），卻遇上美麗的女妖，導致女方猝死。光源氏從女方的侍女口中得知她其實是頭中將失蹤的戀人。

# 4 夕顏

## 沒有後台背景難以生存

六條御息所是過世的皇太子之妃，夕顏則住在五條一帶的庶民區，生活低調。兩人形成強烈對比。當時光源氏交往的對象是六條御息所與正宮葵之上等身分高貴的女性，拘泥形式的交往方式令他精疲力竭。此時出現在他面前的是溫和穩重的夕顏。加上他追求空蟬失敗，因而迷上這位中流階層的女性。其實夕顏之父官拜三位中將，原本屬於上流階層，父親過世之後無依無靠。單就這點而言，夕顏與空蟬相同。儘管生下頭中將的女兒（玉鬘），卻遭到頭中將的正宮威脅，躲藏之際認識光源氏後過世。兩人交往時雖然讓光源氏看到自己的容顏，卻不肯說出真實身分［※2］。從夕顏認為自己說出真實姓名也無可奈何一事，可見貴族沒有後台背景是多麼難以生存。

※1：清少納言在著作《枕草子》的〈草花〉提到夜開花與牽牛花相似，名字也很優美，碩大的果實卻惹人厭。

## 兩名女性有如天壤之別

紫式部以對比的方式描述夕顏與六條御息所兩人。之後的情節會提到兩人留下的女兒（玉鬘與秋好中宮）都成為光源氏的養女，為光源氏帶來榮華富貴（見58與63頁說明）。

### 夕顏和歌中隱藏的祕密

夕顏送給光源氏的扇子上寫了「夕顏凝露容光艷，料是伊人含情睇」。當時罕見女性主動對男性贈送和歌，不知道夕顏是明白光源氏的真實身分，或是誤以為頭中將來訪。但是光源氏把和歌中的「白露」視為人稱「光之君」的自己，對夕顏產生興趣。

| | 夕顏 | 六條御息所 |
|---|---|---|
| |  |  |
| 身分 | 已故三位中將之女，目前為中流階級 | 已故大臣之女，前皇太子妃。屬於上流階級 |
| 住處 | 暫居五條一帶 | 住在六條一帶的邸第，生活優雅自適 |
| 容貌 | 嬌小可愛 | 氣質高雅，難以親近 |
| 個性 | 內向穩重 | 容易鑽牛角尖 |
| 子女 | 玉鬘（頭中將之女） | 秋好中宮（前皇太子之女） |
| 關係圖 | 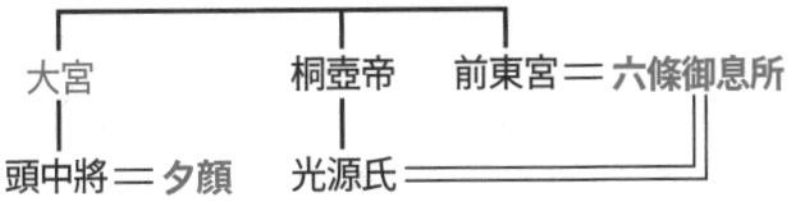 | |

大宮
桐壺帝
前東宮＝六條御息所
頭中將＝夕顏
光源氏

## 出現於「某院」的妖怪

活著的人心懷怨恨，靈魂出竅作怪稱為「生靈」，也是妖怪的一種。夕顏和光源氏在某院幽會時，遭到妖怪附身死去。據稱某院的實際舞台為「河原院」。

殺死夕顏的妖怪身分不明。生靈為六條御息所的說法出現於室町時代（一三三六～一五六八）後期。

河原院位於鴨川沿岸的六條一帶，《伊勢物語》也曾提及其壯麗豪華的外觀。據說庭院仿效鹽釜（今宮城縣）的景色，從難波（今大阪府）運來海水煮鹽。

河原院是九世紀後期由源融［※3］所建造的豪華邸第，在他死後荒置廢棄，到了紫式部的時代已經是人人眼中的「廢院」。

### 《源氏物語》的相關人物

光源氏的人物原型之一源融（822～895）人稱河原左大臣，是嵯峨天皇的第八皇子。由於母親身分卑微，降為臣下。儘管日後爬到左大臣的位置，卻因為敵手藤原基經而失去話語權，於是全心傾力建造河原院。據說死後化為幽魂出沒。

源融

※2：夕顏引用古老的和歌，自稱是「水上人家之子」，迴避自報姓名。水上人家居無定所，隱含自報姓名也無可奈何的絕望心情。

※3：他亦以和歌收錄於小倉百人一首聞名，作品為「奧州花布色紛紛，花色凌亂似我心。我心為誰亂如許？除君之外更無人」（河原左大臣）。

## 源氏繪賞析：光源氏窺視若紫

鑑賞POINT 2

若紫傷心服侍自己的少女（犬君）讓寵物麻雀逃走了。在她旁邊的是乳母，眼神追隨逃走的麻雀。

鑑賞POINT 1

〈5若紫〉的源氏繪是光源氏窺視若紫的場景。這是最為知名的源氏繪場景之一，許多畫家都畫過。

### 概要

光源氏前往北山養病，窺見與藤壺神似的少女（若紫）。少女便是日後的紫之上。若紫是兵部卿宮的女兒，也就是藤壺的姪女。母親過世後，由外婆收養。光源氏之後與暫時回娘家的藤壺私通，導致女方懷孕。另一方面，若紫遭逢外婆過世，預定回到父親身邊。光源氏想把若紫培養成自己理想中的女性，於是搶先一步，硬把女方帶回家。

# 5 若紫

## 光源氏不是戀童癖

本卷除了光源氏最愛的女性——若紫出場之外，還出現光源氏與父親桐壺帝的妃子藤壺私通，導致對方懷孕的情節，故事在此出現劇烈變動。若紫看到寵物麻雀逃走，哭腫了臉蛋的場景家喻戶曉。此時提到少女貌似十歲。相較於光源氏已經十八歲，女方似乎過於年幼。然而光源氏與葵之上結婚時也不過十二歲（見16頁說明），由此可知當時對於年齡的感覺與現代相差甚鉅。光源氏與若紫正式結為夫妻則是四年之後（見32頁說明），也就是若紫十四～十五歲時。對於當時的人而言，已經算是成人了。

最重要的是光源氏心動是由於若紫貌似無緣的藤壺。他之所以強烈渴望一定要收養年幼的若紫，不過是為了尋找藤壺的替身（見左頁說明，※）。

※：光源氏吟詠和歌：「原野生嫩草，其根通紫草，盼得早摘取，納入掌中瞧」（想要得到與紫草根相連的嫩草）。紫草是可以從根部提煉紫色染料的草，紫草代表藤壺，若草象徵若紫，因此和歌意指「想要得到與藤壺血脈相連（根相連）的若紫」。

## 迷倒光源氏的「藤壺」與「若紫」

《源氏物語》又稱《紫之物語》。「紫」既是藤壺的「藤花」色彩，又象徵藤壺的姪女若紫。除此之外，桐壺更衣的桐花也是紫色。

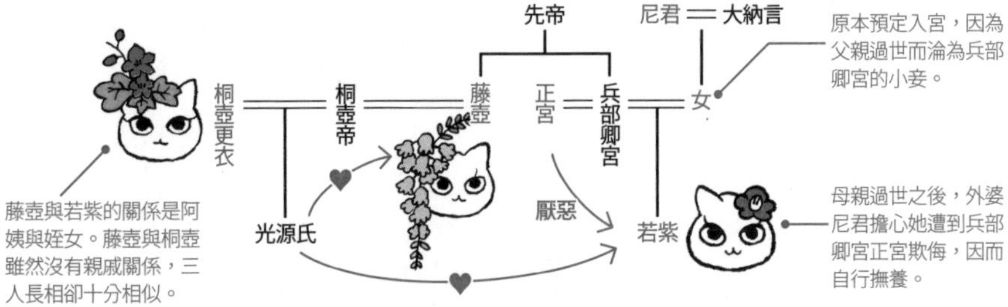
先帝
尼君 ＝ 大納言
原本預定入宮，因為父親過世而淪為兵部卿宮的小妾。
桐壺更衣
桐壺帝
藤壺
正宮
兵部卿宮
女
光源氏
厭惡
若紫
藤壺與若紫的關係是阿姨與姪女。藤壺與桐壺雖然沒有親戚關係，三人長相卻十分相似。
母親過世之後，外婆尼君擔心她遭到兵部卿宮正宮欺侮，因而自行撫養。

## 宮中女子回家的理由

光源氏趁著藤壺因病回家時與她發生關係。宮中的女性通常會在生病或生產時回家，以免將「不潔」帶進天皇居住的宮殿之中。

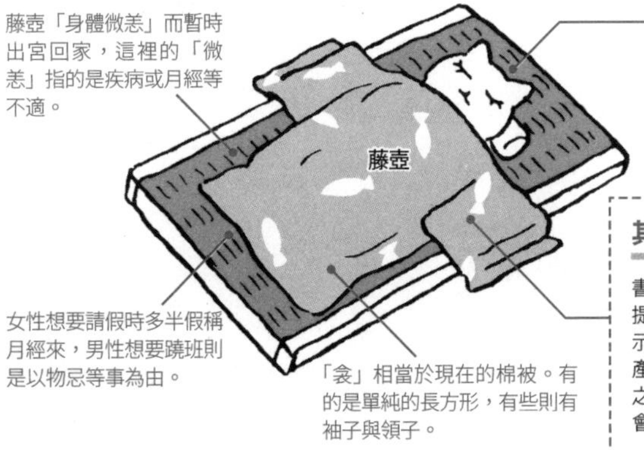
藤壺「身體微恙」而暫時出宮回家，這裡的「微恙」指的是疾病或月經等不適。
與死亡、流血相關的事物都算是「不潔」。所以在宮中工作的侍女有生理假。
藤壺
女性想要請假時多半假稱月經來，男性想要蹺班則是以物忌等事為由。
「衾」相當於現在的棉被。有的是單純的長方形，有些則有袖子與領子。

**其實是第二次幽會？**

書中直到〈5若紫〉才第一次提到光源氏與藤壺幽會，卻表示這是兩人第二次私通，因此產生還有一卷名為〈輝日宮〉之說，據稱描述兩人第一次幽會的光景。

## 古人的命運觀

《源氏物語》經常出現「宿命」一詞。宿命指的是前世的因緣，這輩子的命運早在上輩子便已註定。藤壺懷上光源氏的孩子時，也為了無法逃避與光源氏相遇的宿命而悲嘆。

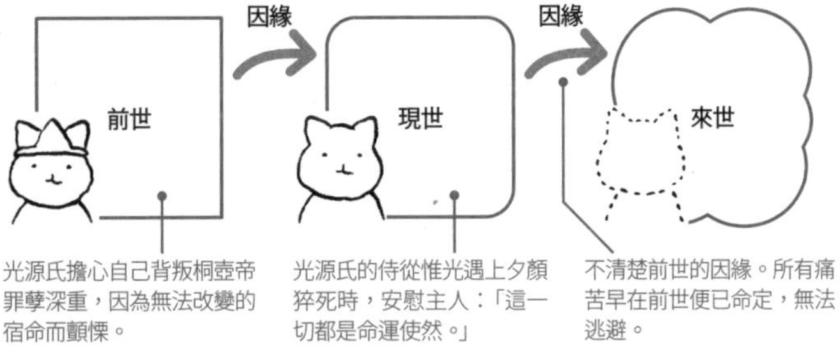
因緣
因緣
前世
現世
來世
光源氏擔心自己背叛桐壺帝罪孽深重，因為無法改變的宿命而顫慄。
光源氏的侍從惟光遇上夕顏猝死時，安慰主人：「這一切都是命運使然。」
不清楚前世的因緣。所有痛苦早在前世便已命定，無法逃避。

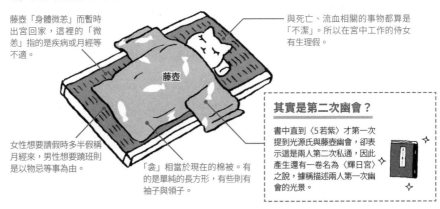

**源氏繪賞析：**
**深受末摘花的容貌打擊**

**鑑賞POINT 1**

畫家描繪光源氏在白雪反射之下看見末摘花獨特的容貌。雖然是家喻戶曉的場景，卻鮮少成為畫作題材。

**鑑賞POINT 2**

看到末摘花膝行走出來，光源氏拚命斜眼偷瞄她的長相。直接盯著看很失禮，於是假裝欣賞庭院。

**鑑賞POINT 3**

末摘花用袖子遮著嘴巴，動作老派。但是畫家並未強調她獨特的長相，多半畫成線目鉤鼻（見12頁說明），與其他女性相同。

**概要**

光源氏在同乳姊妹（見91頁說明）大輔命婦的帶領之下，造訪已故的常陸宮家，與家道中落的千金小姐末摘花發生關係。但是末摘花個性內向，無法靈活對應。光源氏原本很失望，重新考慮後再次造訪，方才發現女方有個又大又紅的鼻子，嚇得啞口無言。儘管如此，目睹對方貧困的生活，他還是深感同情，之後持續照顧女方，贈送衣物等提供生活上的協助。

# 6 可惜的不只是外貌 末摘花

光源氏受到「雨夜品評」（見18頁說明）的影響，加上與夕顏（見22頁說明）的戀情只維持了一個多月便告終，轉而尋找其他的對象。雨夜品評以來，他一直幻想會在荒廢的房子裡遇上出人意料、充滿魅力的女性。家道中落的皇族旁系之女末摘花正巧符合他的夢想。然而兩人共度一宿後，光源氏的心情出現一百八十度轉變，連「後朝之文」[※1]都拖到傍晚才寄。這是因為末摘花不僅相貌無法滿足光源氏，之後諸多老派且缺乏品味的行為也令他屢屢失望。例如新年致贈的衣物（原本是正宮準備）老舊過時；回贈的和歌枯燥乏味，又寫在毫無情調的厚紙（情書一般都寫在薄色紙上，[※2]）上。他因而回憶起空蟬（見20頁說明）的言行舉止進退有度，比起容貌更有魅力。

※1：當時的禮貌是幽會之後，男性應當盡快寄送情書，稱為「後朝之文」。
※2：當時稱薄紙為「薄樣」。通常使用紅色、綠色或紫色的薄紙來當作情書的信紙。

## 光源氏與末摘花的戀情細水長流

光源氏與末摘花發生關係之前的時間十分緩慢。由於室內陰暗，發現女方長相奇特又是更久以後的事了。[※3]

### 連描述都十分殘酷

由於鼻尖通紅，因此以紅花的日文別名「末摘花」稱之。紅花是紅色染料的原料。

鼻子跟大象一樣長。紫式部以「長得像普賢菩薩的坐騎（白象）」形容之。

#### 兩人都是皇族的一份子

儘管末摘花的家世良好，失去父親的後盾導致她難以成為正宮。因此光源氏算是難能可貴的對象。

桐壺帝　　常陸宮
｜　　　　｜
光源氏 ══ 末摘花

個性奇特，身穿男性貴族的「黑貂毛皮」。毛皮本身雖然高級，在《源氏物語》的時代已經退流行。

#### 身邊都是老舊過時的物品

侍女的髮型更增添了陳舊的氣氛。她們把額頭的頭髮往上盤成一個圓球，插上梳子裝飾。這種髮型在當時只會出現在典禮儀式上，早已過時。

擦起瀏海的模樣

### 光源氏步調緩慢的戀愛

| | 春 | 夏 | 秋 | 冬 |
|---|---|---|---|---|
| 6末摘花 | ①悄悄潛入末摘花家，聆聽她彈琴 | — | ④8月20日之後與末摘花發生關係 | ⑤雪夜造訪末摘花家，隔天早上看到她的長相而啞然失色 |
| 5若紫 | ②因為生病（一種會發燒的疾病）而前往北山靜養 | ③與藤壺幽會（之後發現懷孕） | — | — |

從遇上末摘花到發生關係的時間線，與〈5若紫〉的故事平行。兩人進展緩慢一方面是因為光源氏遇上若紫，又與藤壺私通，加上向末摘花表露情意卻遲遲沒有反應。

〈5若紫〉與〈6末摘花〉的時間並行。書中章節並非依照時間排序。

## 上流貴族微服外出時的衣著「狩衣」

狩衣原本是鷹狩（帶著老鷹出門打獵）時穿著的衣物，當時是中流貴族的日常衣著；像光源氏等上流貴族則是微服外出時穿著。

狩衣也是約會時的衣著。頭中將尾隨光源氏從皇宮前往末摘花家時，兩人穿的都是狩衣。換下束帶，穿上狩衣，回家後換上直衣。一個晚上更換好幾次衣物代表當時認為配合場面穿搭十分重要。

狩衣不是由左右兩片布料縫製而成，寬度較窄。直接加上袖子會難以行動，因此只會縫上袖子後方的一部分，以致於肩膀與袖子之間看起來像是裂開了。

光源氏在〈12須磨〉前往須磨之際，與在須磨迎接頭中將時，穿的也是狩衣。前者是把狩衣當作旅行時的穿著，後者是藉此特意呈現鄉下的氣氛。

狩衣的袖口有繩子，搭配寬鬆的指貫與烏帽子。

| 上流貴族的服裝 | 束帶（見117頁說明） | 直衣（見117頁說明） | 狩衣 |
|---|---|---|---|
| 定位 | 燕尾服 | 西裝 | 便服 |
| 穿著場合 | 入宮工作時的正式服裝 | 日常生活的家居服 | 幽會或是旅行時穿著 |

※3：由於平安時代的室內陰暗，即使發生關係也不代表能看清對方的容貌。光源氏與空蟬幽會時，也是發生關係後才知道女方的長相。

**源氏繪賞析：**
**與朋友一起跳青海波**

**鑑賞POINT 3**

光源氏頭上原本插的是紅葉，可能因為承受不了他的美貌而掉落，最後改成菊花。

**鑑賞POINT 2**

青海波是兩人合跳的舞蹈，流傳至今。舞者穿上繪有波濤的袍子，象徵青海波，舞蹈時脫下一邊的袖子。

**鑑賞POINT 1**

〈7紅葉賀〉習慣描繪行幸當天，光源氏與頭中將在散落紛飛的紅葉之下，跳青海波的模樣。

**概要**

光源氏十八歲楓紅之際，桐壺帝決定行幸朱雀院。行幸之前，在宮中舉辦舞樂的預演。光源氏與頭中將表演舞蹈「青海波」，美麗的舞姿深深打動眾人。藤壺則內心動搖，心想要是兩人不曾犯下過錯就好了。隔年二月，藤壺在大幅超過預產期後生下兒子，長相與光源氏彷彿一個模子印出來的[※1]。桐壺帝大喜過望，封藤壺為中宮，身分超越更早入宮的弘徽殿女御。

# 7 紅葉賀

## 立后是事關重大的政治問題

藤壺生下桐壺帝的第十皇子（其實是與光源氏的孩子，也就是日後即位的冷泉帝）[※2]。桐壺帝覺得把光源氏降為人臣很可惜，決定把神似光源氏的皇子立為下一任東宮（太子）。平安時代是由外戚掌權，想要成為東宮必須母親娘家勢力龐大。藤壺是皇族旁系，家世良好。但是她的親戚都是皇族，即使有機會當上名譽官職，也無法成為攝政關白參與政治。因此桐壺帝打算封藤壺為中宮，讓她從女御晉升為後宮身地位最高的女性，成為東宮的後盾。弘徽殿女御成為東宮之母二十多年，卻遭到藤壺捷足先登，想必內心十分不甘。然而要是來自右大臣家的弘徽殿女御所生下的皇子即位的話，右大臣家想必會勢力大增。桐壺帝一邊安撫弘徽殿女御，同時嘗試平衡兩者的勢力。

※1：桐壺帝看到皇子與光源氏幾乎長得一模一樣，表示「美麗的人物自然相似」。
※2：藤壺四月回家時與光源氏私通，隔年二月十日之後方才生下皇子。周遭的人都以為她懷的是桐壺帝之子，認定年底便會生下孩子。由於過完年仍舊沒有生產的跡象，眾人便認定是妖怪作祟，大驚小怪。

## 天皇與太上天皇有許多居處

平安時代的天皇會在步入晚年之前讓位，成為太上天皇，尊稱為「某某院」。〈7紅葉賀〉描繪桐壺帝行幸朱雀院，為太上天皇一院舉辦宴會，祝賀其長壽。

朱雀院是實際存在的宮殿。故事當中，除了一院（桐壺帝的父親或兄長），朱雀帝（現任太子）成為太上天皇之後亦居於此。

冷泉院也是實際存在的太上天皇住處，《源氏物語》安排冷泉帝（見42頁說明）讓位後居住於此。

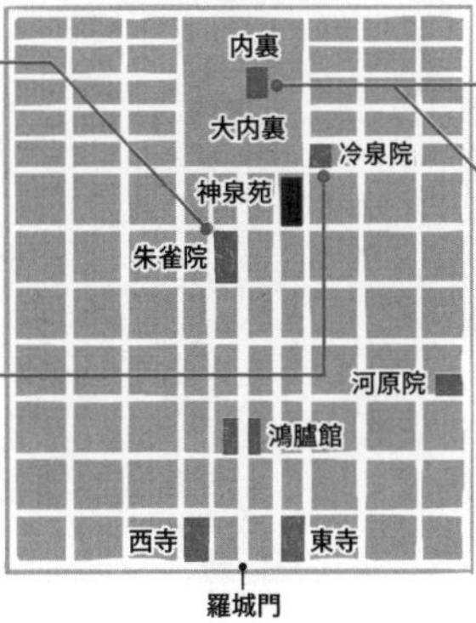
內裏
大內裏
冷泉院
神泉苑
朱雀院
河原院
鴻臚館
西寺
東寺
羅城門

平安京

桐壺帝從居住的內裏帶領眾多侍從，行幸朱雀院。日文稱天皇外出為「行幸」，太上天皇、出家的太上天皇與女院（譯註皇太后、太后與公主等女性，待遇相當於太上天皇）外出則是「御幸」。

### 妃子在宮中的生活

行幸朱雀院之際，預定為一院表演舞蹈與合奏。桐壺帝因為也想讓藤壺瞧瞧，於是在宮中舉辦預演。對於懷上光源氏之子的藤壺而言，天皇這番用心反而令她惴惴不安。

藤壺

## 天皇平衡朝中勢力

倘若弘徽殿女御的兒子即位，右大臣家便成為外戚，得以攝政。桐壺帝因此打算封同為皇族的藤壺為中宮，強化支持藤壺與其子的體制，避免權力集中於權貴一族。

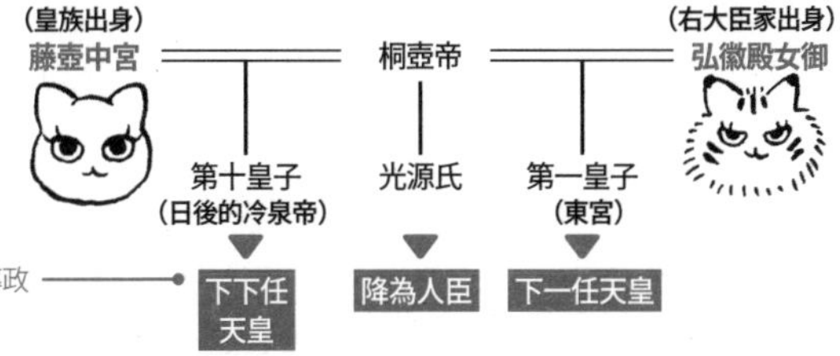
（皇族出身）
藤壺中宮
桐壺帝
（右大臣家出身）
弘徽殿女御
第十皇子
（日後的冷泉帝）
光源氏
第一皇子
（東宮）
下下任天皇
降為人臣
下一任天皇

桐壺帝積極避免右大臣等權貴成為外戚，主導政權，好實現天皇親政的理想。

## 其實發生過三角戀情

《源氏物語》不是只有悲戀，也有戀愛喜劇。例如光源氏與頭中將在〈7紅葉賀〉爭奪老女官源典侍便是其中一例。

源典侍年近六十，卻依然沉迷於談情說愛。光源氏對她產生好奇心，並且一度共度春宵。頭中將不甘心輸給光源氏，於是也與源典侍發生關係。這段三角關係的高潮發生於光源氏與源典侍約會時，頭中將闖入並作勢憤怒，拔刀相向。源典侍夾在兩個年輕人之間不知所措，淪為笑柄。

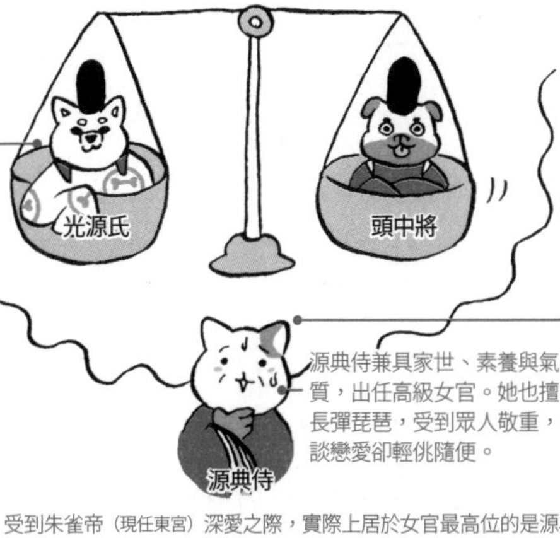
光源氏
頭中將
源典侍

源典侍兼具家世、素養與氣質，出任高級女官。她也擅長彈琵琶，受到眾人敬重，談戀愛卻輕佻隨便。

### 何謂典侍？

內侍司的工作是貼身服侍天皇，負責轉達消息與監督女官等等。典侍是內侍司的次官。歷史上出現過典侍的上司「尚侍」深受天皇寵愛，典侍因而成為實際上最高階層女官的案例［※3、4］。

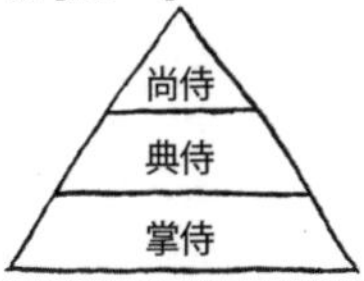
尚侍
典侍
掌侍

※3：朧月夜（見30頁說明）受到朱雀帝（現任東宮）深愛之際，實際上居於女官最高位的是源典侍。不僅如此，即使尚侍受到天皇寵愛，成為「實際上的妻子」，地位仍舊是女官（女官晉升為女御或中宮是平安時代之後的情況）。

※4：律令制規定各官廳的一等官為「長官」，二等官為「次官」，三等官為「判官」，四等官為「主典」。每個官廳的長官、次官、判官與主典的官名各異。由侍奉天皇的女官所組成的內侍司不設四等官。

**源氏繪賞析：**
**光源氏於深夜遇上朧月夜**

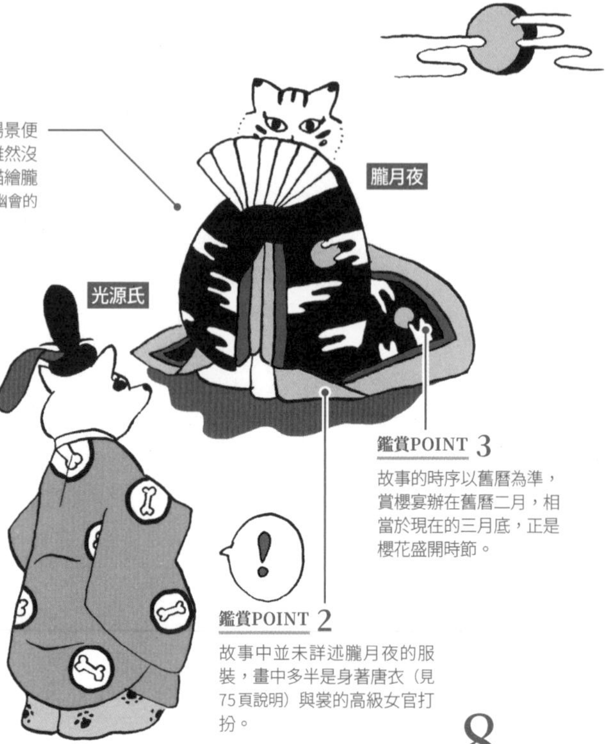


**鑑賞POINT 1**

〈8花宴〉源氏繪最常採用的場景便是光源氏遇上朧月夜。書中雖然沒有描述這段情節，畫中經常描繪朧月夜手持檜扇（交換扇子作為幽會的證據）。

**鑑賞POINT 2**

故事中並未詳述朧月夜的服裝，畫中多半是身著唐衣（見75頁說明）與裳的高級女官打扮。

**鑑賞POINT 3**

故事的時序以舊曆為準，賞櫻宴辦在舊曆二月，相當於現在的三月底，正是櫻花盛開時節。

**概要**

隔年二月下旬，桐壺帝在宮中的紫宸殿舉辦賞櫻宴。當天晚上，光源氏遇到一名女子（朧月夜）一邊吟詠「朦朧春月夜，美景無可比」，一邊走來，深受對方吸引，因而共度春宵。女子不願自報姓名，最後雙方交換扇子告別。其實女子是光源氏的政敵右大臣家的六女（弘徽殿女御的妹妹），預定同年四月入宮，與東宮（之後的朱雀帝）共結連理。光源氏在一個月之後，也就是三月底受邀參加右大臣舉辦的賞藤宴時，再次遇見朧月夜。

# 8 花宴

## 連光源氏也嘖嘖稱奇的奇特女子

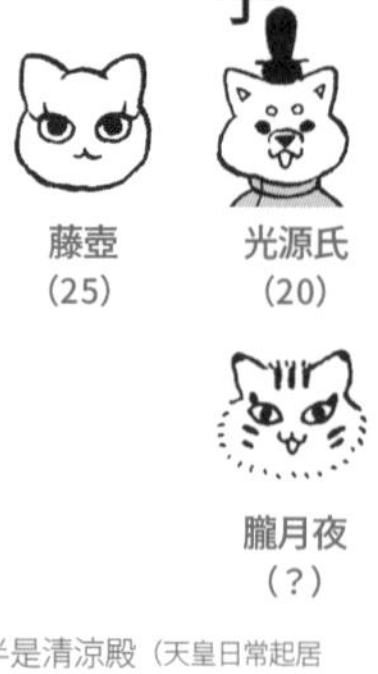


在《源氏物語》的時代，高貴的女性大門不出、二門不邁，家人以外的男性見不到也聽不到她們。平常總是坐著度日，移動時立起膝蓋，膝行前進。朧月夜儘管不知道當下有陌生男子在附近，隨口吟詠和歌讓人聽見聲音，又讓人看見自己的容貌，完全不符合深閨千金的形象。光源氏沒想到會在這裡遇見女子，高興得拉住對方的袖子，自稱「在這裡沒有人會責怪我」，於是強行抱住女子，共度春宵。故事中描述朧月夜雖然驚訝於對方態度高傲、行動強硬，不過從聲音判斷對方是光源氏，因而稍微放下心來。光源氏在賞櫻宴[※1]上，隨興創作的漢詩高人一等，活躍於社交場合，引人矚目。從這些描述可見光源氏是多麼充滿魅力，朧月夜又是如何受到他吸引。

※1：平安時代的天皇到了舊曆二～三月，會在宮中舉辦賞櫻的「花宴」（現在賞花的起源）。地點多半是清涼殿（天皇日常起居的宮殿），《源氏物語》設定的舞台是紫宸殿（內裏的正殿）。紫宸殿的南庭種有櫻花（左近櫻）與橘樹（右近橘）。故事中的花宴是欣賞這棵櫻花樹。

## 政敵右大臣家的千金──朧月夜

右大臣一共有六個女兒，預定入宮嫁給太子的是六女朧月夜。右大臣期待這個女兒生下兒子，成為中宮，卻因為與光源氏的緋聞而不得不以尚侍身分入宮，對右大臣家形成巨大打擊。

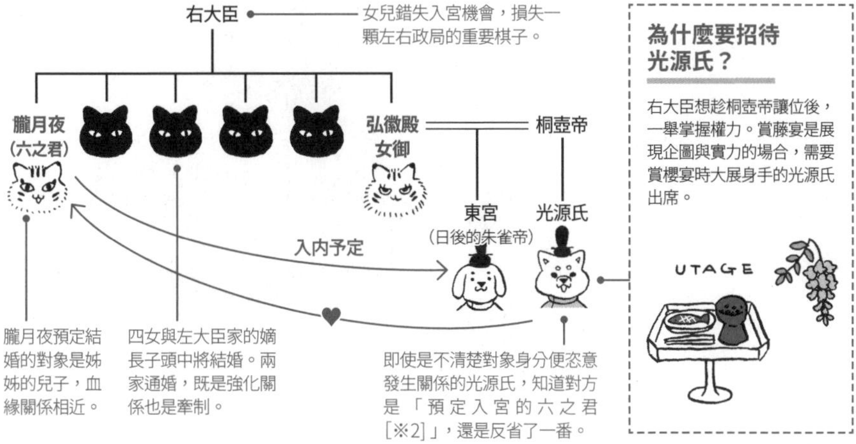
右大臣
女兒錯失入宮機會，損失一顆左右政局的重要棋子。
朧月夜（六之君）
弘徽殿女御
桐壺帝
東宮（日後的朱雀帝）
光源氏
入内予定
朧月夜預定結婚的對象是姊姊的兒子，血緣關係相近。
四女與左大臣家的嫡長子頭中將結婚。兩家通婚，既是強化關係也是牽制。
即使是不清楚對象身分便恣意發生關係的光源氏，知道對方是「預定入宮的六之君[※2]」，還是反省了一番。
為什麼要招待光源氏？
右大臣想趁桐壺帝讓位後，一舉掌握權力。賞藤宴是展現企圖與實力的場合，需要賞櫻宴時大展身手的光源氏出席。
UTAGE

## 用來顯示日期的「月亮」

舊曆是以月亮的陰晴圓缺為基準，一日的月亮是新月，十五日是滿月。〈8花宴〉的賞櫻宴是二月，賞藤宴是三月，兩者皆為二十日之後。這是因為二十日之後，月亮即使天亮仍舊高掛天空，日文稱為「有明之月」。

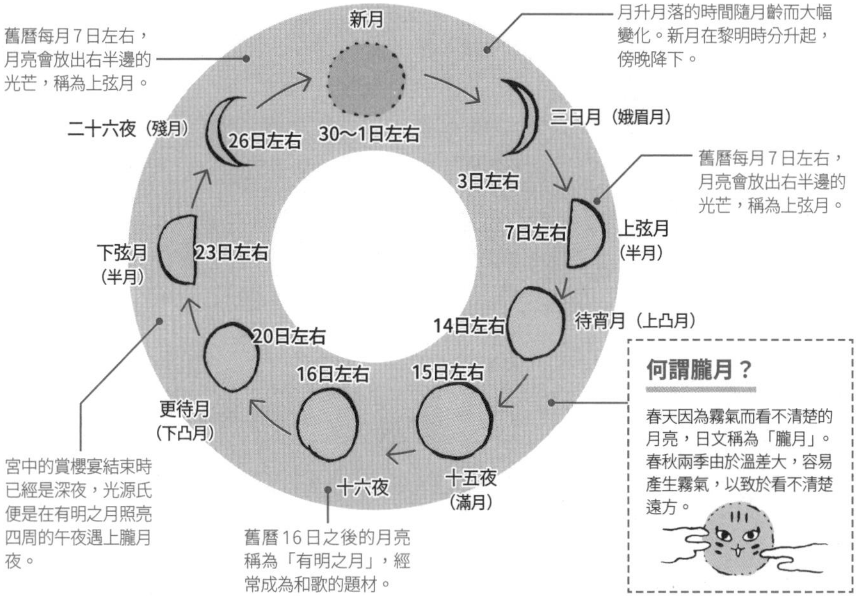
舊曆每月7日左右，月亮會放出右半邊的光芒，稱為上弦月。
新月
月升月落的時間隨月齡而大幅變化。新月在黎明時分升起，傍晚降下。
二十六夜（殘月）
26日左右
30～1日左右
三日月（娥眉月）
3日左右
舊曆每月7日左右，月亮會放出右半邊的光芒，稱為上弦月。
7日左右
上弦月（半月）
下弦月（半月）
23日左右
14日左右
待宵月（上凸月）
20日左右
16日左右
15日左右
何謂朧月？
春天因為霧氣而看不清楚的月亮，日文稱為「朧月」。春秋兩季由於溫差大，容易產生霧氣，以致於看不清楚遠方。
更待月（下凸月）
十六夜
十五夜（滿月）
宮中的賞櫻宴結束時已經是深夜，光源氏便是在有明之月照亮四周的午夜遇上朧月夜。
舊曆16日之後的月亮稱為「有明之月」，經常成為和歌的題材。

※2：高貴人家的六女。平安時代稱長女為「大君」，次女為「中之君」，三女以下分別是「三之君」、「四之君」，以此類推（見115頁說明）。

# 9 葵

## 心生不安 導致妖怪出現

### 概要

桐壺帝讓位後，朱雀帝登基。光源氏也參加了四月舉辦的賀茂祭御禊遊行［※1］。六條御息所儘管為了與光源氏的戀情而苦惱，還是悄悄出門，打算一睹光源氏的風采。然而她所搭乘的牛車遭到葵之上一行人推擠，萬分屈辱。之後葵之上遭到妖怪所擾，光源氏發現妖怪其實是六條御息所的生靈時為之愕然。葵之上生下兒子（夕霧）之後猝死。光源氏為她服完喪之後，迎娶若紫（紫之上）。

### 源氏繪賞析：妻子與情婦的牛車之爭

六條御息所的牛車
葵之上與六條御息所雙方的侍從


**鑑賞POINT 1**

「牛車之爭」是〈9葵〉的經典場面，經常入畫。由於祭典等場合牛車聚集，侍從為了爭奪停車位置而發生爭執。

**鑑賞POINT 2**

牛車的動力是牛，乘客上下車等時候會先解開牛。把牛卸下稱為「放下車」。

**鑑賞POINT 3**

侍從互相推搡，導致安放車轅（牛車前方的兩條直木）的台子翻覆。

〈4夕顏〉提到名字的六條御息所再度登場。《源氏物語》未曾交代兩人相識的經過，然而故事發展至此，兩人的關係已經惡化。六條御息所身分高貴，原本是皇太子妃，入宮後生下女兒。學識涵養豐厚，感受敏銳。因此當她遭遇「牛車之爭」［※2］，又聽聞眾人謠傳她為此化為生靈，附身在葵之上，身心因而受到嚴重打擊。古代的日本人相信「靈魂會在煩惱時離開肉體」。和尚為了驅逐附身葵之上的妖怪而進行加持祈禱，焚燒芥子。六條御息所明明不在現場，衣物與頭髮卻沾染了芥子的氣味，更衣沐浴也去除不了。這段情節令人印象深刻，也是咸認六條御息所的靈魂附在葵之上身上的證據。然而嗅覺是六條御息所個人的主觀感受，聽到生靈聲音的也只有光源氏一人。本章的有趣之處便在於生靈也能解釋為兩人所見的幻覺。

六條御息所（29～30）
光源氏（22～23）
若紫（紫之上，14～15）
葵之上（26～27）


※1：賀茂祭（葵祭）是上賀茂與下鴨兩所神社（京都）所舉辦的祭典。早祭典一步舉行的御禊（新的齋院〔見55頁說明〕在賀茂川行禊）由光源氏等盛裝打扮的男子同行。

※2：《枕草子》也描述過身分低賤者駕駛牛車早一步到，還是遭到晚來的身分高貴者挪開車子。

## 為何會出現妖怪？

紫式部認為是「受到良心譴責而看到妖怪的幻影」[※3]，侍女也同意她的看法。當時平安時代的人一般認為妖怪實際存在，不過也有人認為是一種心理現象。

殺死葵之上的妖怪究竟是源自六條御息所的怨恨，還是光源氏避開六條御息所所產生的罪惡感讓他以為妖怪是六條御息所呢？

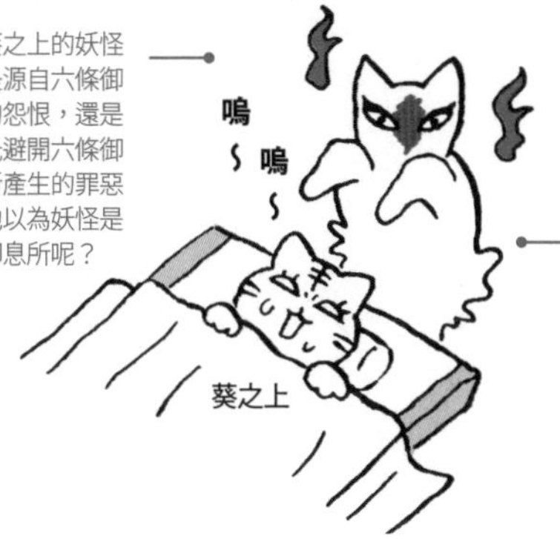
嗚
嗚
葵之上

### 你是正宮，我是情婦？

相較於光源氏的妻子葵之上，六條御息所給人的印象是見不得人的情婦。其實六條御息所是大臣之女，身分高貴，教養良好，家境富裕，兩人地位身分不分軒輊。因此兩家發生牛車之爭時，雙方的侍從都不肯退讓。

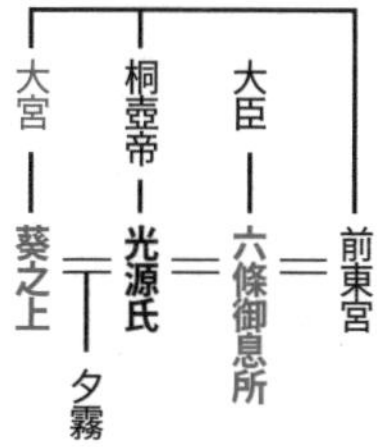
大宮
桐壺帝
大臣
前東宮
葵之上
光源氏
六條御息所
夕霧

## 平安時代的婚禮

平安時代的婚姻大致上可分為兩種，一是依照媒妁之言結婚，另一是當事人戀愛後進而結婚。男方連續三個夜晚造訪女方家，即宣告成立。

### 女性結婚的流程

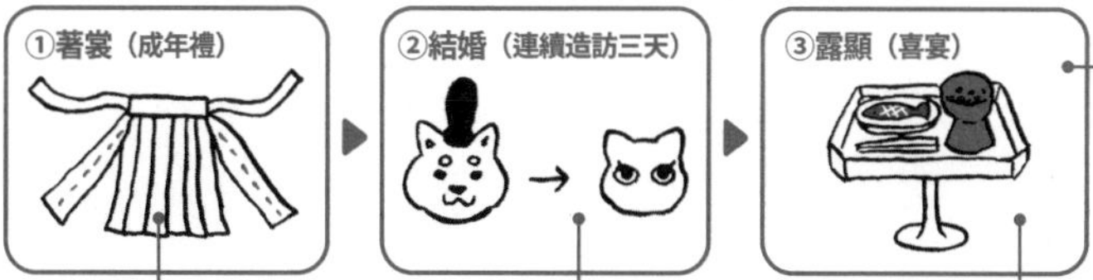
①著裳（成年禮）
②結婚（連續造訪三天）
③露顯（喜宴）

若紫貴為親王之女，卻在一般大眾認識之前便由光源氏領養，跟孤兒沒什麼兩樣。沒有後台背景的婚姻處處都不照常規。

「著裳」是第一次穿上裳的儀式，舉辦時機為預定結婚之前（見73頁說明）。若紫在著裳之前便與光源氏結婚了。

風俗習慣是第三天晚上的夜裡，食用新娘家準備的麻糬（見121頁說明）。紫之上住在光源氏家，所以麻糬是由光源氏準備。

女性的婚禮通常事前舉辦「①著裳」，接下來依序舉行「②結婚」與「③露顯」。若紫一開始便進到②，連③也沒有。

### 婚後可同居也可分居

分居婚
夫家
娘家
同居婚
新居

上流貴族的男性一般是在成人禮「元服」之際，與父母安排的對象成婚，懂事以來便是已婚身分。光源氏與葵之上的婚姻亦是如此。

基本上丈夫時時前往妻子娘家，由妻子娘家照顧兩人的生活。即使感情生變，妻子的生活也不會受到影響。但是若紫缺乏娘家這個後台，地位如履薄冰。

丈夫時時造訪妻子娘家，有時會就此定居。同居也是各有各的房間，分開生活。

當丈夫不再造訪或是同居夫妻的其中一方離開，離婚便成立。

※3：紫式部吟詠過和歌「藉口故人來作祟，實因疑心生暗鬼」（誣賴故人化為幽魂作祟，其實是自己良心過不去所看到的幻影吧！）

**源氏繪賞析：**
**與六條御息所離別**

**鑑賞POINT 1**
本卷入畫的多半是光源氏向六條御息所遞出紅淡比枝葉的場面。紅淡比是常綠樹，在日本視為神聖的樹木，經常用於敬神儀式。光源氏手持常綠的紅淡比，象徵心意永不變。

光源氏
六條御息所


**鑑賞POINT 3**
月亮可能已經西沉，天色因而顯得寂寥。兩人在天空露出魚肚白之際告別。

**鑑賞POINT 2**
舞台是秋季的野宮。冷風拂面，耳邊傳來雲斑金蟋的叫聲。畫中描繪了象徵野宮的黑木（有樹皮的木柱）鳥居。

**概要**

光源氏二十三歲那年秋天，六條御息所預定陪同成為齋宮（見左頁說明）的女兒前往伊勢，事前進駐位於嵯峨野的野宮（見左頁說明）。自從生靈事件以來，兩人逐漸疏遠，最後終於在離別之前解開心結。十一月，桐壺院駕崩，藤壺回到娘家三條宮，光源氏則對藤壺念念不忘。桐壺院過世周年忌辰結束之後，藤壺出家，震驚世人。另一方面，朧月夜成為尚侍，深獲朱雀帝寵愛，與光源氏多次幽會一事卻曝光。

# 10 賢木

## 光源氏與藤壺對於危機管理的差異

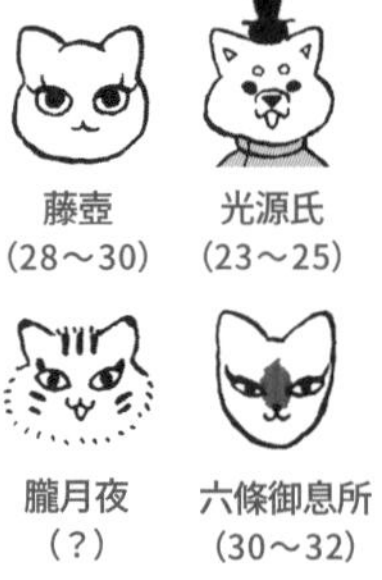

光源氏
(23～25)
藤壺
(28～30)
六條御息所
(30～32)
朧月夜
(?)


桐壺院駕崩意味光源氏與藤壺失去最強大的庇護。朱雀帝即位後，其母弘徽殿大后[※1]與祖父右大臣因而掌權，原本想在光源氏身上獲得好處的人紛紛遠離。眾人之所以奉承巴結光源氏，都是出於桐壺院的庇蔭。光源氏心情煩悶，多次與政敵之女朧月夜幽會，同時對藤壺死纏爛打。藤壺面對動盪不安的政局，思考究竟該如何保護成為太子的兒子，絕不能讓眾人對太子的身世產生疑竇，也不能讓人察覺他與光源氏的關係。然而持續拒絕光源氏示好，對方可能會因此對太子心懷不滿，抑或因為過於絕望而出家，導致兒子失去後盾。相較於光源氏不明事理，紫式部筆下的藤壺是能夠判斷政治情勢的人物，她最後為了消弭可能威脅太子地位的因素，選擇出家[※2]。

※1：弘徽殿大后就是弘徽殿女御，也就是桐壺帝在〈7紅葉賀〉將藤壺立為中宮之後，保證「你將來一定會坐上皇太后的位置」的對象。
※2：藤壺擔心光源氏不願意放手會出現關於兩人的流言蜚語，進而波及東宮。

## 「齋宮」前往伊勢神宮之前該做的事

齋宮由未婚的內親王（天皇的女兒與孫女）與女王（天皇的曾孫與其後代）擔任，前往伊勢神宮侍奉神明。每當天皇更迭，便會選出新的齋宮。齋宮在前往伊勢神宮之前，必須在宮中與野宮（皇宮外臨時的宮殿）各待一年，天天進行潔淨的儀式（潔齋）。

齋宮與在賀茂神社侍奉神明的齋院（見55頁說明）合稱「齋王」。

齋宮當中也有人退休後結婚，例如《源氏物語》的齋宮（六條御息所之女）日後成為冷泉帝的中宮，其人物原型便是進入村上天皇（第62代）後宮的原齋宮徽子女王。

由於潔齋的時間短暫，野宮不過是臨時建築，鳥居也沒有上紅漆，而是帶著樹皮的樸素「黑木」。

野宮神社在嵐山渡月橋附近，據說是野宮遺跡之一。位於嵯峨野的這座神社小巧，特徵是鳥居上保留樹皮。

能樂謠曲《野宮》源自〈10賢木〉。舞台是野宮遺址，六條御息所的幽魂帶著光源氏給的紅淡比出現，講述與光源氏的戀情與悲傷的回憶。

### 離別之御梳

齋宮前往伊勢之前會入宮向天皇拜別，此時由天皇在頭上插上小梳，代表即將出發。到伊勢雖然只需要六天五夜，何時能回宮卻不明。

## 我出家的理由

捨棄俗世，修行佛道稱為「出家」。貴族社會的女性出家代表解除婚姻關係，擺脫男女之情。藤壺也是為了斷絕與光源氏的情緣而出家。

一般出家的契機是老病或關係親近者死去。

藤壺藉由出家向光源氏宣告兩人再也沒有可能，同時期盼藉此提醒對方只有他能保護東宮了。

平安時代女性出家不會剃光頭，而是把頭髮剪到齊肩。身穿灰色或灰綠色的小袿，披上袈裟。

與光源氏有關的女性多達七人出家。

| 出家的女性 | 出家的理由 |
|---|---|
| 空蟬（見46頁說明） | 擺脫男女關係／失去生存意志 |
| 藤壺 | |
| 女三之宮（見92頁說明） | |
| 朧月夜 | 跟隨朱雀帝出家 |
| 六條御息所 | 衰老／疾病 |
| 源典侍（見29頁說明） | |
| 朝顏姬君（見54頁說明） | |

**源氏繪賞析：與麗景殿女御回憶過往**

**鑑賞POINT 1**

〈11花散里〉的源氏繪通常挑選的是光源氏拜訪過往戀人的場景，或是與麗景殿女御緬懷往事的光景，鮮少描繪麗景殿女御的妹妹花散里。

**鑑賞POINT 2**

畫面中子規飛過。古人認為子規激烈的叫聲會喚醒懷念的過去，因此子規象徵懷舊與思念。

**鑑賞POINT 3**

庭院裡種了常綠的橘子樹，到了孟夏會綻放白色的花朵，秋天結黃色的果實。和歌經常提到橘花的香氣。

**概要**

二十五歲的夏日，光源氏前往桐壺院生前的其中一位女御，也就是麗景殿女御［※1］家拜訪對方。女御的妹妹花散里，曾經與光源氏互訴衷曲。如今姊妹倆一併接受光源氏庇護，住在同一個屋簷下，生活低調。光源氏在路上看到舊情人家（中川之女，見左頁說明），贈送對方一首和歌，女方的回覆卻裝作陌生人。相較之下，光源氏在麗景殿女御家懷念過往，接受花散里安慰。

# 11 花散里

## 花香鳥鳴 喚醒過往的記憶

光源氏
（25）

花散里
（?）

麗景殿女御
（?）

〈11花散里〉篇幅較短，相較於之後情節波濤起伏的〈12須磨〉，宛如暴風雨前的寧靜。橘花的香氣與子規的叫聲在本卷都發揮畫龍點睛的效果。橘花與子規都是和歌的典故，古人在和歌的薰陶之下具備這些典故的相關知識。例如光源氏造訪舊情人家正是因為聽到「會喚醒過往，激起思念」的子規鳴叫，彷彿受到叫聲吸引。橘花也會令人回憶過去，經常與子規一併出現於和歌當中。光源氏與麗景殿女御聞到橘花芬芳撲鼻，互贈和歌也是基於眾所皆知的典故，藉此加深和歌的深度與趣味。卷末終於登場的花散里則與過去一樣，溫柔迎接光源氏。她從未變心，終生受到光源氏重視，日後衷心支持光源氏與其子夕霧。

※1：麗景殿是後宮的宮殿之一（見17頁說明）。《源氏物語》除了花散里的姊姊之外，還有其他麗景殿女御（朱雀帝的女御，今上帝〔朱雀帝之子〕的女御，今上帝東宮的女御，皆無多所著墨）。

## 令人懷念過往的花朵「橘花」

「五月橘花香撲鼻，憶起昔日佳人袖」〔※2〕——平安時代的日本人聽到橘花，腦海就會浮現這首知名和歌。橘花象徵回憶過去，是受人喜愛的和歌題材。

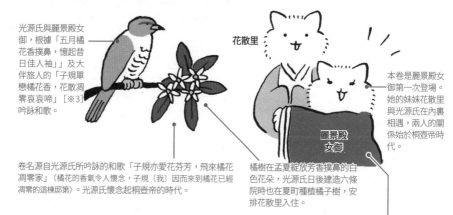

光源氏與麗景殿女御，根據「五月橘花香撲鼻，憶起昔日佳人袖」」及大伴旅人的「子規單戀橘花香，花散凋零哀哀啼」〔※3〕吟詠和歌。

本卷是麗景殿女御第一次登場。她的妹妹花散里與光源氏在內裏相遇，兩人的關係始於桐壺帝時代。

卷名源自光源氏所吟詠的和歌「子規亦愛花芬芳，飛來橘花凋零家」（橘花的香氣令人懷念，子規〔我〕因而來到橘花已經凋零的這棟邸第）。光源氏懷念起桐壺帝的時代。

橘樹在孟夏綻放芳香撲鼻的白色花朵，光源氏日後建造六條院時也在夏町種植橘子樹，安排花散里入住。

### 麗景殿女御與光源氏

麗景殿女御在光源氏之母桐壺更衣健在時，便已經是桐壺帝的妃子，也就是〈1桐壺〉開頭提到的「後宮眾多女御與更衣」的其中一人。從她獲得光源氏庇護一事看來，或許不曾欺侮過桐壺更衣。

桐壺更衣 ═ 桐壺帝 ═ 麗景殿女御
光源氏 ══════ 花散里

## 貴族別墅林立的「中川河畔」

光源氏前往麗景殿女御家的途中，與住在中川河畔的往昔戀人（中川之女）互贈和歌。中川河畔在當時是知名的別墅區，紫式部也居住於此。

光源氏遇見空蟬的紀伊守家（見18頁說明）也是在中川河畔。紀伊守家又名中川家，梨木神社（蘆山寺對面）是可能的所在地之一。

紫式部家遺址上是蘆山寺，寺內有紀念碑與平安時代風格的庭園「源氏庭」。

中川位於平安京東京極大路東側，由北向南，最後流入鴨川。東京極大路相當於現代的寺町通。

※2：《古今和歌集》收錄的和歌（佚名），內容描述五月時聞到橘子樹開花的香氣，憶起過往情人袖子的味道。
※3：和歌內容為子規來到橘花凋零的這棟房子，經常因為思念橘花而鳴叫。

**源氏繪賞析：在須磨的生活煩悶**

**鑑賞POINT 1**
光源氏自請處分，前往須磨。源氏繪的經典主題是光源氏站在須磨海濱，眺望小船與飛雁，吟詠和歌的模樣。

**鑑賞POINT 2**
陪同光源氏前往須磨的侍從包括同乳兄弟惟光等數人，原本侍奉光源氏的婢女則託付給紫之上。

**鑑賞POINT 3**
寂寥的秋日黃昏與盛開的當季花草。

**概要**

光源氏由於與朧月夜私會，受到右大臣一派誣告他有謀反之嫌，失去官位。他擔心之後會遭到流放，於是自請離開京城，前往須磨［※1］，留下紫之上獨守京城的家。另一方面，住在明石的明石入道聽聞此事，認為不能錯失良機，下定決心要把女兒明石之君嫁給光源氏。隔年二月，三位中將（頭中將）［※2］前往須磨拜訪光源氏，兩人重逢，喜形於色。三月，光源氏前往海邊修褉，突然狂風暴雨。

# 12 須磨

## 遭人冤枉卻還是必須前往須磨

光源氏（26～27）

明石入道（？）

朧月夜（？）

光源氏因為與朧月夜私會，遭到定罪。然而朧月夜並非朱雀帝的女御或更衣，而是以內侍，也就是女官身分入宮，他因此自認清白無辜。朱雀帝也改變想法，判處朧月夜不得入宮。從上文可知，光源氏與女官談戀愛並不構成懲處的理由。但是弘徽殿大后（朱雀帝之母）打算誣賴他意圖謀反，相關謠言也遠播至京城之外。就連明石入道的妻子也說光源氏是「與皇帝之妻犯下過錯之人」。像光源氏這樣經常拈花惹草的「風流」男子，眾人聽信謠言也是無可厚非。要是遭到右大臣一派誣賴，懲處流放，之後的人生再也不可能飛黃騰達。因此光源氏自請離開京城，前往須磨，展現恭順的態度［※3］。

※1：須磨（今兵庫縣神戶市）位於攝津國西側的海岸，離明石約八公里，是畿內離京城最遠的地方。｜※2：光源氏的朋友頭中將在書中是以官位稱呼，此時已經晉升為三位中將。｜※3：光源氏自請前往須磨是典型的「貴種流離」。「貴種流離」指的是身分高貴者由於犯錯而必須踏上艱困的旅程，通過試煉後復活或是重拾幸福。

12

須磨

## 輕微的流放之地——須磨

須磨距離京都約三～四天，並非十分遙遠。光源氏的人物原型之一在原業平之兄行平也是流放至此，所以予人政治犯流放之地的印象。當時流放的地點遍布全國各地。

律令所規定的「流放」分為近流、中流與遠流，其中又以遠流罪刑最重，會流放到隱岐、佐渡、伊豆與安房等地。
後鳥羽太上天皇打倒鎌倉幕府的計畫失敗後，與後醍醐天皇一起流放至隱岐。
後鳥羽太上天皇之子順德院、日蓮宗的開山始祖日蓮，以及室町時代的能樂演員與編劇世阿彌都是流放到佐渡。
須磨位於攝津國，還在天威籠罩的「畿內」。因此光源氏蟄伏之處仍舊在畿內［※4］。
京
畿內（山城、大和、河內、和泉、攝津）的範圍。
菅原道真與源高明流放至太宰府，代表受到嚴厲懲處。


### 光源氏的人物原型也遭到流放

源高明是光源氏的人物原型之一，原本是醍醐天皇之子，降為人臣，賜姓源氏。九六九年擔任左大臣之際，遭人誣陷為安和之變的主謀，因而流放太宰府。這件事雖然發生於紫式部出生之前，據信對於時人而言記憶猶新。

## 光源氏有罪惡感嗎？

三月上旬第一個巳日在水邊濯除不潔（上巳之禊）。光源氏也把象徵替身的人偶放進小船放水流，洗滌自己的罪惡與不潔。

下鴨神社（京都）每年三月都會舉辦源自上巳之禊的「流雛」。神官等人把和紙人偶裝進草編米袋的蓋子裏，連同蓋子放進神社境內的御手洗川，任其漂流，藉此消除不潔。
上巳之禊源自中國。藉由招魂祭拜，祈禱對方不要詛咒自己。

### 人偶放水流

把不潔轉移到人偶身上，讓人偶隨河水或海水漂流。人偶的材質包括木材、金屬、草、稻草與紙張等等。

人偶


TOPICS

### 老天有眼嗎？

光源氏雖然對朱雀帝深愛的朧月夜出手，不過並未意圖謀反。他沒有犯下任何與政治相關的罪行，到了須磨卻勤快修行，像是在贖罪。他認為自己必須自請處分，退居須磨都是因為上輩子的罪孽，以及老天爺責怪他不該與繼母藤壺私通。儘管世人並未發現他與藤壺的祕密，上天卻什麼事都看在眼裡。

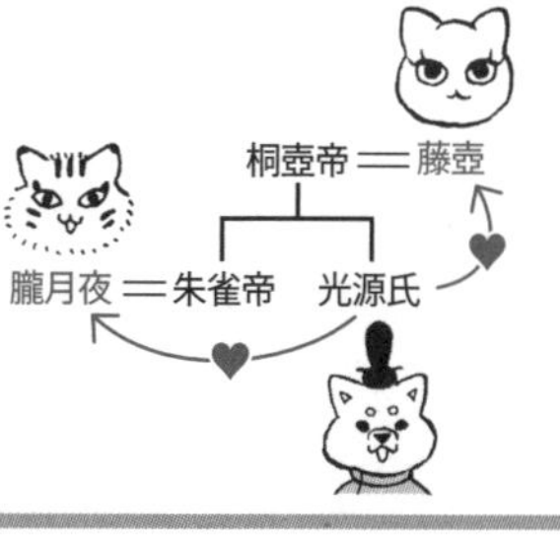

桐壺帝＝藤壺
朧月夜＝朱雀帝
光源氏


※4：須磨附近有光源氏的莊園，攝津的國司是他部下的親戚，所以須磨之於光源氏是便於隱遁的好地方。

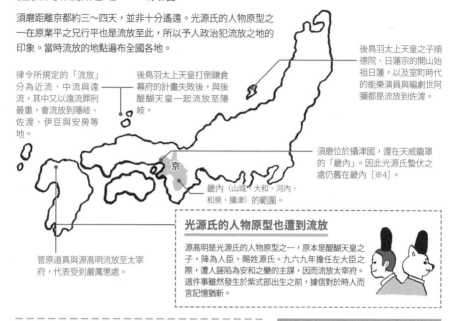

### 源氏繪賞析：光源氏在明石入道家安頓下來

**鑑賞POINT 1**
光源氏精通音律，無論何種樂器都能演奏出美妙的旋律。明石入道因而感動，拿起琵琶合奏的場面經常成為繪畫題材。光源氏騎馬前去見明石之君的場景也時常入畫。

**鑑賞POINT 2**
明石入道迎接光源氏住進海邊富麗堂皇的屋宇（海濱宅邸）。

**鑑賞POINT 3**
明石入道富可敵國，女兒在這裡的生活與京城貴族平分秋色。明石之君與母親住在山腳下的別院，離海邊有些距離。

**概要**

已故的桐壺院託夢告訴光源氏：「聽從住吉大神指引，盡早離開須磨。」隔天早上，明石入道便前來迎接光源氏。光源氏深感緣分之神奇，隨同明石入道遷往明石。明石入道長年以來期盼獨生女明石之君嫁入顯貴人家，光源氏答應實現他的願望。在此同時，在京城的朱雀帝與弘徽殿大后身體不適，朱雀帝認為是讓光源氏退居須磨的報應，於是將他召回。面對懷孕的明石之君，光源氏答應會再回來後便返回京城。

# 13 明石

## 男女關係不僅是男方前往女方家

光源氏
（27～28）

明石入道
（？）

明石之君
（18～19）

當時的婚姻基本上是獲得女方家長允諾後，由男方造訪女方家。除此之外，也有名為「召人」的男女關係，意指與男主人有男女關係的侍女，兩人關係並不平等。光源氏無意造訪明石之君，想把她當作召人。這是因為女方的身分配不上光源氏，真正門當戶對的是他的侍從良清［※1］。明石之君也明白兩人因為身分落差，不可能交往順遂，不但不願意去見光源氏，男方來訪時也不願當面相見。最後光源氏屈服，採取訪妻婚的型態，維護女方的地位。但是明石之君並未因此安下心來，仍舊擔心總有一天會再度遭到對方輕蔑。實際上光源氏在意留守京城的紫之上作何感想，於是不再造訪。由此可知，平安時代門第不相稱的婚姻不見得會幸福。

※1：良清是播磨守之子，從以前便認識明石之君一家。曾經向明石之君求婚，女方卻不理不睬。

## 明石之君與光源氏是親戚

故事設定桐壺更衣之父按察使大納言［※2］與明石入道之父大臣是兄弟，所以明石入道是藤壺更衣的堂親，也是光源氏的親戚。

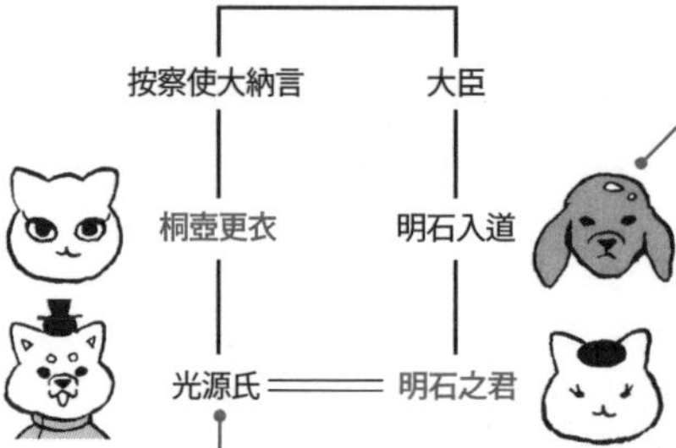


明石入道雖然是大臣之子，卻不同於一般皇族，自行選擇成為國守（地方官），定居明石，成為家財萬貫的富豪，並且皈依佛門。

引領光源氏前往明石的是住吉大神（見42頁說明）。明石之君每年都會前往住吉大社（大阪）參拜。

〈5若紫〉中眾人討論時便已經提到明石之君「據說如花似玉，琴棋書畫無一不通，由父親珍藏在家」。儘管她身居鄉下，仍舊受到良好教育。

### 明石貿易興盛

明石面對瀨戶內海，位於海上交通要道。隔壁的須磨位於攝津國，明石則隸屬國力強大的大國「播磨國」。由於位於畿外，京城較難干涉此地的貿易活動，因此成為獨立性強的貿易據點。

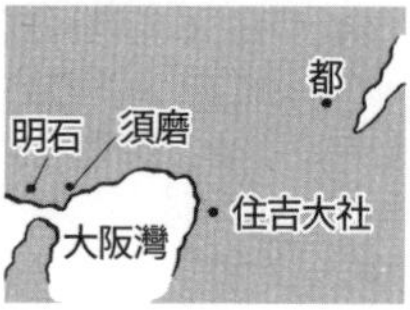


## 僧侶與入道的差異

剃髮皈依佛門者當中，未進入寺院的在家修行者多半稱為「入道」。明石入道也是在明石與妻女一同生活。

剃髮進入寺院修行者稱為「出家」。

在日本，不分男女，多半尊稱皈依佛門的顯貴為「入道」，例如出家的皇后與中宮稱為「入道后宮」，藤壺亦是如此。

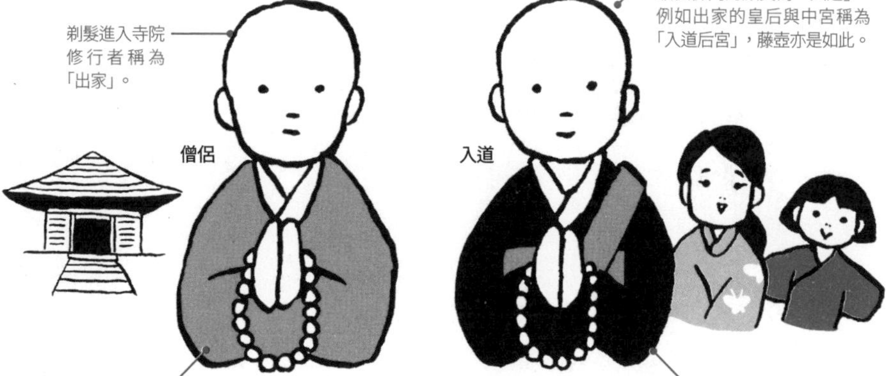

### 管理僧侶的官僧

擔任官職的僧侶負責管理全國的僧侶尼姑。紫之上的外舅公是「北山僧都」，僧都的地位僅次於僧正。

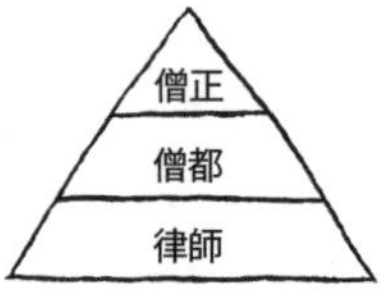


### 明石入道是什麼樣的人？

〈5若紫〉中提到明石入道是「自願成為國守，卻遭到當地人反對，所以出家」。當孫女入宮（明石姬君，見87頁說明）生下曾孫後，進入深山修行。明石入道家（海濱宅邸）的遺址位於明石市善樂寺境內，立有石碑。

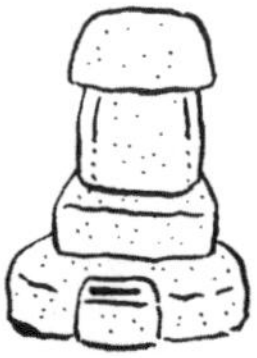
明石入道的石碑

※2：按察使的職責是監督地方行政。平安時代由大納言與中納言等人兼任。

**源氏繪賞析：**
**回到京城的路上前往住吉神社參拜**

侍從一行人
光源氏
眾童子

**鑑賞POINT 2**
小船來到海濱附近，卻不見明石之君的身影，象徵只得折返的悲傷與苦悶。

**鑑賞POINT 3**
畫中的住吉大社前是一片白沙綠松（現在因為填海造地，已經看不見海岸線了）。

**鑑賞POINT 1**
光源氏率領侍從前往住吉大社還願的場景經常入畫。畫面必定出現鳥居與成排的松樹。

**概要**

朱雀帝決定退位，隔年二月太子（光源氏與藤壺之子）即位，是為冷泉帝，光源氏等人隨新帝即位而晉升，重新取得權勢。三月，明石之君生下女兒（明石姬君）。光源氏回想起過去宿曜（占星）的結果，相信女兒將來必定會成為皇后。秋季時分，光源氏一行人前往住吉大社（大阪）參拜，明石之君看見男方陣容深感雙方身分有如天壤之別，折返回家。另一方面，六條御息所從伊勢回到京城，向光源氏託孤之後撒手人寰。

# 14 澪標

## 化危機為轉機

光源氏晉升內大臣，左大臣家［※1］再度掌握權勢。想要真正獲得大權，必須掌控後宮。權中納言（頭中將）把女兒送進冷泉帝後宮，光源氏則是收養已故的六條御息所之女（原齋宮）［※2］，並且也想把她送進宮。送養女入宮代表與權中納言成為競爭對手，但是他毫不留情。失意的經歷促使光源氏化身嚴酷的政治家。冷泉帝之母藤壺也希望光源氏成為兒子的強力後援，因此支持他送養女入宮。即使知道朱雀帝曾經向六條御息所之女求婚［※3］。光源氏為了思慕藤壺而煩惱已經是過往雲煙，現在兩人基於政治因素而聯手合作。另一方面，右大臣家經歷右大臣過世，期盼朧月夜（見31頁說明）生下朱雀院（當時還是天皇）之子好成為外戚，掌控政壇，野心隨著朧月夜並未產子而不得不劃下句點。

明石之君
（19～20）
光源氏
（28～29）
冷泉帝
（10～11）

※1：原本的左大臣（葵之上之父）在朱雀帝在位時退休，現在又回歸政壇，成為攝政太政大臣，與疼愛的女婿光源氏一同協助冷泉帝治理天下。他的兒子頭中將也從宰相中將晉升為權中納言。

※2：每當改朝換代，齋宮隨之替換，六條御息所的女兒因而回到京城。

14

澪標

## 平安時代的古人所相信的「占卜」

《源氏物語》時時提到占卜。平安時代的人大大小小的事情都仰賴形形色色的占卜來判斷未來吉凶與命運。陰陽師、僧侶與宿曜師都會算命。

算命方式包括龜甲占卜與夕占。後者是傍晚站在路邊，撒米或是念誦咒語，聆聽路人的話來判斷吉凶。

平安時代的古人相信夢喻，光源氏也夢見過世的桐壺帝託夢，要他離開須磨，他也照做了（〈12須磨〉）。

桐壺帝把光源氏降為人臣是根據看面相的結果（見16頁說明）。

宿曜是觀察星星的運行來判斷命運。

〈34若菜上〉提到明石入道曾經夢到「子孫母儀天下」。

### 暗示故事走向的宿曜

夕霧、冷泉帝，以及冷泉帝之後出生的明石姬君——光源氏因而憶起宿曜占卜的結果：「當生子女三人，必為天子、皇后與太政大臣。」［※4］這段占卜的結果是故事的關鍵，時時出現。

光源氏

| 皇后 | 帝 | 太政大臣 |
|---|---|---|
| 明石姬君 | 冷泉帝 | 夕霧 |
| （明石之君之子） | （藤壺之子） | （葵之上之子） |

## 事態改善都是因為住吉大社的神明保佑？

夢中聽到住吉大神的神諭之後，光源氏移居到明石，事態隨之好轉。遇見明石之君，回到京城，又明珠入掌。住吉大神深受皇室與貴族信仰，是保佑海上平安，和歌、農耕與財富之神。

### 光源氏所信仰的住吉大神

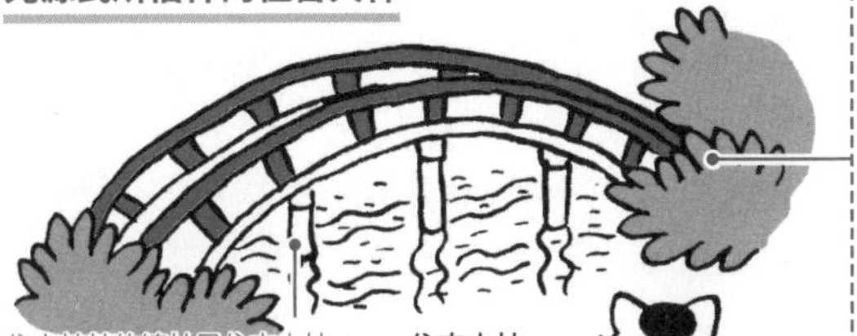

住吉神社的總社是住吉大社。光源氏之後為了感謝明石姬君生的兒子成為太子，前來住吉大社參拜，感謝神明保佑（〈35若菜下〉）。

住吉大社

住吉大社過往面海（大阪灣，古稱「難波江」），神社中的水池令人聯想起往昔海灣的光景。水池上架有拱橋，光是走過拱橋便能達到消災解厄的效果。

### 難波有名的澪標

難波江多淺灘，需要標示航道的木杭「澪標」（航標）。「澪標」與「獻身」的日文發音相同，因此在住吉大社擦身而過的光源氏與明石之君互贈吟詠兩者的和歌（卷名的由來）。大阪市的市徽也是澪標。

澪標

### 改朝換代，運氣隨之提升

統治天下者

天皇

冷泉帝

天皇的代理人與輔佐

攝政、關白

天皇尚年幼。光源氏原本期待自己能兼任攝政，實際當上攝政的是岳父（過去的左大臣，葵之上之父）。他於是與前左大臣一家合作，管理朝政。

律令官制的最高機關「太政官」

（長官）

太政大臣

左大臣

右大臣

內大臣

亡妻之父

（左大臣）

光源氏

（次官）

大納言

中納言

參議

亡妻之兄弟

（頭中將）

※3：朱雀院自從「離別之御梳」儀式（見35頁說明）以來，深受吸引。

※4：書中並未提及宿曜（占星）的時間點。

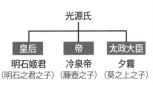

**源氏繪賞析：**
**發現末摘花的破爛房子**

**鑑賞POINT 1**

光源氏拜訪末摘花家的場景經常入畫。末摘花家破破爛爛，連強盜都會忽略。艾草是描繪荒廢建築不可或缺的要素。

**鑑賞POINT 2**

院子艾草叢生。惟光走在前頭，以馬鞭拂去草上的露水。即使如此，光源氏的指貫下擺依舊濕透。

**鑑賞POINT 3**

松樹是長生不老的象徵，樹上纏繞藤花。這是王朝時代繪卷經常可見的組合。

**概要**

光源氏在須磨與明石期間，已故常陸宮之女末摘花生活窘迫。壞心的阿姨想把她帶去當自己女兒的侍女，但是她堅決不肯離家；長期以來奉獻犧牲照顧她的同乳姊妹侍從也離開她，前往鄉下。光源氏在回到京城的隔年四月造訪時，看到末摘花一個人孤零零地待在荒廢破舊的房子裡等待自己，大受感動，決定照顧她一輩子。

# 15 蓬生

## 千金小姐生活窘困並不稀奇

光源氏人在須磨與明石，失意痛苦之際，把末摘花忘得一乾二淨。回到京城之後，偶然經過末摘花家才想起對方，而此時已經是他回到京城隔年的事了。

末摘花遵守亡父常陸宮的教誨，維持古老的生活方式，過時落伍。但是頑固笨拙的個性使得她一心一意等待光源氏，從不變心，進而終生獲得光源氏庇護。《源氏物語》詳細描述她因為失去光源氏援助，生活困窘的情況。當時出身顯貴的女性淪為貧困並不稀奇。現實生活中，紫式部身邊也有許多上流貴族的女兒因為無人庇護照料，只得為了生計去當侍女［※1］。末摘花從未變心或許是因為只有光源氏可以依靠。

※1：藤原伊周（原為關白的父親過世之後，與藤原道長爭權失敗）據說擔心原本預計入宮、嫁給天皇的女兒在自己死後淪為侍女，哭著表示：「希望女兒比我早死。」即使是最上流的貴族，女兒在父親死後依舊可能遭人蔑視、受人詢問是否有意願當侍女。

## 利用植物表現房屋荒廢的程度

末摘花家的圍牆與走廊崩塌損毀，院子雜草叢生，牧童甚至來此放牧牛馬。平安時代的文學作品與和歌使用多種植物來表達住宅荒廢的程度。

除了艾草之外，《源氏物語》還會以「葎」（日文對雜草的總稱）與白茅等植物茂密繁盛來形容荒蕪的情況。

卷名的「蓬」即為艾草，是代表荒廢房屋的典型植物。

除了植物之外，崩塌的土牆也是房屋荒廢的象徵。土牆容易崩塌，需要時時維護，清楚顯示主人的經濟狀態。

### 皇族也可能陷入窮困

過去也曾經發生皇族家道中落的情況，但是到了紫式部的時代，財富集中於地方官手上。《源氏物語》也出現類似的情節。例如末摘花的阿姨嫁給地方官，應該是重視富裕勝過名譽的現實主義者。

常陸宮 ＝ 女　　女 ＝ 地方官（之後成為大宰大貳）

末摘花 ← 想找末摘花當女兒的侍女

## 平安時代女性的儀表

平安時代的女性必須化妝與梳理頭髮（見129頁說明）。即使是世間罕見的醜女末摘花，也因為一頭筆直的長髮而獲得看盡美女的光源氏好評。

成年後必須把牙齒塗黑。塗黑的方式是把鐵片浸在醋或是酒裡，用氧化的液體來染色。

平安時代的美女條件之一是濃密的黑色長直髮［※2］。有些人甚至會接上假髮好讓頭髮看起來更長。末摘花的頭髮十分美麗，長九尺多（約二．七米），頭形又好。

貴族的成年女性會拔去所有眉毛，以眉墨畫出眉毛，稱為「引眉」。平安時代後期連男性（貴族與武士）也會畫眉毛與染黑牙齒。

當時稱化妝為「做臉」，以白粉塗抹臉部後塗上口紅。白粉的原料是鉛與米粉，含鉛的白粉延展性佳，卻會引發中毒。

## 平安時代的餞別禮

同乳姊妹［※3］即將前往筑紫，末摘花於是贈送對方用自己掉下的頭髮做成的假髮。這在當時也是十分奇怪的餞別禮，由此可知她的個性。

末摘花也送了對方薰衣用的薰香。一般是一盒裡面放四壺，末摘花可能因為準備不來，只送了對方一壺。儘管如此，依舊是代代相傳的好東西。

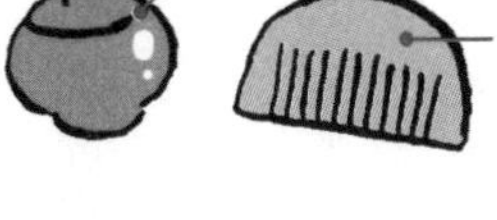

一般女性贈送的餞別禮是衣物、扇子與化妝工具等等。末摘花或許是從自己準備得來的東西當中挑選了最高級的禮物。

梳子也是餞別禮之一。光源氏在〈4夕顏〉在伊予介前往任地之際贈送餞別禮，又另行悄悄送給其妻空蟬美麗的梳子與扇子。

※2：〈5若紫〉提到若紫（紫之上）甩動頭髮時像是攤開的扇子。由此可知若紫的頭髮濃密、筆直美麗，符合當時美女的條件。

※3：同乳姊妹的侍從與末摘花姨丈大宰大貳（太宰府次官）的外甥（或姪子）結為連理，於是陪同前往筑紫。

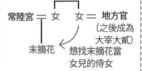

**源氏繪賞析：**
**光源氏與空蟬在逢坂關重逢**

**鑑賞POINT 1**

九月底，逢坂關四處楓紅。空蟬坐在牛車裡，四周是隨從。

**鑑賞POINT 2**

光源氏喚來空蟬的弟弟右衛門佐（小君），以甜言蜜語哄騙對方是特意來迎接云云。前往關隘迎接來京城的人稱為「關迎」，是當時的習俗。

**概要**

空蟬曾經與光源氏有過一夜之緣（見20頁說明）。後來她與成為常陸守的丈夫（原為伊予介）長年待在東國的任地。任期結束，回到京都的途中，在逢坂關與前往石山寺參拜（見左頁說明）的光源氏一行人擦身而過。兩人回憶起過往，不禁感嘆。丈夫過世之後，空蟬為了逃避繼子河內守（原紀伊守）的糾纏，選擇出家。

# 16

## 關屋

### 以淒美的筆觸描繪無法實現的戀情

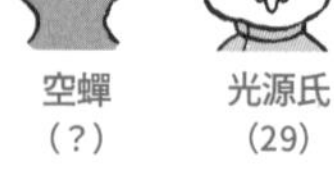

空蟬
（?）

光源氏
（29）

逢坂關是相逢與離別之處。紅葉凋零的季節，光源氏與空蟬在此重逢與離別。兩人首次相遇時光源氏才十七歲，歷經須磨與明石的謫貶，現在時來運轉，二十九歲便晉升內大臣。另一方面，空蟬衣仍舊是年老地方官的妻子，人生一成不變。兩人時隔十二年，在逢坂關擦身而過。空蟬一行人必須躲在樹下，讓身分高貴的光源氏先行通過。儘管明知兩人身分天差地別，女方此時再度深感兩人身分的鴻溝。兩人的戀情原本就沒有將來，在逢坂關擦身而過之後，空蟬出家為尼[※1]，戀情完全劃下句點。

地方官階級的女性空蟬的故事在《源氏物語》當中屬於支線。紫式部以楓紅為充滿現實色彩的結尾添加顏色，淒美的筆法令人感受到作者對空蟬的用心。

※1：空蟬成為寡婦之後，眾繼子有些人變得冷淡，有些人甚至轉而追求他。她的父親是衛門督（衛門府的長官），出身高貴，卻迫於現實嫁給年老的地方官，喪夫後改嫁繼子未免過於恥辱，於是選擇出家。

## 去也逢坂關，回也逢坂關

逢坂關介於山城國與近江國之間，通往東海道與東山道，是從東國進入京城的關隘。名稱的「逢」字令人聯想到男女相逢或是人與人之間的交會，經常成為和歌題材。

### 瞧瞧逢坂關的遺跡吧！

標示逢坂山關遺址的石碑位於滋賀縣大津市的國道一號線旁，但是現在已無人知曉關隘的正確位置。逢坂關是平安時代的三大關隘之一［※2］。

各地地方官（受領〔國司〕）踏著從畿內延伸而出的七街道（官道）往返京城與任地，或是輾轉於各個任地之間。家人多半會陪同前往任地，例如空蟬也陪伴從伊予回到京城的丈夫前往常陸。

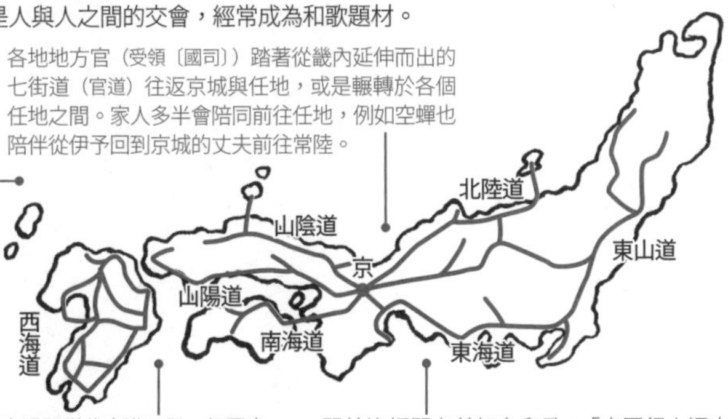


穿過關隘代表進入另一個國家，因此關隘是特別的地點，也成為和歌吟詠的知名地點。

關於逢坂關有首知名和歌：「東國行人返京客，親朋好友陌路人，眾人齊聚逢坂關，離別相送皆不斷」。作者蟬丸是平安時代前期的傳說歌人，雙眼失明，擅彈琵琶。供奉他的蟬丸神社位於滋賀縣大津市。

## 平安時代所信仰的「觀音菩薩」

平安時代的人認為觀音菩薩會實現今世的願望，因此信徒眾多。光源氏所參拜的石山寺也是觀音信仰的聖地，供奉的是如意輪觀音像。

石山寺屬於真言宗，位於滋賀大津瀨田川（從琵琶湖流出的河川）畔。光源氏也曾經為了還願而來參拜。

石山寺離京都不遠，既是參拜觀音的聖地，對於貴族女性而言也是享受旅行樂趣的觀光景點。例如《蜻蛉日記》的作者藤原道綱之母便曾前往石山寺參拜。

石山寺也是知名的賞月景點。

在佛寺與神社待上一定期間祈禱願望實現稱為「參籠」。石山寺深受貴族女性歡迎，《更級日記》的作者菅原孝標女也曾來此閉居祈禱。

### 《源氏物語》是在石山寺寫成的？

《源氏物語》的註釋書《河海抄》記載紫式部在石山寺，眺望映照在琵琶湖上的月亮，從〈12須磨〉與〈13明石〉開始著手。石山寺本堂一角是「源氏之間」，由於紫式部當時於此執筆而聞名。

石山寺（滋賀）、長谷寺（奈良）與清水寺（京都）都是觀音信仰的聖地，參拜的信徒人潮如織。

※2：另外兩個關隘是三重縣龜山市的「鈴鹿關」與岐阜縣關原町的「不破關」。

## 源氏繪賞析：在藤壺面前舉辦繪合

**鑑賞POINT 1**

〈17 繪合〉的經典場景是藤壺面前擺放收納繪畫的盒子。侍女也會加入品評。除了這個場景，光源氏與紫之上挑選繪畫進奉給冷泉帝的場面也經常入畫。進奉繪畫是配合冷泉帝的喜好。

**鑑賞POINT 2**

盒子也是以紫檀等高級木材打造而成。用來收納一流繪畫的盒子，連盒子都極盡奢華。

**鑑賞POINT 3**

有時入畫的是在冷泉帝面前舉辦繪合的場景。此時冷泉帝多半身處簾子後方。這是描繪天皇的典型畫法之一。

**概要**

六條御息所過世之後，女兒（原齋宮）成為光源氏的養女，進入冷泉帝的後宮，人稱「梅壺女御」。權中納言（頭中將）的女兒之前便已入宮，兩人為了讓女兒獲得天皇寵愛，彼此競爭。三月，兩名女御在藤壺面前舉辦比賽繪畫優劣的「繪合」。由於分不出勝負，於是改在冷泉帝面前再次競爭。最後由光源氏拿出當年在須磨畫下的日記，感動眾人，使得梅壺女御贏得勝利。

# 17 繪合

## 優雅的遊戲其實是激烈的權力鬥爭

光源氏與權中納言（頭中將）為了女性而一較高下已經是遙遠的往事。現在兩人是政壇的競爭對手，爭奪後宮的霸權。光源氏在須磨之際，權中納言不顧失勢的危險，前去探望。讀者或許會認為光源氏忘恩負義，居然把女兒送進後宮與好友的女兒競爭，手段惡劣。但是兩人都各自擔負家族一門的命運，必定得讓女兒立后［※1］，絕不能手軟心慈。舉辦比賽繪畫優劣的「繪合」也是為了吸引冷泉帝注意。比賽結果是以光源氏在須磨描繪的日記獲勝，因為當時在場的人都是謫貶期間與他同甘共苦的夥伴。權中納言受到右大臣的勢力壓迫，冷泉帝也差點失去太子的地位，在重要的場面拿出圖畫日記喚起大家的同情心，打動眾人可說是光源氏的作戰。現在他的政治實力無人可敵。

※1：正式選定皇后（中宮）。候選人是女御。
※2：在冷泉帝面前舉辦，裁判是光源氏同父異母的弟弟帥宮（後稱螢宮）。
※3：收錄於《小倉百人一首》的「相思眉宇上，欲掩不從心，我自憂思甚，偏招詰問人」（平兼盛）是這次歌合最後獲勝的和歌。

## 代替政爭的「物合」——梅壺女御VS.弘徽殿女御

競爭物品優劣的比賽稱為「物合」，分為左右兩組，由裁判（判者）決定勝負［※2］。競賽項目包括歌合（比和歌）、薰物合（比薰香）與貝合（比貝殼），《源氏物語》之前沒有繪合的相關紀錄。

權中納言的女兒，當時十四歲，比冷泉帝年長一歲。他與桐壺帝的女御，也就是生下朱雀帝的弘徽殿女御（見17頁說明）是不同人。

繪合的原型據說是九六〇年舉辦的知名歌合「天德內裏歌和」［※3］，成為之後歌合模範。

六條御息所的女兒，日後由光源氏所收養，當時二十二歲。擅長繪畫，曾受朱雀帝戀慕（見42頁說明）。

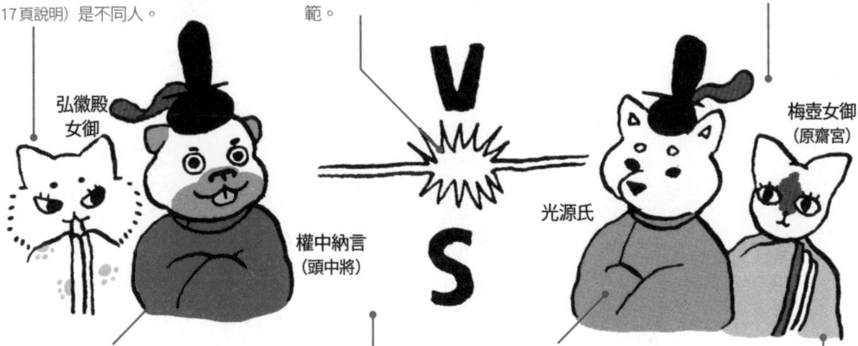
弘徽殿
女御
權中納言
（頭中將）
V
S
光源氏
梅壺女御
（原齋宮）

女兒立后代表贏得政權。現實生活是當時習慣立藤原家的女兒為后，權中納言才是有利的一方。

原本立場不利的梅壺女御之所以獲勝在於光源氏壓倒眾人的政治實力與梅壺女御本人擅長繪畫，因而獲得喜愛繪畫的天皇本人寵愛。

兩名女御分別住在後宮的弘徽殿與凝華舍（見17頁說明）。梅壺女御的名稱源自凝華舍別名「梅壺」。

### 以「故事畫」一較高下

繪合比的是「故事畫」，由文章與插畫所組成。紫式部以當時眾人閱讀的《伊勢物語》、《竹取物語》與《宇津保物語》為題材，畫師與書法家也是當代大受歡迎的人物［※4］，添加故事的真實性。由此可知，《源氏物語》是虛實夾雜的作品。

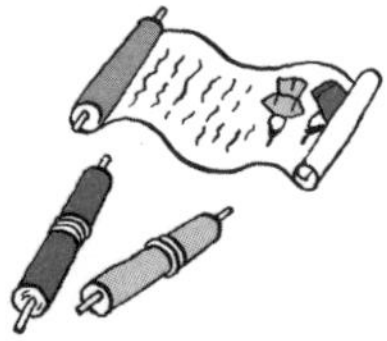

## 《源氏物語》的時代設定

《源氏物語》中的桐壺帝與冷泉帝原型是當時合稱「延喜天曆之治」的醍醐天皇（第60代）與村上天皇（第62代），據說人人皆稱其為理想時代。

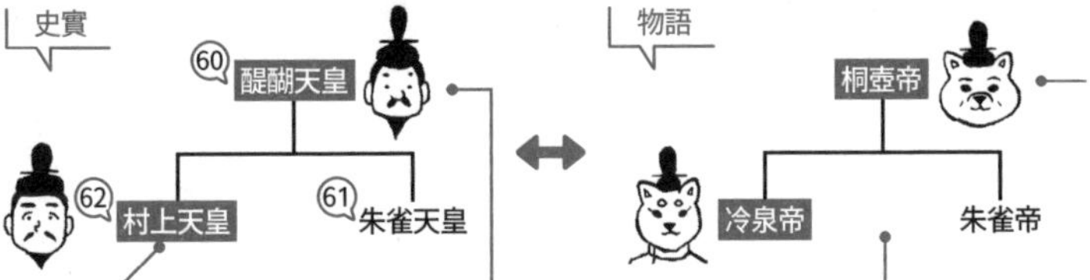
史實
60
醍醐天皇
62
村上天皇
61
朱雀天皇
物語
桐壺帝
冷泉帝
朱雀帝

關於桐壺帝的描述「在後宮眾多女御與更衣之中……」（〈1 桐壺〉）與女御、更衣眾多的醍醐天皇相同。

紫式部的時代出現醍醐天皇（年號延喜）與村上天皇（年號天曆）是理想治世的觀念。村上天皇的時代舉辦了繪合的原型「天德內裏歌合」。

《源氏物語》的故事背景設定為醍醐天皇的時代，比紫式部執筆的時間早上一百年。醍醐天皇是紫式部曾祖父藤原定方的外甥。這個時代是紫式部一族最為顯貴的美好時代。

### 還有其他人物原型嗎？

紫式部所侍奉的一條天皇（第66代）最為知名的是與家道中落的皇后定子的悲戀。相信當時應該也有部分讀者把桐壺帝與桐壺更衣看作一條天皇與定子皇后吧！

一條天皇

※4：例如平安時代中期的畫師巨勢相覽、飛鳥部恒則、書法家小野道風，以及平安時代前期的歌人紀貫之等人。

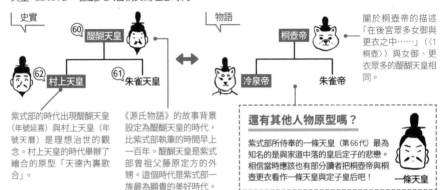

**源氏繪賞析：**
**造訪明石之君的場面**

**鑑賞POINT 1**

兩人在大堰的山莊重逢。畫面固定出現松樹與筏子。當時提到大堰川（見左頁說明），第一個聯想到的便是筏子的船夫。有些源氏繪單純以船夫來表示主題是〈18松風〉。

**鑑賞POINT 2**

明石之君明白自己生在鄉下，長在鄉下，不想前去京城，淪為笑柄。明石入道於是為女兒準備了在郊外的別墅，避開京城人。這是有錢人才做得到的事。

**概要**

光源氏三十一歲時，新的宅邸二條東院落成。他想安排花散里住在西之對，明石之君住在東之對。然而明石之君無法下定決心前往京城。明石入道因此改建在京城郊外大堰的別墅，讓女兒與妻子住進別墅。光源氏與明石之君相隔三年方才重逢，這也是他第一次見到女兒明石姬君。他告知紫之上女兒的事，希望紫之上能代替生母來養育對方。

# 18 松風

## 逼迫母女分開的理由

算命師預言光源氏的女兒明石姬君將來會母儀天下，缺點在於這個孩子的生母身分低下。光源氏於是決定把小孩交給紫之上撫養，好提升女兒的身分。

在紫式部的時代，一條天皇的皇后定子母親是中流貴族［※1］，冷泉天皇與圓融天皇的女御則是母親都屬於地方官階級［※2］。他們的共通點在於父親的身分高貴。《源氏物語》中光源氏權傾一時，即使明石姬君是由明石之君撫養，應該還是能夠立后。既然如此，為何光源氏堅持要由紫之上來養育呢？這是因為他自己本身的遭遇。母親只是一介更衣，所以當不上親王。當時出生在京城之外，就已經是一種瑕疵。明石姬君不但母親身分低下，她自己也是在鄉下出生。光源氏為了實現預言，不能冒任何危險。

※1：定子的母親是高階貴子，祖父是高階成忠。書香世家高階家屬於中流貴族。至於定子的父親是關白藤原道隆，也就是上流貴族藤原攝關家的一員。

※2：冷泉天皇女御和圓融天皇女御是同母異父姊妹，藤原道長為其兄弟。

18

松風

## 光源氏一族居住的二條院與二條東院

二條東院原本是桐壺帝生前的宮殿，位於光源氏宅邸二條院的東側。當時貴族的住宅是「寢殿造」建築，寢殿的東、西、北處設置廂房「對屋」，彼此之間以有屋頂的走廊「渡廊」連結。

光源氏住在二條院的東之對，紫之上在西之對。二條院是桐壺女御的娘家，母親過世後由光源氏繼承，奉桐壺帝之命改建。

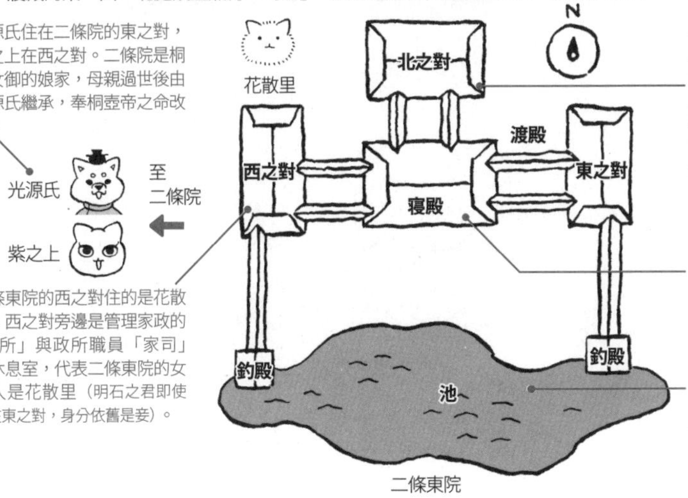

花散里
光源氏
紫之上
至
二條院
N
北之對
渡殿
西之對
東之對
寢殿
釣殿
釣殿
池
二條東院


二條東院的西之對住的是花散里。西之對旁邊是管理家政的「政所」與政所職員「家司」的休息室，代表二條東院的女主人是花散里（明石之君即使住在東之對，身分依舊是妾）。

二條東院的北之對比較寬敞，方便光源氏安排過去的戀人來居住。光源氏擅於照顧人，是當時讀者心目中的理想男性吧！

光源氏來到二條東院時，在寢殿休息。

寢殿南側的庭院裡有池塘，面對池塘建設釣殿（見67頁說明）。

## 明石之君從明石搬到大堰

明石之君倘若搬到光源氏的宅邸，會淪落為與他偶爾發生關係的侍女。因此明石之君堅持住在大堰，要求光源氏來此拜訪自己，表明兩人是對等的關係。

### 平安貴族熱愛的風景名勝——大堰

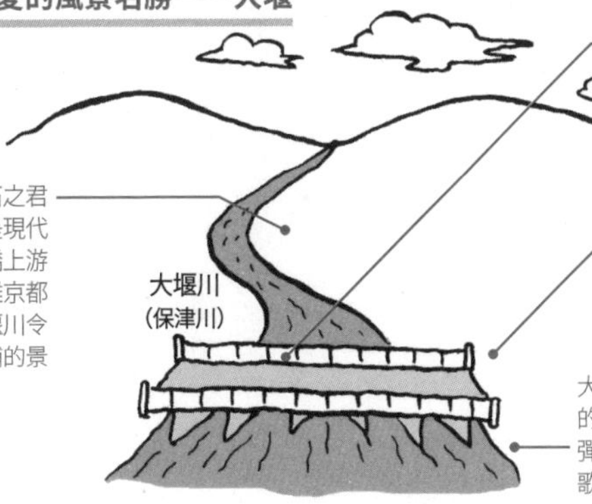

大堰川
（保津川）


大堰川上是渡月橋。原本橋梁通往對岸的法輪寺，因此稱為「法輪寺橋」。這裡是風景名勝之地，貴族會來大堰船划船遊樂。

大堰川旁是明石之君的山莊，約莫是現代京都嵐山渡月橋上游左岸。這裡距離京都有些距離，大堰川令人聯想起明石浦的景色。

光源氏在這裡建設佛堂，以前往佛堂為藉口去拜訪明石之君。

大堰山莊吹來松風——也就是吹過松林間的風，譬喻為琴聲。松樹的日文別名是「琴彈草」。明石之君向光源氏遞出琴，吟詠和歌［※3］的情節成為卷名由來。

### 明石之君一行人終於上京

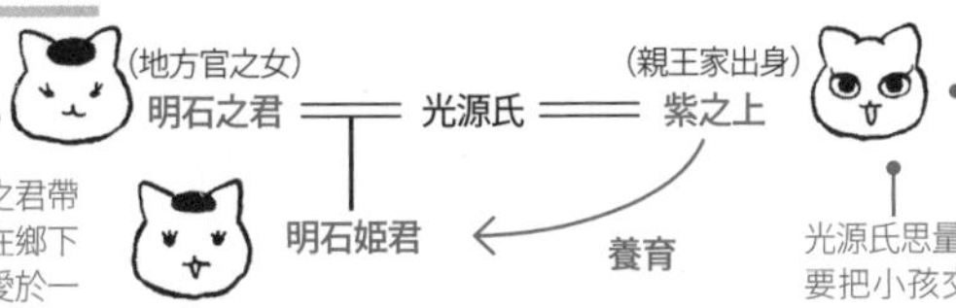

（地方官之女）
明石之君
光源氏
（親王家出身）
紫之上
明石姬君
養育


紫之上與明石之君形成對比。她雖然出身顯貴，卻喪母又缺乏父親庇蔭。

在父親的安排之下，明石之君帶著母親與女兒上京。雖然在鄉下出生成長，卻集父母的關愛於一身。

光源氏思量明石姬君的未來，決定要把小孩交給親王家出身的紫之上。

※3：「誓言永不變，聊慰相思情，一曲舒愁緒，松風帶泣聲」（我唯一的依靠是你永不變心的誓言，配合松風的聲音彈琴，於是流下了眼淚）。「松」與「等待」同音，因此以松暗示等待；「言」則與「琴」同音。

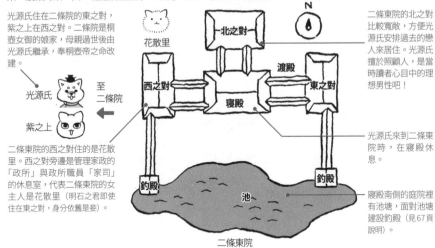

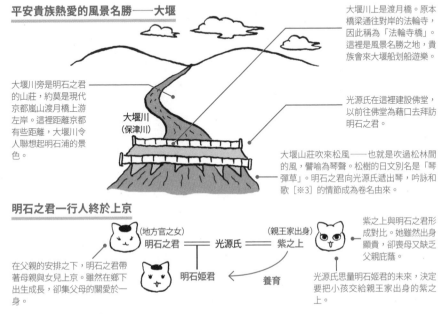

**源氏繪賞析：**
**明石之君與明石姬君「母女分別」**

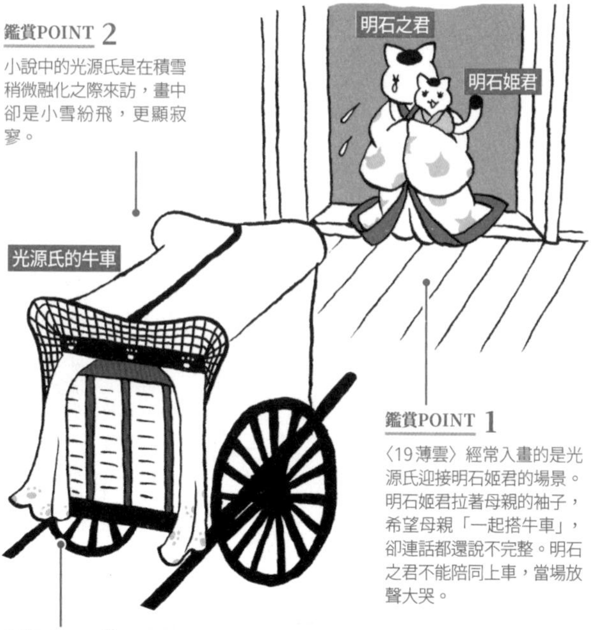


**鑑賞POINT 2**
小說中的光源氏是在積雪稍微融化之際來訪，畫中卻是小雪紛飛，更顯寂寥。

**鑑賞POINT 1**
〈19 薄雲〉經常入畫的是光源氏迎接明石姬君的場景。明石姬君拉著母親的袖子，希望母親「一起搭牛車」，卻連話都還說不完整。明石之君不能陪同上車，當場放聲大哭。

**鑑賞POINT 3**
有些源氏繪會畫出光源氏，但是巨大的牛車本身便象徵光源氏在場了。

**概要**

明石之君強忍心痛，將女兒交給紫之上。明石姬君一開始儘管哭哭啼啼，久了也習慣紫之上，在她的母愛環繞之下成長。年初，太政大臣（左大臣）過世，三月藤壺駕崩。藤壺尾七剛過，冷泉帝從夜晚負責祈禱的僧都口中得知自己的生父是光源氏，表示有意讓位給生父。光源氏堅決拒絕。秋天，養女梅壺女御（六條御息所的女兒）回到娘家，光源氏對她表達情意，卻遭到對方無視。

# 19 薄雲

## 光源氏成為天皇之父 天皇也知道了真相

光源氏（31～32）
明石之君（22～23）
冷泉帝（13～14）
明石姬君（3～4）

冷泉帝十四歲時得知自己的身世。失去母親（藤壺），悲痛萬分之際竟然得知自己其實不是桐壺帝的親生兒子，還是母親與光源氏私通的結果，打擊想必分外沉重。明明這種時候自暴自棄也不足為奇，冷泉帝卻是充滿孝心的好孩子，不但不怨恨雙親，還覺得讓生父當臣子很抱歉，想讓位給對方。光源氏從冷泉帝態度異常，懷疑他可能得知出生真相。自此之後，兩人關係發生變化。冷泉帝知曉祕密之前，兩人不過是普通的君臣關係，知道真相之後，光源氏成為天皇不為人知的父親，格外受到天皇重視。儘管兩人都不曾說出口，身世真相加強彼此的關係，光源氏在朝廷的立場更為穩定，穩健邁向榮華富貴之路。

19

薄雲

## 消除災厄，祈求平安

古人解決災厄的方法是向神明祈禱，請求神明「消除」——這種行為稱為「祓」。時人會前往水邊滌去不潔［※］，把災厄從身上轉移到其他物品上。明石姬君也攜帶消災解厄的人偶前往光源氏宅邸。這個人偶會隨身攜帶到三歲。

侍女
（少將）
乳母（宣旨之女）


與明石姬君一同前往光源氏宅邸的除了乳母，還有高雅的侍女少將。陪同時攜帶佩刀（守護用的刀子）及天兒（守護幼兒的驅邪人偶）。

天兒放在兒童身邊，發生災厄時成為兒童的替身，代其受過。

光源氏派遣乳母（宣旨之女）負責教育明石姬君。乳母與明石之君無話不談，明石之君同時失去兩個重要的人，因而傷心流淚。

### 守護人偶——天兒

以紙張或木材做成的人偶（見132頁說明）久而久之成為兒童的護身符。以棒子組成十字，臉以碎布包裹，穿上衣物。放在幼兒身邊，消災解厄。

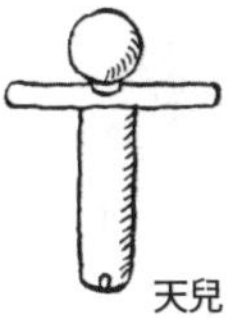

天兒


## 重要的人相繼離世，沉浸於悲哀之中

太政大臣（前左大臣）是光源氏的岳父，把他當作親生兒子疼愛。岳父與心愛的繼母藤壺接連離開人世，令他悲痛萬分。

### 身邊的人相繼過世

藤壺在厄年三十七歲時過世，兒子冷泉帝後悔沒為母親除厄。當時平均壽命是四十多歲，紫式部所服侍的一條天皇中宮彰子卻活到八十七歲。

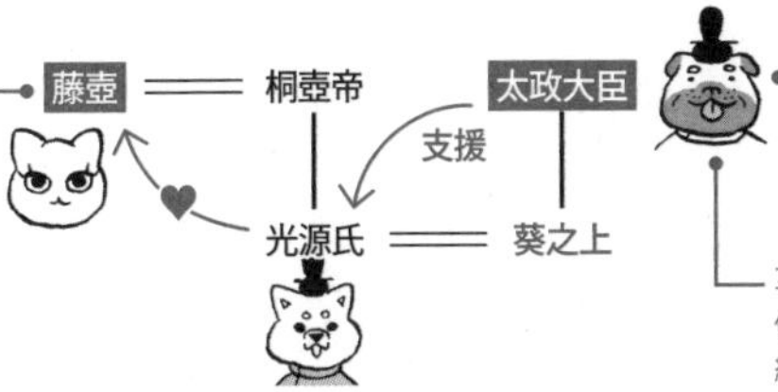

藤壺
桐壺帝
太政大臣
支援
光源氏
葵之上


太政大臣從光源氏童年時期便對他另眼相看，因此把女兒嫁給他，而非東宮（日後的朱雀帝），並且格外照顧他。

享年六十六歲。太政大臣當時權傾天下，光源氏把所有政務都交給岳父。

### 哀悼的和歌成為卷名

藤壺過世，光源氏深感悲痛，吟詠了「夕陽入山薄雲長，也同吾袖色深黝」（夕陽西下，沉入山中，飄盪的雲幕顏色正像我喪服的袖子），本卷因而得名。

平安京三面環山（西山、北山、東山），形成自然的要塞。

和歌中的「夕陽入山」的山，指的是平安京西方連綿的群山「西山」。夕陽與雲朵，令人聯想到「西方極樂世界」。

和歌當中的「袖」指的是喪服的袖子。喪服顏色從黑色到淡灰色，依親疏遠近決定顏色（見75頁說明）。

※：光源氏蟄伏於須磨時也前往水邊濯除不潔。

源氏繪賞析：
外遇的丈夫安撫妻子

鑑賞POINT 1

光源氏讓女童去庭院裡滾雪球玩耍。這是〈20朝顏〉最受人喜愛、最常入畫的場景。

鑑賞POINT 2

地點是二條院。院子裡積雪，月光照在雪上閃閃發光。貴族不會親自走進院子，而是派遣女童等人捏雪球或是堆雪山，欣賞這番光景。

鑑賞POINT 3

光源氏聽到鴛鴦的叫聲，吟詠和歌。因此畫家必定會畫上「一對鴛鴦」。鴛鴦是夫妻圓滿的象徵。

概要

朝顏姬君在父親桃園式部卿宮過世之後，辭去賀茂齋院，移居父親留下的府邸。光源氏年輕時便曾向女方表達思慕之情，對方卻不理不睬。光源氏追求一事傳開，造成紫之上內心不安。求愛失敗後，光源氏向紫之上講述接觸過的女性來安撫對方。當天夜裡，藤壺入夢，對光源氏並未為其保密一事表達怨恨之情。

# 20 朝顏

## 紫之上的地位如履薄冰

阻礙愈多，愈是執著；一旦喜歡上了便無法放棄——這是光源氏談戀愛的「壞習慣」。即使到了三十二歲，還是改不了這個壞習慣。這次的對象是他十七歲時便認識的朝顏姬君，長久以來面對他的攻勢都毫不動心。朝顏姬君擔任賀茂齋院（見左頁說明）八年之間，光源氏只得克制相思之情［※1］。現在明明已經與最愛的女性長相廝守，卻仍舊無法斷絕欲望。紫之上平常對丈夫拈花惹草一事睜一隻眼閉一隻眼，這次卻大受打擊。倘若朝顏姬君與光源氏結為連理，身分較低的紫之上必須忍受對方成為正室。儘管紫之上家世良好，卻在尚未聯絡上父親兵部卿宮便遭到光源氏收養，接受他援助。唯一的依靠是光源氏的愛。紫之上在本卷發現自己的地位其實危如累卵。

※1：齋院是服侍神明的聖女。即使是光源氏也只能放棄。

## 家道中落的皇族公主——前齋院朝顏姬君

朝顏姬君並不討厭光源氏，只是不想落入六條御息所（見32頁說明）的下場［※2］。然而父親過世之後，宅邸逐漸荒涼傾頹，侍女紛紛期盼女主人與有權有勢的光源氏結為連理。

### 前賀茂齋院

朝顏姬君擔任賀茂神社（上賀茂與下鴨神社）的齋院。由於父親過世，辭去齋院，回家（桃園宮邸）服喪。

上賀茂神社的細殿（江戶時代重建）是天皇、太上天皇與齋院等人使用的建築，前方以砂製成的「立砂」是神明降駕的對象。

在紫式部的時代，村上天皇的女兒選子內親王擔任齋院長達五十七年。伊勢神宮的齋宮（見35頁說明）隨天皇退位而辭去職位，齋院的任期則不見得隨天皇讓位而結束。齋院制度在十三世紀廢除，齋宮則是十四世紀。

上賀茂神社

### 朝顏姬君與光源氏是堂親

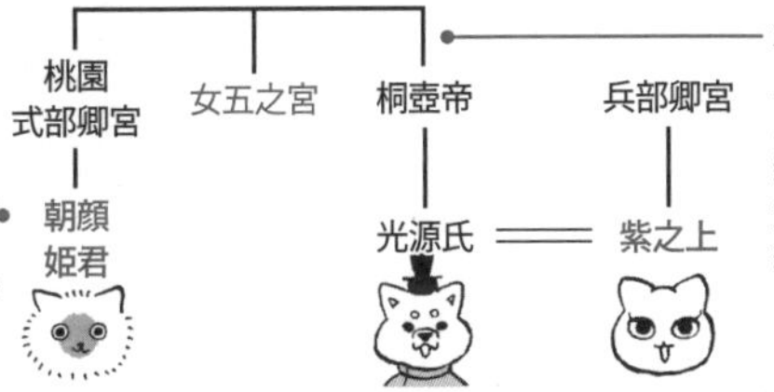


光源氏拜訪桃園宮邸之際，守門人想打開正門卻因為生鏽而費了一番工夫。象徵宅邸開始頹壞。

現在與姑姑女五之宮同住。源典侍（見29頁說明）出家當尼姑，目前拜女五之宮為師傅。

朝顏姬君與光源氏的父親是兄弟。紫之上的父親也是皇族，不過與兩人沒有血緣關係。

## 紫式部把清少納言當作競爭對手？

光源氏命人拉起簾子，與紫式部一同欣賞女童在院子裡滾雪球，提到過去曾在藤壺面前堆雪山的往事。這段情節類似《枕草子》裡的兩個故事。

紫式部在《紫式部日記》裡批判清少納言：「裝作一副聰明的模樣，四處炫耀自己會寫漢字，其實缺點重重」。

光源氏命人拉起簾子的情節類似清少納言與皇后定子的對話。定子問起：「香爐峰的雪呢？」清少納言便拉起簾子，讓皇后瞧瞧室外的雪景［※3］。

清少納言

清少納言將宮中體驗集結成《枕草子》一書，其中有一節名為〈於一條天皇皇后面前堆雪山〉。堆雪山的時間應為九九八年，推測《源氏物語》在兩到三年後寫下此段文字。

**兩大才女**

紫式部是一條天皇中宮彰子的侍女，清少納言是皇后定子的侍女。紫式部入宮時，定子已經過世，兩人不曾同時在宮中。

定子 ＝ 一條天皇 ＝ 彰子
↑服侍（清少納言）　服侍↑（紫式部）

清少納言　　紫式部

※2：平安時代的貴族社會人際圈狹小，光源氏與六條御息所的戀情立刻成為眾人的話題。
※3：源自白居易的詩句「香爐峰雪撥簾看」，兩人對話風趣幽默。

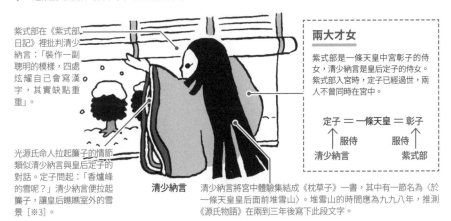

**源氏繪賞析：**
**被迫分開的戀人**

**鑑賞POINT 2**

女方看到雁群飛過，又聽到雁啼，不禁低語：「天上的雁子是否也跟我一樣悲傷呢？」因而得名「雲居雁」。

**鑑賞POINT 3**

畫面中的室內明亮，一如白天。但是從點火的燈台可知實際的時間是夜晚。

**鑑賞POINT 1**

畫面中是上鎖的襖門，部分源氏繪則是關起的格柵。代表一扇門阻隔了年輕的戀人。

**概要**

新的一年到來，迎來藤壺的周年忌辰。光源氏與朝顏姬君的關係沒有任何進展。長子夕霧舉辦成年禮之後，光源氏刻意安排兒子僅得六位官品，要求他專心向學。在此同時，梅壺女御成為中宮（秋好中宮），光源氏晉升為太政大臣。頭中將成為內大臣，考慮把女兒雲居雁［※1］送入後宮，嫁給太子。發現女兒與夕霧的戀情之後，強迫兩人分開。歲月如梭，轉眼過了兩年。八月，六條院終於落成。

# 21 少女

## 從光源氏的教育方針一窺作者的願望

雲居雁（14～16）　光源氏（33～35）　夕霧（12～14）

本卷描述光源氏光耀榮顯的一面，例如晉升至人臣的最高職位——太政大臣。另一方面，子孫輩的夕霧等人出場，主角開始世代交替。當時權貴子弟舉辦成年禮後，朝廷會授與一定程度的官品。一般貴族是從五位開始，夕霧卻是從貴族社會最低階的六位開始（見19頁說明），可說是前所未見（見左頁說明）。外祖母大宮可憐孫子的待遇，光源氏解釋自己的教育方針是「權貴子弟容易驕矜狂妄，倘若受挫必定更為辛苦。應當先認真求學，培養實力」［※2］。光源氏曾經自請流放須磨，陷入人生谷底。這番話充滿說服力。然而《源氏物語》完成於一條天皇在位時，現實情況是大學寮［※3］裡幾乎不見上流貴族，學歷絲毫不受重視。夕霧藉由一心向學而出人頭地，可說是紫式部透過作品實現心目中的理想［※4］。

※1：雲居雁的母親是皇族，和內大臣分手後，與按察使大納言再婚，雲居雁因此交給內大臣，由祖母大宮撫養。
※2：光源氏相信夢中預言，認為夕霧之後會成為掌控國政的重要人物（太政大臣），因此希望他自小培養實力。

## 外表顯示官品

男子舉辦成年禮「元服」之際，獲賜官品。袍（做束帶打扮時最外層的上衣，見117頁說明）的顏色依官品而定。夕霧元服之後，穿上代表六位官員的淺藍綠色袍，深感屈辱。外祖母大宮也大為不滿。

夕霧

平安時代初期的袍色分別是一位深紫色，二與三位淺紫色，四位酒紅色，五位淺紅色。

當時的貴族享有名為「蔭位」的特權，親王與一代源氏（譯註：降為臣子的天皇之子）之子自動從四位下開始晉升。眾人因此認為夕霧身為光源氏之子，也會從四位開始。

夕霧必須通過大學寮的「寮試」與式部省的「省試」，方能獲得官職。他努力讀書，通過所有考試，獲賜從五位下，成為侍從。

**外婆養大的孩子——夕霧**

夕霧與雲居雁都是由外祖母大宮（葵之上的母親）撫養長大，大宮可說是他另一個母親。

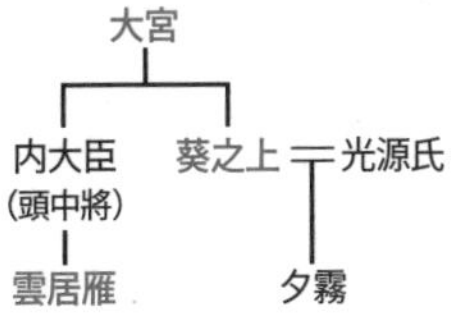
大宮
內大臣（頭中將）
葵之上
光源氏
雲居雁
夕霧

## 光源氏所建造的巨大宅邸——六條院

六條院坐落於六條御息所府邸與其周邊土地，光源氏從三十四歲開始建設。占地約莫為一般貴族住處的四倍，依照四季分為四個町，町內各自有宅邸。

平安京規劃為棋盤狀都市，六條院占地四格，規模龐大（二五二平方米），據稱原型為源融所建造的河原院（見23頁說明）。

四個町由走廊連結，皆為寢殿造建築（見51頁說明）。冬之町沒有寢殿，僅有兩間對屋。春之町則有兩間西之對。

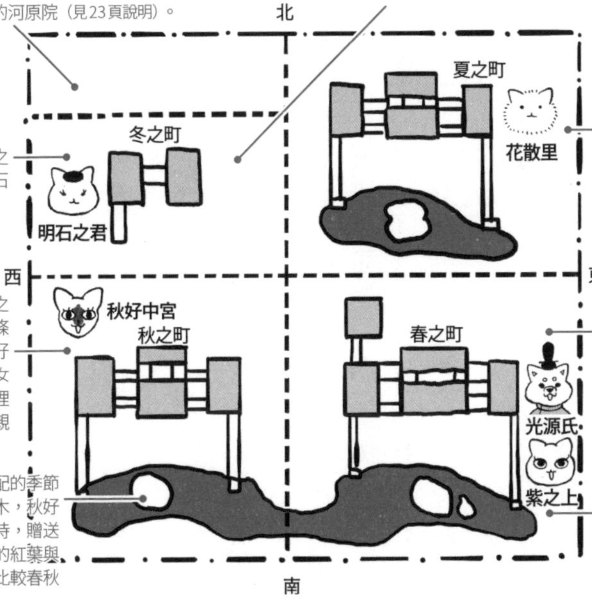
北
夏之町
花散里
冬之町
明石之君
西
東
秋好中宮
秋之町
春之町
光源氏
紫之上
南

西北方為冬之町，住戶為明石之君。

東北方的夏之町住的是花散里。她原本住在二條東院，西之對住的是夕顏的女兒玉鬘。

西南方為秋之町，住的是六條御息所之女秋好中宮（梅壺女御）。因為這裡本來就是她母親的府邸。

六條院設定於「六條京極一帶」，離內裏有一段距離。光源氏已經無須進宮工作，自然不用住在皇宮附近。

每個町根據分配的季節名稱來栽種樹木，秋好中宮回到娘家時，贈送紫之上院子裡的紅葉與秋季的花草，比較春秋何者為優。

光源氏與紫之上住在位於東南方的春之町，院子裡種了紅梅、櫻花、藤花與棣棠花等春季開花的植物。

※3：培育官僚的高等教育機構，隸屬式部省。學生多無財力與人脈。上大學不保證能出人頭地。
※4：一條天皇在位時，紫式部的父親藤原為時名列十大文士。然而紫式部家並非書香世家，學者亦不易出人頭地。

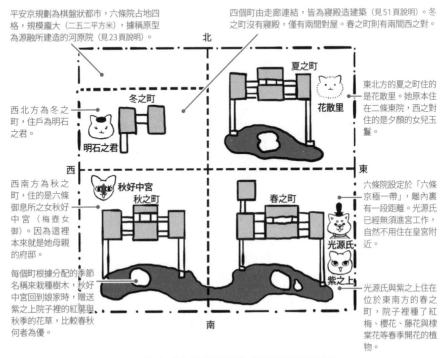

**源氏繪賞析：**
**玉鬘一行人參拜長谷寺**

**鑑賞POINT 3**
長谷寺位於初瀨山腰，因此參拜長谷寺又稱「參拜初瀨」。長谷寺與石山寺（見47頁說明）都是觀音信仰的聖地，眾人前往兩地參拜，祈求願望實現。

**鑑賞POINT 1**
玉鬘為了實現願望，從京城步行到長谷寺（奈良）。〈22玉鬘〉的源氏繪經常描繪光源氏「配衣」（歲末贈送晚輩與部下新年穿的盛裝華服）的場面。

**鑑賞POINT 2**
一行人穿著女性的外出服裝「壺裝束」。把疊穿的單衣與袿下襬撩起，以腰帶綁住固定，以便行走。

**概要**

光源氏死去的戀人夕顏留下的女兒玉鬘自幼與乳母一家前往筑紫（北九州），成長為美麗的少女。求婚者眾，又遇上當地豪族大夫監逼婚，於是與乳母等人一起逃回京城。一行人前往長谷寺，祈求神明佛祖庇佑時，遇上夕顏的同乳姊妹右近，成為光源氏的養女，進入六條院。同年年底，光源氏贈送住在六條院的女性新年穿的盛裝華服（配衣）。

# 22 玉鬘

## 為何領養孤兒？

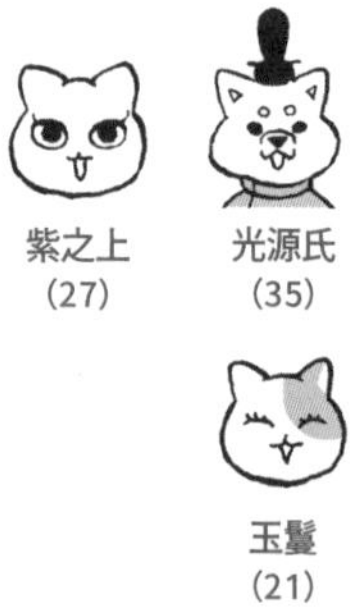


「玉鬘十帖」是《源氏物語》的支線故事，描述玉鬘從小到結婚的過程，〈22玉鬘〉為其開頭。她是內大臣（頭中將）與夕顏的女兒，在九州生活了十七年。儘管在鄉下成長，外祖父（見22頁說明）是公卿，父親則是內大臣，家世良好。光源氏之所以會收養玉鬘，讓她住進六條院，在於她是夕顏的女兒。光源氏對於年輕時害死夕顏一事，一直心懷愧疚。倘若能讓玉鬘過得幸福，也算是安慰死者。不僅如此，夕顏過世時年方十九，玉鬘今年二十一歲，接近母親當時的年紀，又據說容貌青出於藍勝於藍。光源氏聽到這些資訊，不可能放過大好機會。對於他而言，玉鬘是年輕時愛過的夕顏替身。

## 流離失所的千金小姐玉鬘的人生轉機在長谷寺

玉鬘的乳母不知道夕顏是在與光源氏約會時離開人世，四處尋找女主人的下落。由於丈夫擔任太宰少貳（太宰府的次官），於是帶著年僅四歲的玉鬘一同前往筑紫［※1］。回到京城已經是十七年後了。

### 十七年來在九州成長

1歲（誕生）　不明（母親過世）　4歲（前往九州）　約10歲（乳母的丈夫過世）　不明（遷居）　約21歲（回到京城）

京
筑紫
肥前
京

- 母親夕顏撒手人寰，知道真相的右近在光源氏的安排之下成為紫之上的侍女。
- 與乳母一家前往筑紫。
- 乳母丈夫大宰少貳過世時，留下遺言：「把玉鬘帶回京城。」
- 求婚者接踵而來，一家人移居肥前。
- 夏天遇上大夫監逼婚，與乳母一同逃回京城［※2］。
- 秋天前往長谷寺參拜的途中，與右近重逢，聽聞母親死去。由光源氏收養，進入六條院。

### 長谷寺觀音牽起的緣分

椿市（今櫻井市金屋一帶）因為前往長谷寺參拜的信徒多半投宿此地而興盛，玉鬘在此與夕顏的同乳姊妹右近重逢。

玉鬘一行人相信徒步前往長谷寺更能表達信仰之虔誠，從京都走到椿市花了四天。玉鬘平時不常走路，第四天已經累到連一步都動不了了。

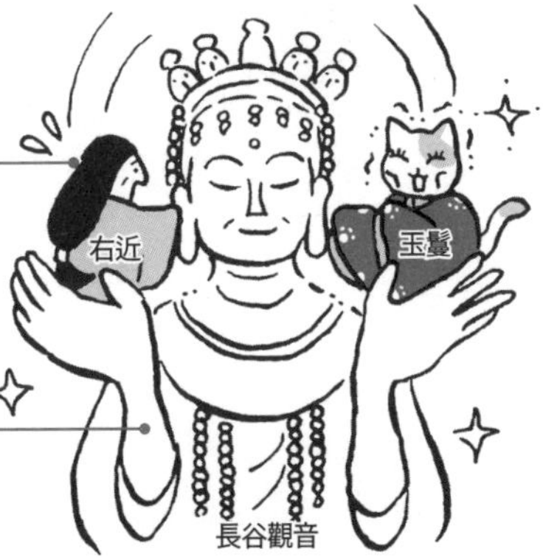
右近
玉鬘
長谷觀音

琵琶湖
京都
石清水八幡
大阪灣
長谷寺

從九州回到京城之後，玉鬘等人前往長谷寺與石清水八幡宮（京都）參拜，祈求神明佛祖保佑，解決經濟困窘的問題。

## 利用「配衣」顯示男女關係與個性

光源氏財力雄厚，才能在年底為一干女性準備過年用的豪華衣物。《源氏物語》以光源氏贈送的盛裝華服來說明女性眾人的「個性」。

光源氏在紫之上面前挑選贈送其他女性的衣物，代表紫之上是六條院的女主人。紫之上從丈夫挑選的衣物來猜想對方的人品性格。

光源氏除了住在六條院的妻子（紫之上、明石之君與花散里）與女兒（明石姬君與玉鬘）之外，還送給住在二條東院的空蟬與末摘花。兩人平常也受到他照顧。

| 光源氏之妻 | 獲贈的和服（袿＋小袿） | | 特徵 |
|---|---|---|---|
| 紫之上 | 紅梅圖案的葡萄色（譯註：類似紫紅色）小袿 | 淡紅梅色（譯註：類似粉橘色）的袿 | 紅色系的高級衣物 |
| 明石之君 | 中式白色小袿，折下的梅樹枝搭配翩翩蝴蝶與鳥兒飛翔 | 有光澤的深紫色袿 | 紫之上從衣物感受到明石之君氣質高雅，心生嫉妒 |
| 花散里 | 淡藍色小袿搭配編織而成的波濤與松樹等風景 | 熟絲編織而成的深紅色小袿 | 圖案優美，顏色樸素 |

※1：乳母找不到夕顏，玉鬘的生父內大臣的正室又個性嚴厲，只得帶著玉鬘一起赴任，前往丈夫的新職場。
※2：乳母的三個兒子當中有兩人成為求婚者大夫監的同夥，乳母只得與長子帶著玉鬘逃回京城。

源氏繪賞析：在六條院過年

鑑賞POINT 1

光源氏造訪女兒明石姬君的場面。明石姬君由春之町的女主人紫之上撫養，無法與住在冬之町的生母明石之君見面，母女分開生活。

鑑賞POINT 2

明石姬君此時八歲，稍微明白生母另有其人。開始學會讀書寫字。

鑑賞POINT 3

一般與黃鶯成套的是梅花，為了配合和歌以松樹譬喻等待，因此送來黃鶯停在松樹上的飾品。

概要

光源氏三十六歲，在去年秋天落成的六條院迎接第一個新年。他與紫之上互贈和歌，慶祝新年。之後依序拜訪明石姬君、花散里與玉鬘，當天晚上留宿明石之君居住的冬之町。隔天眾多賓客登門，舉辦盛大的饗宴，演奏樂器。前來拜年的年輕人都對玉鬘抱持思慕之情，內心小鹿亂撞。另一方面，光源氏擔心末摘花與出家的空蟬可能寂寞孤單，也造訪了二條東院。

# 23 初音

## 吉祥象徵的背後隱藏了苦惱

〈23 初音〉描繪六條院慶祝新年的盛大場面，自古以來視為吉祥喜慶的篇章。故事中描述的是舊曆新年，相當於現代的二月上旬左右（見81頁說明）。在冬季嚴寒逐漸褪去的時節迎接新年，想必更覺可喜可賀。紫之上所居住的春之町象徵位於人間的極樂世界，發誓永不分離的光源氏與紫之上正是眾人眼中的夫妻典範。然而故事並未只有歡喜和樂的一面。明石之君承受與女兒分開的悲痛情緒，光源氏則是找藉口隱瞞自己留宿冬之町一事，紫之上聽了藉口之後沉默不語。本卷只提及紫之上回應的和歌，並未詳述心情。然而在新家迎接第一個新年，夜裡丈夫卻不在身邊，想必內心極為不悅。因此本卷不僅描寫六條院光彩的一面，也呈現紫之上日後浮現檯面的苦惱。

※1：「初子吉日摘嫩松，靜待晤面經歲月，今朝盼君尺素書，恰如待聞早鶯聲」（我長年以來期盼見到你，請像讓人聽見新的一年首次鳴叫的黃鶯一樣，讓我收到你寄來的新年書信吧！）。「松」與「待」的日文同音，「摘」與「盼」，「初音」與「初子」（正月第一個子日）亦是如此。藉由同音異字延伸多種意義。

23

初音

## 平安時代的古人愛好鳥類

卷名〈初音〉意指黃鶯與子規等鳥類新的一年第一次啼叫的聲音。平安時代的古人把鳥類當作寵物，或是欣賞鳥類鳴叫，和鳥類關係密切。

黃鶯

告知春天來臨的鳥類，〈23初音〉指的是黃鶯的叫聲。經常與梅花一同出現於和歌之中。

貓頭鷹

視為不吉之鳥。《源氏物語》的相關描述是夕顏過世時在庭院中鳴叫。

鴛鴦

象徵夫妻感情融洽。〈20朝顏〉的源氏繪便把鴛鴦與光源氏、紫之上畫在一起。

麻雀

幼雀在平安時代是受人喜愛的寵物，紫之上小時候也養過。

| 其他鳥類 | 平安時代的印象 | 《源氏物語》的記述 |
|---|---|---|
| 雁與鴴 | 成群飛行的模樣與叫聲令人沉思 | 光源氏在須磨看見鴴，獨自隨興吟詠和歌 |
| 雞 | 養來「通知天亮」 | 〈2帚木〉聽見雞叫提醒天明，光源氏於是向空蟬告別 |
| 子規（杜鵑） | 「告知夏季來臨的鳥類」，喚醒回憶的鳥類 | 〈11花散里〉光源氏聽見子規鳴叫，吟詠懷念過去戀人的和歌 |
| 鶴 | 「長壽、喜慶」的象徵 | 〈5若紫〉光源氏以「天真無邪的鶴」來譬喻兒時的紫之上 |

## 新年祈求長命百歲

正月的第一個子之日（初子）會到郊外摘取嫩菜，拔小松樹來祈求長命百歲。〈23初音〉中的新年恰巧元旦與子之日是同一天，格外吉利。

小松樹是神明附身的對象。這項習俗源自拔小松樹來獲得神明恩惠的法術。明石之君吟詠和歌［※1］送給女兒，和歌中的「初子」意指「初音」（此處為新年書信之意，兩者日文發音相同），「松樹」意味「等待」（兩者日文發音相同）。卷名正是出自這首和歌。

新年冒出的嫩草據稱有返老還童的效果，煮成羹來食用可以治療百病，這項習俗便是現代七草粥的由來。其他祈求延年益壽的習俗還有年初啃咬堅硬食物的「固齒」與裝飾鏡餅等等。

每當正月來臨便多一歲（虛歲［※2］）。

### 初音的嫁妝

明石之君送給女兒的和歌表示期待新年書信，充滿母親對女兒的思念之情。國寶《初音的嫁妝》上的圖案靈感便是來自這首和歌。這是德川將軍為了長女千代姬所準備的嫁妝，高貴豪華。插圖是其中一項嫁妝「貝桶」，用來收納貝合使用的貝殼［※3］。

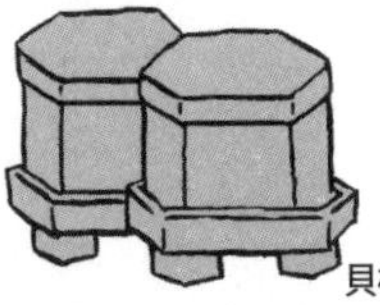

貝桶

※2：虛歲是出生時算一歲，過了新年算兩歲。
※3：貝合使用的貝殼象徵妻子的貞操。貝桶兩個一組，是重要的嫁妝，大名嫁女兒時甚至會把貝桶排在送親隊伍前方。

**源氏繪賞析：**
**為秋好中宮送來「春天」**

**鑑賞POINT 1**

秋好中宮正在舉辦法事，紫之上遣女童送去春天的花卉供佛。這一方面也是為了過去的春秋之爭而向對方回禮（見57頁說明）。

**鑑賞POINT 2**

女童乘船［※1］前往秋之町。春秋兩町以池塘連結（見57頁說明）。本卷的源氏繪多半把法事與前一天船上演奏會的情境畫在一起。

**鑑賞POINT 3**

女童做鳥類與蝴蝶的打扮，手上持花，與眾人分享春之町的美麗與熱鬧。

**概要**

暮春三月，光源氏在紫之上居住的六條院春之町舉辦船上演奏會。當時世人已經知道玉鬘，許多訪客都是慕玉鬘之名前來。隔天，秋好中宮回到娘家秋之町，舉辦法事。穿著鳥類與蝴蝶裝束的女童奉紫之上之命，送去櫻花與棣棠花。初夏時分，玉鬘受到眾多求婚者寄來的情書。光源氏看過之後，一一指點玉鬘如何回信。另一方面，面對與夕顏外貌相似的玉鬘，內心湧現思慕之情，造成女方困擾。

# 24 胡蝶

## 如何判斷陌生的對象？

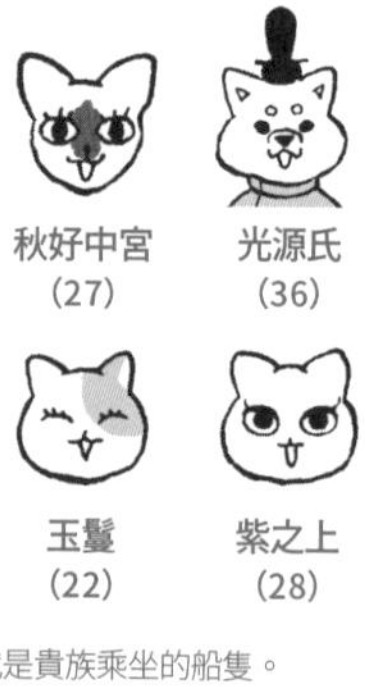


如同光源氏所想，王公貴族都對玉鬘產生興趣。他一邊過目寄給玉鬘的大量情書，一邊品評人品。當時習慣從筆跡、和歌的程度、信紙與薰香等想像人品。例如內大臣（頭中將）的長子柏木是用來自中國的淡藍色薄紙寫信，信紙帶有香氣、風雅脫俗，使用貴重的中國紙代表他是真心誠意［※2］。他的筆跡時髦現代，連光源氏都不禁多看幾眼［※3］。當時的求婚信都是送到女方家中，瞞不住對方家人。《源氏物語》是由光源氏擔起父親的責任，檢查寄來的每一封信。一般是先由母親或眾乳母檢查內容，交給侍女等人回信。女方本人不會立刻回信，而是藉由侍女代筆，透過書信往返觀察對方的反應，判斷素養程度。

※1：船頭為鷁鳥（想像中的水鳥）雕刻，與龍頭裝飾的船為兩艘一對，稱為「龍頭鷁首」。在平安時代是貴族乘坐的船隻。
※2：柏木還不知道玉鬘是自己同父異母的姊姊，向對方表達情意只會造成女方困擾。

## 「春秋之爭」——喜歡春天還是秋天呢？

評斷春秋優劣的「春秋之爭」是自古以來的優雅競賽。《源氏物語》設定紫之上喜好春天，秋好中宮偏愛秋天，相互贈送春秋的花草來一較高下。

自古以來，春秋之爭便是文學主題。《源氏物語》設定女性角色進行這項優雅的競爭，象徵光源氏的六條院是理想世界。

上一次送禮已經是半年前的秋天，符合平安時代貴族緩慢的步調。

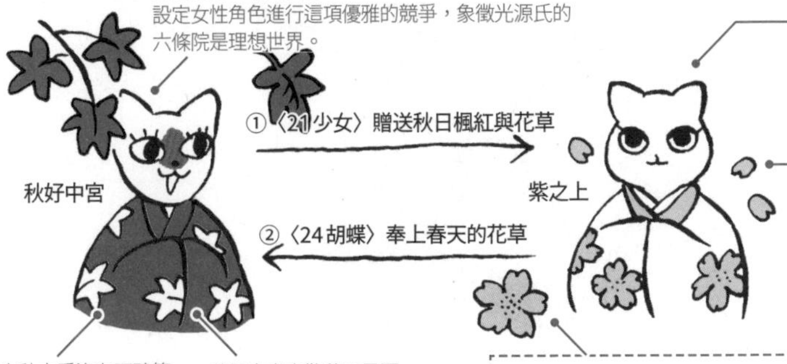
①〈21少女〉贈送秋日楓紅與花草
秋好中宮
紫之上
②〈24胡蝶〉奉上春天的花草

紫之上即使與秋好中宮競爭，仍舊貼心地贈送春季花草以供欣賞。中宮身分高貴，無法隨意外出，觀賞船上演奏會。

春秋之爭沒有正確答案，《源氏物語》以身分高貴的中宮認輸，承認春天的優點作結。

秋好中宮喜歡秋天是因為充滿母親六條御息所的回憶，同時因而得名。春秋之爭的舞台六條院便是改建六條御息所原本的府邸。

**萬葉集是秋天獲勝？**

《萬葉集》收錄了飛鳥時代（五九二～七一〇）的歌人額田王關於春秋之爭的長歌。和歌中提及春秋各自的優點，最後表示自己喜歡秋天。

額田王

## 三親等之內不得近親通婚

光源氏之子夕霧以為玉鬘是同父異母的姊姊，於是按捺住思慕之情。光源氏的弟弟螢宮［※4］卻向玉鬘求婚。近親通婚的禁止範圍隨時代而異，觀察《源氏物語》的情節則是三親等（叔姪）以上可以通婚。

| 親族關係 | | 可否通婚 | 《源氏物語》的例子 | |
|---|---|---|---|---|
| 二親等 | 兄弟（同父異母） | × | 夕霧（光源氏之子） | 玉鬘（光源氏之子）（對外） |
| | | | 柏木（內大臣［頭中將］之子） | 玉鬘（內大臣［頭中將］之子） |
| 三親等 | 叔姪舅甥 | ○ | 螢宮（光源氏同父異母的弟弟） | 玉鬘（光源氏之子）（對外） |
| | 姨甥姑姪 | | 朱雀帝（弘徽殿女御之子） | 朧月夜（弘徽殿女御同父異母的妹妹） |
| 四親等 | 堂表兄弟姊妹 | ○ | 光源氏（桐壺帝之子） | 葵之上（桐壺帝妹妹之子） |
| | | | 夕霧（葵之上之子） | 雲居雁（葵之上兄弟之子） |

光源氏讓養女秋好中宮進入冷泉帝的後宮。這是因為冷泉帝雖然對外是桐壺帝之子，也就是光源氏同父異母的弟弟，真正的生父是光源氏。作者特意設定他沒有適齡的親生女兒，可謂安排巧妙。

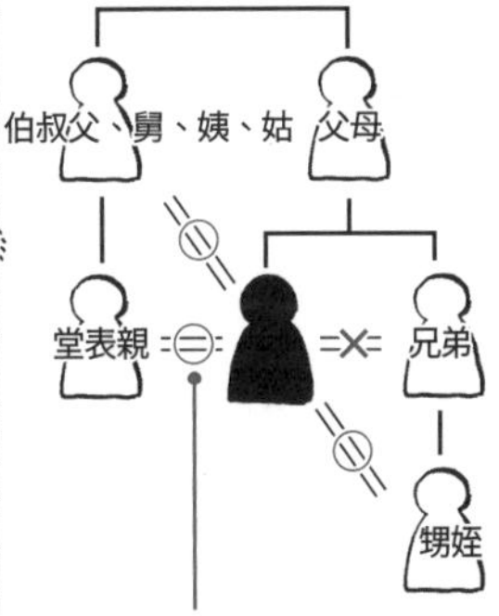
伯叔父、舅、姨、姑
父母
堂表親
兄弟
甥姪

貴族社會門當戶對的結婚對象稀少，只能跟親戚通婚。

※3：光源氏因此記住柏木的筆跡，日後察覺妻子女三之宮與柏木私通（見90頁說明）。
※4：光源氏同父異母的弟弟在〈25螢〉藉由螢光瞥見玉鬘，因而獲得「螢宮」的暱稱。

**源氏繪賞析：**
**光源氏以螢光襯托玉鬘**

鑑賞POINT 1

光源氏釋放螢火蟲，利用微弱的光芒呈現玉鬘美貌的一幕經常入畫。梅雨夜沒有月光，四周更是幽暗。

**概要**

梅雨夜裡，光源氏同父異母的弟弟螢宮拜訪玉鬘，隔著几帳傾訴衷情。此時光源氏釋放螢火蟲，瞬間展示玉鬘的美貌。螢宮因而深受吸引［※1］。梅雨漫漫，玉鬘沉迷於故事當中，光源氏趁此時向她獻殷勤，同時卻不讓親生女兒明石姬君閱讀戀愛故事。另一方面，內大臣（頭中將）忘不了夕顏生下的女兒，期盼對方主動來找自己。

鑑賞POINT 2

儘管畫面明亮，當時拜訪女性必定是夜晚，房間一片漆黑。男方僅能憑侍女衣物摩擦的聲音判斷女方所在何處。螢光因此格外貴重。

# 25

## 利用螢光營造夜晚約會的氣氛

# 螢

光源氏收集大量螢火蟲同時釋放，侍女瞬間隱藏所有螢光——所有人集體動員，光源氏的企劃因而大功告成。玉鬘的容顏瞬間映入眼簾，螢宮更是為她著迷［※2］。平安時代，貴族男性幾乎無法看清女方的外表。即使得以接近，也必須隔著簾子與几帳，把所有注意力集中在聲音與房間的氣味，憑藉少許的資訊來想像對方的容貌。不僅如此，約會必定是夜晚，四周一片漆黑。在這種情況之下，竟然能瞬間目睹玉鬘的傾城艷色，螢宮想必感動萬分。平安時代中期的作品《宇津保物語》也出現過利用螢光觀看女性的情節。螢火蟲在黑暗中發光，用於譬喻魂魄與思慕之情［※3］，光源氏所釋放的螢火蟲亦能解讀為兩人心情的象徵。

※1：螢宮、螢兵部卿宮之名便是源自這段情節。
※2：光源氏同為男性，明白如何做能討好螢宮。除了準備螢火蟲，他還事前使用薰香為房間增添香氣，刺激螢宮的感官，提升對玉鬘的興趣。

## 平安時代受人喜愛的小昆蟲

《源氏物語》有不少卷名與昆蟲有關。平安時代的貴族習慣把人類的心情投射在小巧的昆蟲身上。許多和歌都曾提到昆蟲，利用昆蟲傳達心情（見97頁說明）。

性好風雅的平安時代貴族在庭院釋放螢火蟲，欣賞螢火蟲發光；把會鳴叫的昆蟲放進籠子裡，聆聽美妙的叫聲。

清少納言在《枕草子》中提到有意思的昆蟲包括「鈴蟲（雲斑金蟋）、日本暮蟬、蝴蝶、松蟲（日本鐘蟋）、蟋蟀、螽斯、麥稈蟲（海洋生物）、蜉蝣與螢火蟲」。

| 有昆蟲的卷名 | 昆蟲象徵的意義 |
|---|---|
| 3空蟬 | 以蟬蛻譬喻空蟬脫下的小袿 |
| 25螢 | 以螢火蟲的光譬喻熱烈的情感 |
| 38鈴虫 | 把對女三之宮的眷戀之情投射在鈴蟲的叫聲上 |
| 52蜻蛉 | 以短命的蜻蛉（蜉蝣）譬喻無常虛幻 |

## 說到五月就想到「端午節會」

五月五日固定舉辦端午節會。人人把菖蒲插在屋簷上，互贈藥玉（菖蒲與艾草做成球形，以花朵與五色絲線裝飾）來驅除邪氣。宮中也會舉辦「騎射」（騎馬射箭的競技）等活動。

《源氏物語》也曾提及在六條院的馬場舉辦騎射，親王等人紛紛造訪。這代表光源氏權大勢大，六條院是貴族社會的中心。

騎射日後名稱轉變為「流鏑馬」，鎌倉時代（一一八〇～一三三六）成為幕府的固定儀式。

玉鬘的求婚者送來藥玉。

貴族之間互相贈送菖蒲，祈求長命百歲。菖蒲不僅是葉子，白色的根也深受重視。螢宮寄給玉鬘的信便是綁在根很長的菖蒲上。

### 菖蒲不開花

菖蒲是天南星科菖蒲屬的植物，葉片有香氣。名稱類似的花菖蒲則是鳶尾科的植物，綻放紫色的花朵。日本直到現代，端午時分依舊習慣把菖蒲的根與葉子放進洗澡水裡泡澡。

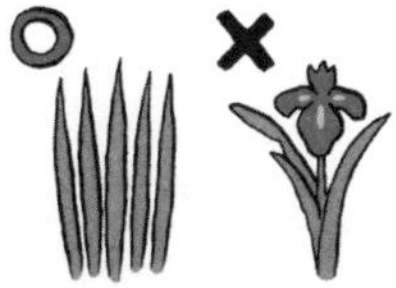


※3：《古今和歌集》所收錄的「天明如蟬終日泣，日落若螢徹夜燃」（天亮了便如同蟬不斷鳴叫〔哭泣，日文「鳴叫」與「哭泣」發音相同〕，天黑了便如同螢火蟲不斷發光，燃燒愛情）便是以螢火蟲譬喻思念。

源氏繪賞析：氣質低俗的近江之君

**鑑賞POINT 2**

年輕侍女五節之君與近江之君輪流搖動裝了骰子的筒子。雙六使用黑色與白色的棋子，玩家兩人輪流丟骰子，根據骰子顯示的數字前進。賭博色彩強烈，不是千金小姐應該熱衷的遊戲。

**鑑賞POINT 1**

近江之君玩雙六時大呼小叫，內大臣看到她毫無貴族氣息的模樣十分失望。

### 概要

溽暑時分，光源氏和夕霧、內大臣（頭中將）的一群兒子一起在釣殿遊樂，場面熱鬧非凡。他不滿內大臣不肯同意兒子與雲居雁的婚事，故意提起對方流落在外的女兒近江之君，諷刺對方。另一方面，玉鬘察覺養父與生父不睦，十分心痛。光源氏無法完全放棄玉鬘，打算婚後繼續與她幽會。內大臣為了雲居雁的婚事煩心，又不知該如何應付低俗的近江之君。

# 26 常夏

## 個性完全相反的光源氏與頭中將

內大臣（頭中將）的女兒弘徽殿女御由於受到光源氏的養女阻撓，無法成為中宮；打算送雲居雁入宮，又因為女方與夕霧兩情相悅而受挫。此刻的人生由於光源氏父子而愁雲慘霧。他改為尋找過去戀人所生下的女兒，做為下一個妃子候選人。然而他找不到玉鬘，卻遇上自稱是女兒的近江之君，毫不確認便認作女兒。近江之君儘管討人喜歡，卻說話快又沒氣質，融不進貴族社會，淪為笑柄［※1］。另一方面，光源氏找到玉鬘後，先是對她吟詠和歌，確認她是否能創作和歌來回應，確定她的確才氣煥發才下定決心領養。引薦玉鬘給光源氏的是夕顏的同乳姊妹右近（見59頁說明）。為了隱瞞夕顏死去的真相，光源氏特意將右近留在身邊。每逢資訊戰，內大臣總是輸光源氏一截。

※1：玉鬘日後看到內大臣的親生女兒近江之君受到眾人嘲笑，心想當初要是一開始就認祖歸宗，可能也會淪為相同下場（〈27篝火〉）。

## 夏天在釣殿乘涼享樂

貴族住處採用「寢殿造」（見51頁說明）建築，其中最適合乘涼的地點是「釣殿」。釣殿位於東西渡殿（有屋頂的走廊）的南端，臨池而建。光源氏也和夕霧等人在六條院夏之町東之對的釣殿乘涼。

釣殿突出庭院或池塘，是用來賞月與賞花等感受大自然的地點。
釣殿
福井縣越前市的「紫式部公園」重建寢殿造的庭院與釣殿。紫式部曾經陪同擔任地方官的父親，在越前國（今福井縣）居住過一段時間。
釣殿位於水邊，不僅適合乘涼，還是良好的宴會場地。乘船遊玩時，也能用來停泊船隻。
庭院裡有大水池和水路，視為海洋與河川。平安京北高南低，庭院的水路能自然流動。

### 沁心涼的餐點

〈26常夏〉出現難得的用餐場景。桌上放了香魚、珠星三塊魚、酒和淋了冰水的「水飯」。冰塊是特權階級才能品嘗的高級品。冬天把冰塊儲藏在冰室中，到了夏天拿出來切割，淋上以「爬牆虎」（甘葛）的汁液所製造而成的糖水來食用。

## 尋找夕顏女兒的兩名男子

相較於光源氏，內大臣子孫滿堂。儘管如此，他還是繼續尋找可以當作妃子候補的「陌生女兒」。此時他仍未發現夕顏所生下的女兒已經遇上光源氏這個程咬金。

**內大臣（頭中將）** — 除此之外還有其他兒子
- 正室之子　柏木
- 　紅梅大納言
- 　弘徽殿女御（冷泉帝女御。）
- 前妻之子　雲居雁（夕霧之妻。）
- 夕顏之子　玉鬘
- ？之子　近江之君

熱衷雙六，說話快速，又吟詠奇怪的和歌，一點千金小姐的模樣也沒有，長相卻和內大臣一模一樣。近江之名或許是母親的出生地。

近江之君宣稱要是能入宮，要她掃廁所也甘願。以現代人的眼光看來是勇氣可嘉，在貴族社會卻是笑柄。

**光源氏**
- 葵之上之子　夕霧
- 藤壺之子　冷泉帝
- 明石之君之子　明石姬君（之後入宮，從女御晉升為中宮，母儀天下）

### 常夏、撫子、玉鬘

光源氏以「撫子」（長萼瞿麥）譬喻玉鬘［※2］。長萼瞿麥之所以日文名稱為「撫子」，因為花朵可愛得像是令人想伸手撫摸的寶貝孩子。長萼瞿麥的日文又名「常夏」，是本卷的卷名由來。

※2：「見此鮮妍新撫子，彼人探本尋籬根」（要是看到貌美如同長萼瞿麥的你，對方〔內大臣〕會問起你的母親〔夕顏〕吧！）。「籬根」指的是出身，也就是玉鬘的母親。

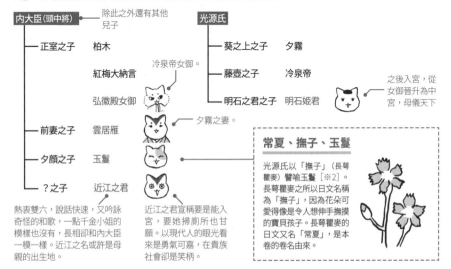

源氏繪賞析：
以琴為枕

右近大夫
光源氏
玉鬘

**鑑賞POINT 1**

經常入畫的是光源氏與玉鬘在秋夜以琴為枕，同衾入眠。在西南衛矛的樹下點燃篝火。

**鑑賞POINT 2**

光源氏命人不可讓篝火熄滅，因此右近大夫在篝火旁邊待命。

**鑑賞POINT 3**

舞台是玉鬘所居住的夏之町的西之對。夏之町有湧泉與水路。

**概要**

某個秋夜，光源氏以琴為枕，和玉鬘同衾入眠，嘆息哪有男人會讓關係停留在這裡，不再進展呢？庭院的篝火照亮玉鬘美麗的身影，兩人互相吟詠和歌。此時東之對傳來夕霧與柏木（內大臣〔頭中將〕之子）的樂聲，於是找來他們一起合奏（見左頁說明）。玉鬘面對親生哥哥柏木，內心感嘆萬分。另一方面，柏木不明真相，單純對玉鬘動心。

# 27 篝火

## 徘徊猶豫的中年之戀

篝火
（22）
光源氏
（36）

光源氏年輕時流連情場，此時則是身居高位、名聲響亮的中年男子。雖然受到年輕伶俐的玉鬘所吸引，實際相處之後發現對對方的愛意無法超越紫之上。倘若真的與玉鬘結婚，光源氏便會成為長年以來的競爭對手內大臣（頭中將）的女婿。這可是攸關面子的問題。於是他想到如果玉鬘嫁給別人之後再發生關係，便可以避免這個問題。糾纏不清一直是光源氏惱人的缺點。另一方面，玉鬘雖然厭惡養父調情，對方並未強迫自己發生關係，日子久了便也習慣了。〈27篝火〉的情節表達兩人難以言喻的關係。兩人儘管以琴為枕，光源氏卻並未更進一步。此時他已經不再是隨心所欲的年輕人，而是顧慮外界眼光，無法俐落前進的中年男子。

※1：古代以「琴」代稱所有弦樂器，例如和琴、古筝與古琴等等，現在則成為古筝的通稱。和琴是日本自古以來的樂器，共六弦；古筝共十三弦；古琴則是七弦。

## 平安時代的夜晚不可或缺的「照明」

平安時代入夜後，一片漆黑。室內以燈台點火，庭院點燃篝火。自從《古今和歌集》以來，歌人以篝火譬喻戀情。光源氏也以火象徵炙熱的情意，吟詠和歌。

### 室內用的燈台

以燈油點火當作照明，燈台高度形形色色。

繪卷等繪畫藉由燈台表示畫面是夜晚的場景。

燈台下方鋪有「打敷」，以免燈油沾汙。

### 室外用之篝火

篝火流傳到現代，以鸕鶿捕魚和表演薪能時都會用到。

篝火是室外的照明，火籠中放入木材（大多是松樹），點火後放在院子。

插圖是掛在鐵鉤上的「釣篝」，「据篝」則是放在由三根鐵棒組成的支架上。

## 內大臣一家是演奏高手

內大臣（頭中將）一家擅長演奏樂器，柏木曾在玉鬘面前展現工夫。〈6末摘花〉也出現內大臣的兄弟演奏大篳篥、尺八與大鼓等樂器同樂的場面。

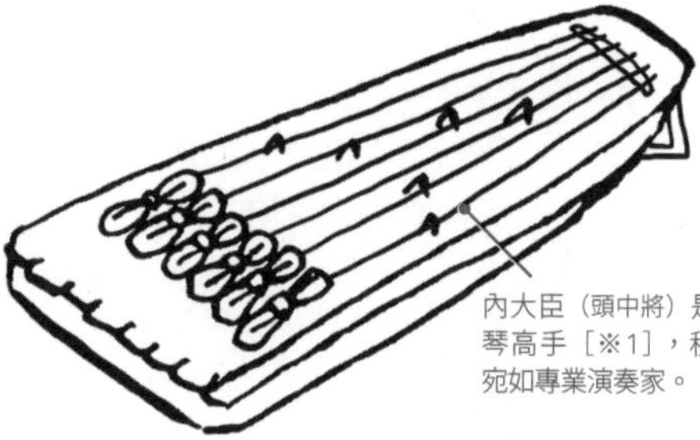

內大臣（頭中將）是和琴高手［※1］，程度宛如專業演奏家。

內大臣
（頭中將）

《源氏物語》出現的樂器，例如大篳篥、尺八與古琴［※3］都是紫式部的時代已經消失的樂器，暗示故事的時代背景早於現實時空。

柏木

長子柏木是吹笛高手［※2］，在玉鬘面前展現傳承自父親的演奏才能。

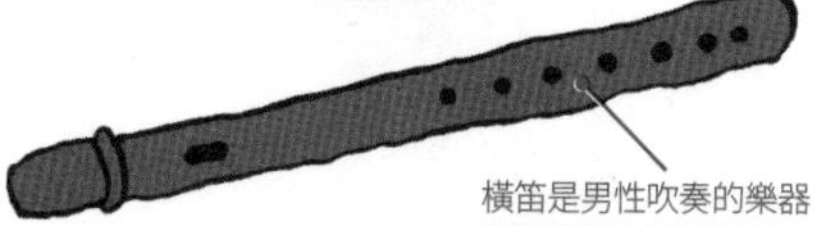

橫笛是男性吹奏的樂器，和琴則是男女皆可彈奏。

### 競爭對手光源氏家的強項

另一方面，光源氏擅長所有樂器，也是繪畫高手。兒子冷泉帝和孫子匂宮（見108頁說明）繼承了他的才能。

※2：〈37橫笛〉描述柏木遺留的橫笛成為故事的關鍵。柏木因為夕霧收下自己的笛子而託夢。
※3：又稱「琴之琴」。源自中國，彈法困難。光源氏也是古琴高手。

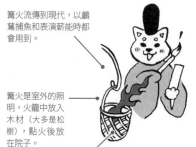

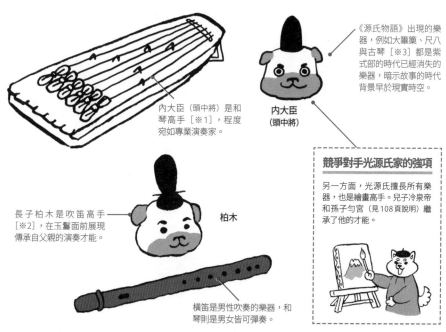

**源氏繪賞析：颱風過後，庭院秋意漸濃**

**鑑賞POINT 1**

插畫是颱風過後隔天，秋好中宮（梅壺女御、六條御息所之女）回到娘家六條院，眺望庭院中女童的場面。本卷經常入畫的另一個場面是夕霧窺見紫之上。

**鑑賞POINT 2**

秋好中宮讓女童進入庭院，收集露水給蟲籠裡的蟲子。身分高貴之人不會親自進入庭院。

**鑑賞POINT 3**

光源氏派遣夕霧前來問候颱風是否造成損害，但是沒看見秋好中宮的容顏。

**概要**

六條院所栽種的秋季花草盛開，美不勝收。強烈颱風侵襲的隔天，夕霧前往六條院查看損壞情況。當六條院上下因為暴風雨而陷入一團混亂之際，夕霧首次窺見紫之上，深受其美貌吸引。隔天他再次前往六條院探訪，窺見父親與玉鬘親密的模樣。他以為兩人是真正的父女，因而對父親深感厭惡。之後寫信給思念的對象雲居雁。

# 28 野分

## 想窺視的男子

平安時代的貴族女性不會出現在人前，男性只能伺機而動，窺視對方的美貌，進而一見鍾情。光源氏為了避免兒子重演自己與藤壺的事件，不讓夕霧與紫之上見面。夕霧之所以能窺見六條院的女性，多虧了颱風肆虐。當時下大雨或是大雪之際，貴族男性習慣去探望關係緊密的女性[※1]。因此颱風隔天，夕霧前去六條院探望家人也是理所當然。強風吹開妻戶[※2]，出現縫隙；屏風也都摺疊收起，室內一片混亂，不同於以往。夕霧窺見六條院的女性之後，以「樺櫻」（大山櫻）譬喻繼母紫之上，以重瓣棣棠花譬喻玉鬘，以藤花譬喻明石姬君，稱讚每一位女性的美貌。

※1：男性應當寄信或是拜訪親友與戀人，例如夕霧擔心外祖母大宮，於是在颱風夜裡投宿外祖母家。內大臣（頭中將）身為大宮的兒子，卻是隔了一陣子才去探望母親。《蜻蛉日記》的作者抱怨丈夫藤原兼家（藤原道長之父）在颱風天兩天後才來探訪：「要是別人家，早就去探望了。」

## 平安時代的日本亦天災頻仍

〈28野分〉描繪舊曆八月的颱風災情。紫氏部在《源氏物語》鮮少提及災害，實際上當時京都火災頻傳，內裏也經常失火燒毀。

平安時代的人認為天災都是神明佛祖的「詛咒」，深懷恐懼，每逢天災都會改變年號或祈禱。

九三〇年清涼殿遭雷劈據信也是菅原道真蒙冤左遷、死在任地後化為怨靈的報復。

平安時代前期（九世紀後期），日本各地陸續發生天災，例如東北地區發生貞觀大地震，造成海嘯，以及富士山爆發等等。平安時代後期，京都發生多起縱火事件。紫式部入宮工作時，內裏因為火災而遷移至一條院［※3］。由於一條院位於京都的里坊，又稱「里內裏」。

### 封怨靈為神明以化解詛咒

日本全國的天滿宮供奉菅原道真，據傳於十世紀中期開始祭拜菅原道真的京都北野天滿宮與太宰府天滿宮並列全日本天滿宮的總宮。

菅原道真

| 卷名 | 《源氏物語》描述的災害 |
|---|---|
| 10賢木 | 雷雨（右大臣探望女兒朧月夜） |
| 12須磨・13明石 | 暴風雨（光源氏的臨時住處因為雷劈而部分損毀） |
| 28野分 | 颱風（光源氏所居住的六條院，屋瓦與圍籬破損） |
| 45橋姫 | 火災（光源氏同父異母的弟弟八之宮住處遭到燒毀，移居宇治） |
| 46椎本 | 火災（光源氏之妻女三之宮所居住的三條宮燒毀） |

## 寄送信件與和歌講究品味

贈送信件與和歌是展現品味的時刻，從使用的信紙到摺信的方式等都必須用心。夕霧不同於花花公子的父親，長年以來對青梅竹馬雲居雁一心一意，寫給她的情書也坦率誠懇。

寄信人會挑選合適的顏色與紙張，把寫好的信綁在花草樹木上寄給對方。夕霧以褐色的黃背草［※4］搭配紫色的薄紙，侍女看了表示兩者不搭。

當季的花草樹木也是為信件添加色彩的手段之一。連同信件一併寄送給對方的當季草木稱為「折枝」。

藉由筆跡、挑選信紙的品味與和歌的才能來想像對方的身分與人品。

古人工作與戀愛等各種場合都會吟詠和歌，而且經常收到他人贈送的和歌。〈4夕顏〉便提到夕顏把和歌寫在扇子上送給光源氏。

〈24胡蝶〉提及玉鬘厭倦了養父光源氏屢屢調情，特意使用實用的陸奧國紙回信：「小女子已經拜讀過信件。」藉此表示對光源氏沒有意思。

### 結文與竪文

情書必須打結，綁得越小表示越有祕密。文件等實用的信件通常都是竪文。

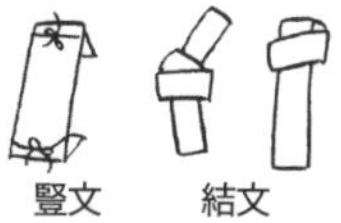

竪文　結文

※2：位於寢殿四個角落，安裝於出入口的對開門。
※3：一條天皇的「一條」源自長期住在一條院。
※4：禾本科植物。古代的戀歌以黃背草譬喻因為戀愛而心思紊亂。

**源氏繪賞析：**
**天皇送來獵物**

光源氏
左衛門尉


**鑑賞POINT 1**

光源氏身著冬季直衣，因為物忌無法陪同前往大原野行幸。庭院的松樹也積了雪。

**鑑賞POINT 2**

除了插圖的畫面，也經常描繪冷泉帝在眾人陪同之下行幸大原野的光景。

**鑑賞POINT 3**

冷泉帝遣藏人左衛門尉送來一雌一雄的雉雞，為了無法與親生父親共度時光而感到遺憾。

**概要**

十二月，冷泉帝行幸大原野。玉鬘看到浩浩蕩蕩的陣容，深受冷泉院的外表與威嚴所吸引。同時也初次目睹生父內大臣（頭中將）與其中一名求婚者鬚黑。鬚黑滿臉鬍鬚，實在沒有好感。光源氏決定讓玉鬘入宮當尚侍，並且告知內大臣真相。內大臣十分感動，另一名想當尚侍的女兒近江之君（見66頁說明）則相當羨慕玉鬘。

# 29 行幸

## 送玉鬘入宮真正的理由

玉鬘
（22～23）
光源氏
（36～37）
冷泉帝
（18～19）


光源氏建議玉鬘入宮當尚侍。尚侍相當於現代的國家公務員，率領眾多部下［※］。不過尚侍經常受到天皇寵愛，他推想玉鬘入宮應該也能獲得同等待遇。但是為什麼光源氏既想把玉鬘留在身邊，又建議她入宮呢？如同光源氏的評價，「玉鬘伶俐聰明，想必能成為傑出的尚侍」，其實真正的理由是想趁玉鬘入宮後幽會。過去朧月夜（見30頁說明）以尚侍身分入宮，受到朱雀帝寵愛，卻也持續與光源氏幽會。現在光源氏也想以入宮為掩飾，把玉鬘納為己有。但是玉鬘的親生父親內大臣（頭中將）可能因為同是花花公子，抑或認識光源氏久了，馬上看穿他的主意。光源氏的計畫立刻受挫。

※：尚侍屬於後宮十二司之一，是掌管內侍司的長官，管理的女官人數超過一百人。

## 女性的成人禮——著裳

玉鬘在入宮之前完成女性的成年禮「著裳」（男子則是元服）。一般著裳是在十二～十四歲舉行，玉鬘由於長年以來住在鄉下，直到二十三歲才舉辦著裳。

著裳通常是已經決定好結婚對象或預定結婚時所舉辦。

著裳是第一次穿上裳的儀式，在女性初潮來臨時舉辦，向世人公告已經準備好，可以結婚了。

光源氏安排玉鬘與生父（內大臣）見面是因為必須在入宮前坦承玉鬘的出身。

玉鬘著裳時，擔任「腰結」角色，也就是綁腰帶的是生父內大臣。一般是委託聲譽卓著、身分高貴之人士。

內大臣感動於與久違的女兒重逢，綁腰帶時不禁流下淚水。

裳相當於只有後半的長裙，是穿著正式服裝「裳唐衣」（即十二單）不可或缺的衣物（見75頁說明）。

| 姬君<br>（與光源氏的關係） | 著裳的<br>年齡 | 腰結者 |
| --- | --- | --- |
| 玉鬘（養女） | 23歲<br>（29行幸） | 內大臣<br>（頭中將） |
| 明石姬君（女兒） | 11歲<br>（32梅枝） | 秋好中宮 |
| 女三之宮<br>（妻、84頁） | 13～14歲<br>（34若菜上） | 太政大臣<br>（頭中將） |

## 紫式部也曾造訪過的大原野

冷泉帝所行幸的大原野是平安時代皇室的獵場。位於小鹽山山腳的大原野神社，供奉的神明是從奈良的春日大社所請來，也是藤原一族所祭祀的神明。紫式部同為藤原族人，據說崇奉相同的神明。

醍醐天皇在九二八年十二月行幸大原野，使用獵鷹打獵。冷泉帝的大原野行幸便是源自這次行幸。

位於大原野的小鹽山是和歌經常吟詠的地名。冷泉帝與光源氏關於行幸的和歌提及此地，亦出現於《伊勢物語》所記載的在原業平與藤原高子（清和天皇女御）的悲戀故事。

小鹽山與大原野神社位於大原野（京都市西京區，見13頁說明）。除了大原野，京都北野與大阪交野自古以來都是皇室獵場。

一條天皇的中宮彰子也曾行啟大原野神社。日文稱皇后、皇太后與皇太子等人外出為「行啟」。

### 標誌是鹿

大原野神社是春日大社（奈良）的分社，供奉藤原一族所祭祀的神明。過去神社裡飼養神明的使者——鹿，因此一般神社放的是狛犬，這裡放的卻是狛鹿，御朱印帳上的圖案也是鹿。

源氏繪賞析：澤蘭表衷情

**鑑賞POINT 1**

〈30藤袴〉最常入畫的是夕霧手持澤蘭穿過簾子，拿給玉鬘的場景。澤蘭是象徵兩人緣分的花草。

**鑑賞POINT 2**

兩人都身著喪服，夕霧的喪服顏色更深。

**鑑賞POINT 3**

服喪期間不僅是衣物，連几帳都會換成灰色的。

**鑑賞POINT 4**

畫中冠的纓（見93頁說明）並未垂下，稱為「捲纓冠」。這是服喪中人所做的打扮。

概要

玉鬘與夕霧的祖母大宮過世，兩人服喪。夕霧奉父親光源氏之命，拜訪玉鬘，傳達天皇詔令，告知對方將以尚侍身分入宮。對於夕霧而言，玉鬘已經不再是姊姊，於是拿出澤蘭表達愛慕之情，卻遭到忽視。其他人也趁著玉鬘入宮之前，頻繁寄送情書[※1]。其中又以鬚黑格外熱心，甚至還出動玉鬘的生父內大臣與其弟柏木。但是玉鬘只對螢宮（見64頁說明）寄出離別的書信。

# 30 藤袴

## 告白時機差到連花都謝了

原本以為是親生姊姊的人其實沒有血緣關係，而且還是個大美女……這種情節簡直跟戀愛連續劇沒兩樣。夕霧為了吸引玉鬘注意，拿出「藤袴」（澤蘭）[※2]。這是因為喪服又稱為「藤衣」[※3]。大宮是夕霧的外祖母，也是玉鬘的祖母，兩人都穿著灰色的喪服。夕霧藉此對玉鬘表達「我倆是同樣穿著藤衣的關係」，女方則正為自己的未來煩惱，根本無心戀愛。他擔心自己進入冷泉帝的後宮，受到天皇寵愛會對不起光源氏的養女秋好中宮，以及親生父親內大臣（頭中將）的女兒弘徽殿女御。面對一頭熱的夕霧，玉鬘委婉拒絕了他。

※1：玉鬘以尚侍身分入宮，極有可能受到冷泉帝寵愛。追求她的男性因此急著在入宮前求婚。
※2：菊科多年生草本植物，夏末秋初綻放淡紫色的花朵。花莖與葉片帶有香氣。在日本瀕臨絕種。
※3：自平安時代以來，喪服一般稱為「藤衣」，因為是以藤的纖維所編織的布料縫製而成。

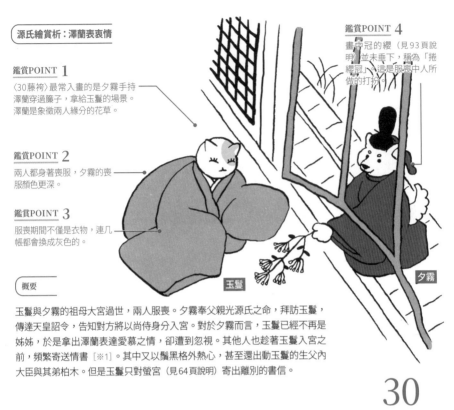

## 悼念故人，為故人服喪

平安時代凡是親人過世，必須服喪戴孝一定期間以悼念故人，去除不潔。服喪期間所穿著的衣物稱為喪服，根據服喪者與故人的關係決定喪服的顏色。

當時稱灰色為「鈍色」，以墨水染色，又稱為「喪服色」。
有時喪期結束後依舊穿著比灰色淡的淺灰色。

| 主要服喪期間（律令制規定） | |
|---|---|
| 父母、夫 | 一年 |
| 祖父母、養父母 | 五個月 |
| 外祖父母、妻子、兄弟姊妹、長子 | 三個月 |

代表秋天的七種花草之一。「藤袴」花朵為淡紫色筒狀，形狀類似袴，因而得名。卷名源自身著喪服的夕霧與玉鬘吟詠的和歌。

### 孫子輩的喪服亦有所區別

喪服顏色越深，代表悲傷的程度越高。夕霧是由大宮撫養長大，因此穿著顏色較深的灰色，玉鬘方才公開自己是內大臣的女兒（大宮的孫女），或許是因此而有所顧慮，選擇淺灰色的喪服。

大宮
內大臣　葵之上 ― 光源氏
玉鬘　夕霧

## 尚侍必須穿著正式服裝──裳唐衣

在內裏時基本上必須穿著正式服裝，女性的正式服裝為「裳唐衣」（即十二單），男性則為「束帶」（見117頁說明）。即使玉鬘平常穿著小袿，入宮以尚侍身分服侍天皇時應該也是穿上裳與唐衣。

日常衣著是紅袴配單衣，罩上袿或小袿等外套（見21頁說明），加上唐衣與裳便是正式服裝。

### 相當於披肩的唐衣

唐衣是類似披肩的衣物，披在肩膀上。只穿裳，省略唐衣，屬於準正式服裝。

《源氏物語》登場的尚侍是玉鬘與朧月夜（見30頁說明），兩人分別是內大臣與右大臣（當尚侍時）的女兒，家世背景雄厚。朧月夜深受朱雀帝寵愛，朱雀帝退位後仍舊追隨他。

入宮或進入貴族家的侍女也會穿著裳唐衣，因此又稱為「侍女服」。中宮等身分高貴的女性則是在儀式典禮時穿著裳與唐衣。

※4：夕霧吟詠的和歌「藤袴生秋野，朝朝同霑露，請君憐惜我，片語亦何妨」（面對因為同一座原野的露水而濡濕的澤蘭〔我與你為了同一位祖母而服喪〕，至少也說些溫柔的話吧！）成為卷名由來。

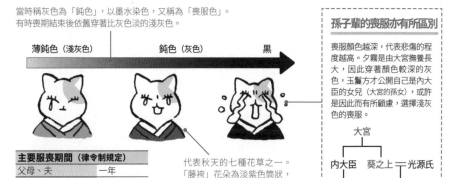

源氏繪賞析：
沉迷於年輕妻子，遭到正室撒灰

**鑑賞POINT 1**

鬚黑的糟糠之妻對他撒灰的場面經常入畫。老實粗魯的鬚黑因為娶了年輕的妻子而樂極生悲。

**鑑賞POINT 2**

北之方為了丈夫要出門去見年輕的妻子而薰香衣物時，突然精神錯亂，拿起香爐朝丈夫撒灰。她的行為被視為是妖怪作祟。

**鑑賞POINT 3**

平安時代的女性不見得只會一昧忍耐，沉默老實。實際上也發生過正室找人去攻擊情婦，破壞對方住處的事件[※1]。

概要

鬚黑在玉鬘的侍女幫忙之下，對玉鬘霸王硬上弓。儘管光源氏覺得玉鬘嫁給鬚黑十分可惜，仍舊為兩人舉辦正式的婚禮，玉鬘的生父內大臣（頭中將）也為此感謝他。鬚黑的正室有時會因為妖怪附身而精神錯亂，兩人疏遠已久。某天北之方又因為神智異常而撒了鬚黑一身香灰（見左頁說明），他厭倦了女方的行為，女方於是帶著孩子回到娘家。女兒真木柱仰慕父親，於是吟詠和歌，婉惜離別。

# 31 真木柱

## 玉鬘與鬚黑的婚姻並非門不當戶不對

光源氏（37～38）
鬚黑（32,3～33,4）
玉鬘（23～24）
真木柱（12,3～13,4）

站在玉鬘的親生父親內大臣（頭中將）的立場來看，玉鬘與鬚黑這門親事其實門當戶對。鬚黑是太子（朱雀院之子）的舅舅，有機會以外戚身分出人頭地，成為有力的政治家。內大臣的女兒弘徽殿女御（見49頁說明）早已進入冷泉院的後宮，要是連玉鬘也入宮，內大臣亦無力多加照料。玉鬘本人無論條件如何，看慣的男性是光源氏，引她動心的是冷泉帝。相較於這些優雅風流的男士，鬚黑顯得不解風情，絲毫不符合她的喜好。

一般故事情節是女主角吃盡苦頭之後，終於結婚獲得幸福。玉鬘的結果不僅並非如此，鬚黑還因為迷上年輕貌美的玉鬘而與正室離婚。平安時代版的灰姑娘故事「玉鬘十帖」最後以現代也可能發生的寫實結局閉幕。

※1：藤原行成的日記《權記》記載藤原教道（道長之子）的乳母藏命婦命令教道的侍從與婢女共三十人，前去攻擊丈夫與其他女子同居的宅邸，室內損毀嚴重。

31

真木柱

## 大家都是親戚才會吵架

平安時代的貴族多半是親戚聯姻，光源氏、鬚黑、鬚黑的正室與玉鬘全都是親戚。面對玉鬘的婚姻，有些人心懷感謝，卻也招來部分人的怨恨。

北之方之父式部卿宮（前兵部卿宮）是先帝之子，也是藤壺的兄長。原本就對女兒紫之上和其夫光源氏十分冷淡。

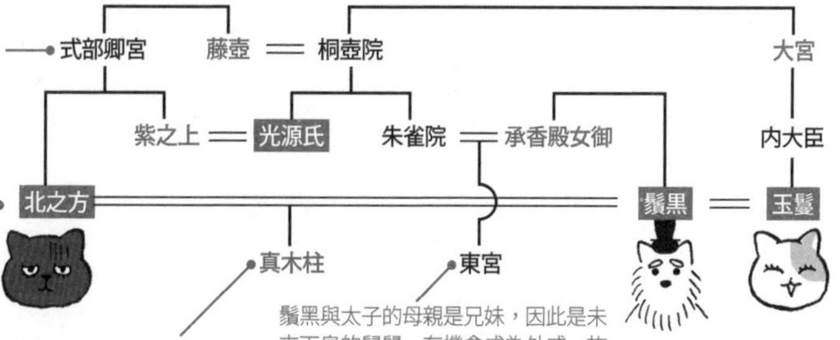

式部卿宮
藤壺
桐壺院
大宮
紫之上
光源氏
朱雀院
承香殿女御
內大臣
北之方
鬚黑
玉鬘
真木柱
東宮


北之方與紫之上是同父異母的姊妹。北之方由於光源氏的養女玉鬘而跑回娘家，北之方之母為此對光源氏與紫之上（儘管責任不在兩人身上）怒不可遏。

鬚黑的女兒真木柱在離開熟悉的家之前，留下了勿忘我的和歌［※2］。她的名字與卷名便是源自此首和歌。〈43紅梅〉描述真木柱之後的生活。

鬚黑與太子的母親是兄妹，因此是未來天皇的舅舅，有機會成為外戚，施展權力。

### 什麼樣的鬍鬚呢？

當時的鬍鬚種類眾多，例如山羊鬚、八字鬍與落腮鬍等等。關於鬚黑的描述僅有「整臉都是鬍子」，不確定到底是哪種類型。彼時認為鬍鬚不得濃密，方才時髦。

## 送丈夫出門也是妻子的工作

準備丈夫的衣物也是妻子的工作之一。鬚黑的正妻儘管一身破舊的家居服，還是為了要去拜訪玉鬘的丈夫而薰香衣物，而且比平常更用心。

準備丈夫的衣物是妻子的重要工作之一，必須懂得如何命令工匠染色與裁縫。

丈夫外出時必須備好衣物，事前薰染香味。〈34若菜上〉也提到紫之上為了即將出門前往拜訪正妻女三之宮的光源氏準備薰香的衣物，心情複雜。

衣物
伏籠
北之方


鬚黑雖然不解風情，還是講究衣物。要穿去約會的衣物沾染了一身灰，想必內心深受打擊。

為衣物薰香時會把大籠子「伏籠」罩在火取上，再放上衣物。紫之上小時候便是用伏籠來養麻雀。

### 薰香的工具「火取」

火取分成三個部分，分別是火取母（盛裝薰爐的器皿）、薰爐（香爐）和火取籠（蓋住薰爐的罩子）。使用時薰爐放入火取母中，罩上高約三十公分的火取籠。

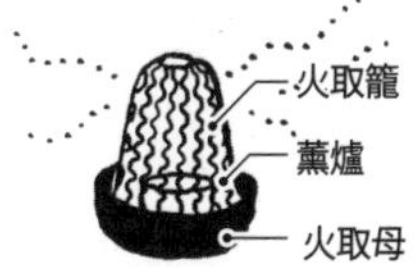

火取籠
薰爐
火取母


※2：真木柱把和歌「臨別留言真木柱，多年相倚莫相忘」（今天是我在這裡的最後一天。熟悉的真木〔檜木〕柱，別忘了我）寫在多張疊在一起的褐色紙上，摺起來塞進柱子的裂縫後離開。

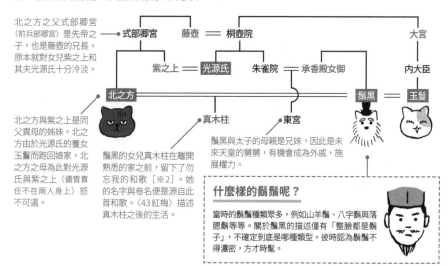

**源氏繪賞析：朝顏姬君送來薰香**

**鑑賞POINT 1**
描繪的場景經常是螢宮來到光源氏家，他恰巧收到朝顏姬君送來的兩種薰香。朝顏姬君與兩人是堂親（桐壺帝的弟弟桃園式部卿宮的女兒）。

**鑑賞POINT 2**
朝顏姬君的薰香是大顆的香丸，裝在青色與白色的玻璃容器中，以假松樹與假梅花裝飾。

**鑑賞POINT 3**
光源氏同父異母的弟弟螢宮風流瀟灑，藝術造詣高，〈17 繪合〉也是請他來當裁判。

**概要**

明石姬君即將入宮成為太子妃，六條院上上下下為了準備成人禮「著裳」而忙碌。光源氏委託紫之上、朝顏姬君（見54頁說明）、花散里與明石之君製作薰香。負責判斷薰香優劣的是螢宮。大家的成品都十分優秀，難以分出高下。隔天，在秋之町舉辦著裳儀式，由秋好中宮負責綁腰帶，儀式盛大熱鬧。光源氏持續準備明石姬君入宮，收集日常用品與書法範本。另一方面，內大臣（頭中將）為了雲居雁與光源氏之子夕霧的結婚問題而傷透腦筋。

# 32 梅枝

## 大家認真調香 打算一較高下

平安時代的貴族鮮少入浴，因此使用薰香也是禮儀之一。鍛鍊區分薰香的能力，用心調配薰香象徵人品與教養。負責為明石姬君調配薰香的女性也都各自發揮個性，例如光源氏的堂親朝顏姬君［※1］調配的薰香正式高雅；紫之上則是稍微添加特殊的香氣，香氣馥郁；花散里的成品則散發懷舊的香氣。這些都是為空間增添香氣的「空薰物」，明石之君調配的是為衣物增添香氣的「薰衣香」。她所調配的薰衣香名為「百步之方」，百步之外便芬芳撲鼻。配方來自皇室，歷史悠久［※2］。「薰物合」時因為種類不同於其他薰香，想法別出新裁，獲得好評［※3］。即使無法與女兒一起生活，明石之君所調配的薰香仍舊隱含時時掛心女兒的母愛吧！

※1：身分高貴的千金小姐，回應巧妙確實，不曾對光源氏動心。
※2：故事提及「這是由公忠朝臣費心思量，朱雀院所傳承的特殊薰香」。公忠朝臣與朱雀院的人物原型是源公忠（光孝天皇之孫）與宇多天皇（第59代）。

## 「成人禮」之後結婚

女性的成人禮是「著裳」（見73頁說明），男子的成人禮則是「元服」。配合太子（朱雀院之子）的元服時機，眾人紛紛把女兒送進宮。明石姬君也是配合太子舉行著裳好入宮。

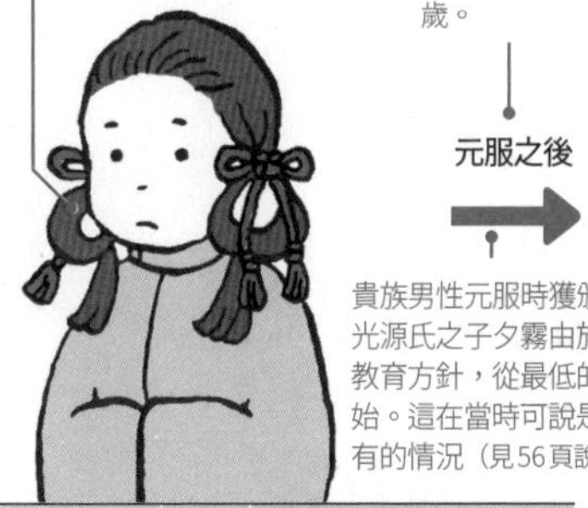
元服前的髮型稱為「角髮」。
當時元服的年紀為十二～十六歲。
元服之後
貴族男性元服時獲頒官品。光源氏之子夕霧由於父親的教育方針，從最低的六位開始。這在當時可說是前所未有的情況（見56頁說明）。

冠
男子元服後稱為「冠者」，為男子戴冠者稱為「加冠」。光源氏的加冠是由未來的岳父左大臣所擔任。
貴族男性讓人看到沒戴冠的模樣相當丟臉，不戴冠的時候習慣戴烏帽子（見93頁說明）。

**第一次戴冠**

元服之後頭髮改梳髻，頭上戴冠。因此元服又稱「初冠」。

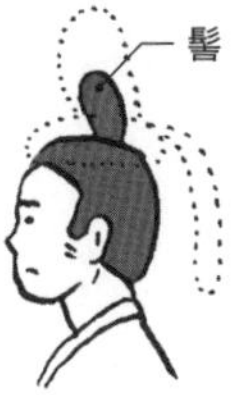
髻

| | 元服年齡 | 結婚時間與對象 |
|---|---|---|
| **光源氏** | 12歲 | 12歲，葵之上 |
| **夕霧** | 12歲 | 18歲，雲居雁 |
| **冷泉帝** | 11歲 | 11歲，弘徽殿女御（見49頁說明） |
| **東宮（後之今上帝）** | 13歲 | 13歲，麗景殿女御（明石女御〔姬君〕） |

## 調香是貴族的教養

當時調香是混合多種香料所揉成的「練香」。光源氏委託朝顏姬君等他所信賴的女性製作練香，競爭高下，好作為女兒的嫁妝。

①混合材料並搓揉

香木以鐵臼磨成粉，加入蜂蜜與爬牆虎的汁液搓揉混合後，放入臼裡搗。

②埋入土中，等待熟成

揉好①之後放入壺中，埋入土裡，等待熟成。香味會隨分量、季節與熟成時間而異。

③完成

練香放入香壺。練香的重點在於使用兩種以上的香木來混合香氣。

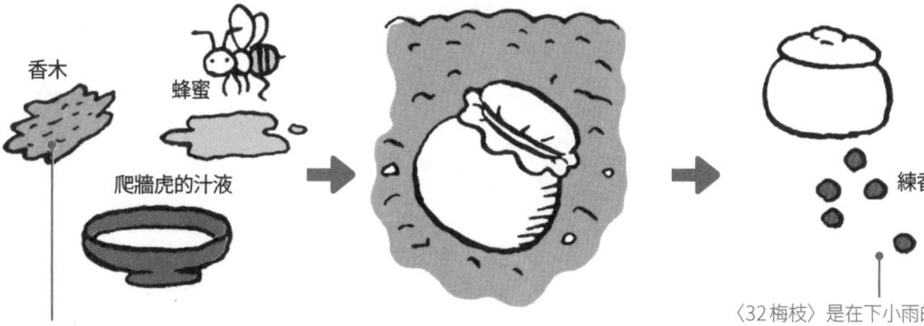
香木
蜂蜜
爬牆虎的汁液
練香

沉香與白檀等香木都是珍貴的進口物料，上流貴族卻能取得。調配方式也是各家的祕方。

〈32梅枝〉是在下小雨的二月十日比賽薰香。溼氣重的日子，香氣往下沉澱，更是芬芳。

※3：有兩種意思，分別是調配薰香與競爭薰香優劣。後者使用的是「空薰香」。明石之君覺得依照規矩來沒有意思，因而調配了「薰衣香」。

源氏繪賞析：
在內大臣府邸舉辦賞藤宴

鑑賞POINT 2

柏木手持藤花，象徵把妹妹託付給好友。庭院中的藤樹倚靠在松樹上的場景經常入畫。這是因為自古以來，習慣以松樹譬喻男性，倚傍在松樹上開花的藤花則代表女性。「松樹」與「等待」的日文發音相同，有時和歌也會以松樹譬喻等待。

鑑賞POINT 1

不枉夕霧等待了六年，宴會之後終於見到久違的雲居雁，實現長年的夢想。夕霧是個老實人，不是先上車後補票，而是等待對方父母答應。

鑑賞POINT 3

夕霧在內大臣舉辦的賞藤宴獲得對方允許，得以和雲居雁結為連理［※1］。內大臣隨興低吟古歌［※2］，長子柏木舉起藤枝，靠在夕霧的酒杯上。他以藤枝隱喻妹妹，表示把妹妹託付給夕霧。

概要

四月上旬，內大臣（頭中將）舉辦賞藤宴，邀請光源氏之子夕霧參加，同意他和女兒雲居雁結婚。夕霧終於一解長年以來的相思之苦。下旬，明石姬君入宮。紫之上推薦親生母親明石之君陪伴入宮，母女因而重逢，紫之上與明石之君也終於見面，互相稱讚對方。秋季時分，光源氏、內大臣與夕霧紛紛晉升，分別成為準太上天皇、太政大臣與中納言。六條院舉辦歡迎冷泉帝與朱雀院的特殊盛會，光源氏的人生在此登峰造極。

# 33 藤裏葉

## 第一部結局是大團圓？

面對兒子夕霧結婚與女兒明石姬君入宮，光源氏長年以來掛在心頭的疑問在本卷終於獲得解答。當年相士看著年幼的光源氏，一臉疑惑地表示他「有帝王之相，不過登基必會造成國家危亂，卻也不是為人臣的面相」（〈1桐壺〉）。他既非天皇亦非人臣，成為準太上天皇［※3］恰巧符合故事開頭的算命結果。此時光源氏三十九歲。當時平均壽命遠遠短於現代，三十九歲已經是接受慶祝長壽的「四十賀」的年紀。主角在邁入晚年之前，實現了所有夢想，終於能完成長年以來出家的心願——正當大家以為故事即將劃下句點時，故事卻並未告終。一般認為從〈1桐壺〉到〈33藤裏葉〉為《源氏物語》第一部，第二部則是描繪榮華富貴之後的痛苦煩惱。這正是《源氏物語》不同於其他作品之處。

※1：內大臣原本想讓雲居雁嫁給太子，阻撓青梅竹馬的兩人交往（〈21少女〉）。這陣子聽到關於夕霧的親事，態度隨之改變。

※2：卷名源自《後撰集》收錄的古歌「春日照藤葉，裏葉盡舒展，君若能開誠，我亦能信託」。「裏葉」為嫩葉之意。

## 「舊曆」比新曆晚上一個月

同意夕霧結婚的賞藤宴是在舊曆四月初舉辦，相當於現代的五月。舊曆是太陰太陽曆，根據月亮的陰晴圓缺計算日期，與現代根據太陽運轉所制定的太陽曆相差約一個月。

日本是從一八七二年十二月二日起改用新曆。

《源氏物語》所提及的月分與季節自然是舊曆。〈8花宴〉的賞藤宴（光源氏當天晚上遇上朧月夜）是三月二十日以後的事，相當於現代的四月下旬。

舊曆的一年比新曆（三六五天）少了十一天，因此每過三年約短少一個月。為了解決季節與日期的落差，每隔二～三年便會加上閏月，使得一年變成十三個月。

| 季節 | | 舊曆（日文別稱） | 新曆 |
|---|---|---|---|
| 春 | 初春 | 一月（睦月） | 二月 |
| | 仲春 | 二月（如月） | 三月 |
| | 晚春 | 三月（彌生） | 四月 |
| 夏 | 初夏 | 四月（卯月） | 五月 |
| | 仲夏 | 五月（皐月） | 六月 |
| | 晚夏 | 六月（水無月） | 七月 |
| 秋 | 初秋 | 七月（文月） | 八月 |
| | 仲秋 | 八月（葉月） | 九月 |
| | 晚秋 | 九月（長月） | 十月 |
| 冬 | 初冬 | 十月（神無月） | 十一月 |
| | 仲冬 | 十一月（霜月） | 十二月 |
| | 晚冬 | 十二月（師走） | 一月 |

### 季節與《源氏物語》

秋冬經常出現死亡與分離的場景，例如夕霧是在秋天與雲居雁分別。藤壺與柏木（見92頁說明）等人雖然死於春天，死亡與離別場景多半出現於秋冬。不過或許因為春天給人植物發芽生長的印象，冷泉帝、明石中宮與薰等眾多角色都是出生於春天。

## 貴族的交通工具

平安時代的交通工具除了牛車、馬與船之外，還有轎子「輿」。使用的輿根據身分而有所不同，紫之上陪伴明石姬君入宮時所搭乘的「輦車」便是輿的一種。女御方能搭乘輦車，代表紫之上受到特殊待遇。

天皇專用的輿「鳳輦」屋頂上飾有金色的鳳凰，簡略的輦輿則飾有蔥的花，稱為「蔥花輦」。兩者都屬於輦輿。

輦輿

輿以人力搬運，形狀類似神轎。房子形狀的轎身下方有多根長桿子（轅），搬運時把轅放在肩膀或腰的高度。

女御與攝政關白等人入宮時必須獲得天皇允許方能搭乘。

輦車

輦車有車輪，由多人拉轅前進。

紫之上之所以可以搭乘輦車是因為冷泉帝優待親生父親的妻子。紫之上既無雙親庇護，也不曾正式結婚，獲准搭乘輦車可說是前所未有的待遇。

| 輿之種類 | | 乘客 | 移動方式 | 車頂形狀 |
|---|---|---|---|---|
| 輦輿 | 鳳輦 | 天皇（正式） | 轅舉到肩上 | 方形  |
| | 蔥花輦 | 天皇（簡略）、皇后、齋王 | | |
| 腰輿 | | 天皇（特殊時期）、公卿、高僧 | 轅舉到腰的位置 | 硬山頂  |
| 輦車 | | 獲得天皇許可者 | 拉轅前進（附車輪） | 歇山頂  |

※3：太上天皇為太上皇之意，咸認準太上天皇的待遇相當於太上皇之意。《源氏物語》的時代沒有男性的相關事例。之後成為準太上天皇的是三條天皇（第６７代）的第一皇子敦明親王。

# 第二部

## 光源氏邁入晚年

【34若菜上～41幻】

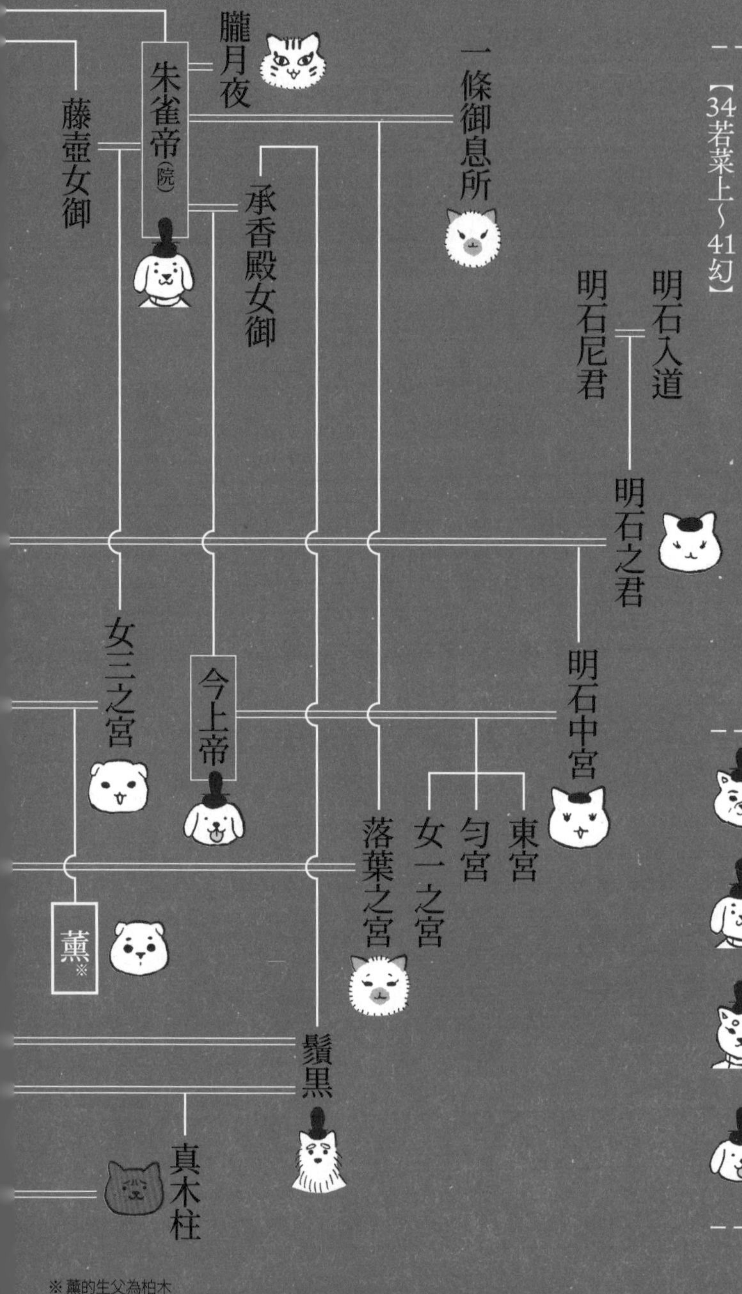
朧月夜
朱雀帝（院）
藤壺女御
一條御息所
承香殿女御
明石入道
明石尼君
明石之君
女三之宮
今上帝
明石中宮
東宮
匂宮
女一之宮
落葉之宮
薰※
鬚黑
真木柱

治世

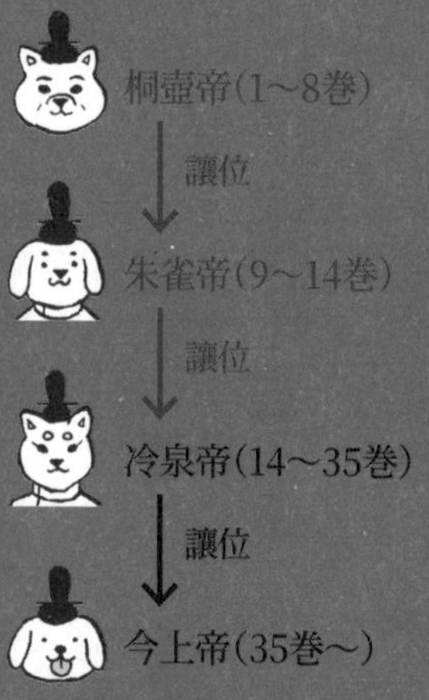
桐壺帝（1～8卷）
讓位
朱雀帝（9～14卷）
讓位
冷泉帝（14～35卷）
讓位
今上帝（35卷～）

※薰的生父為柏木

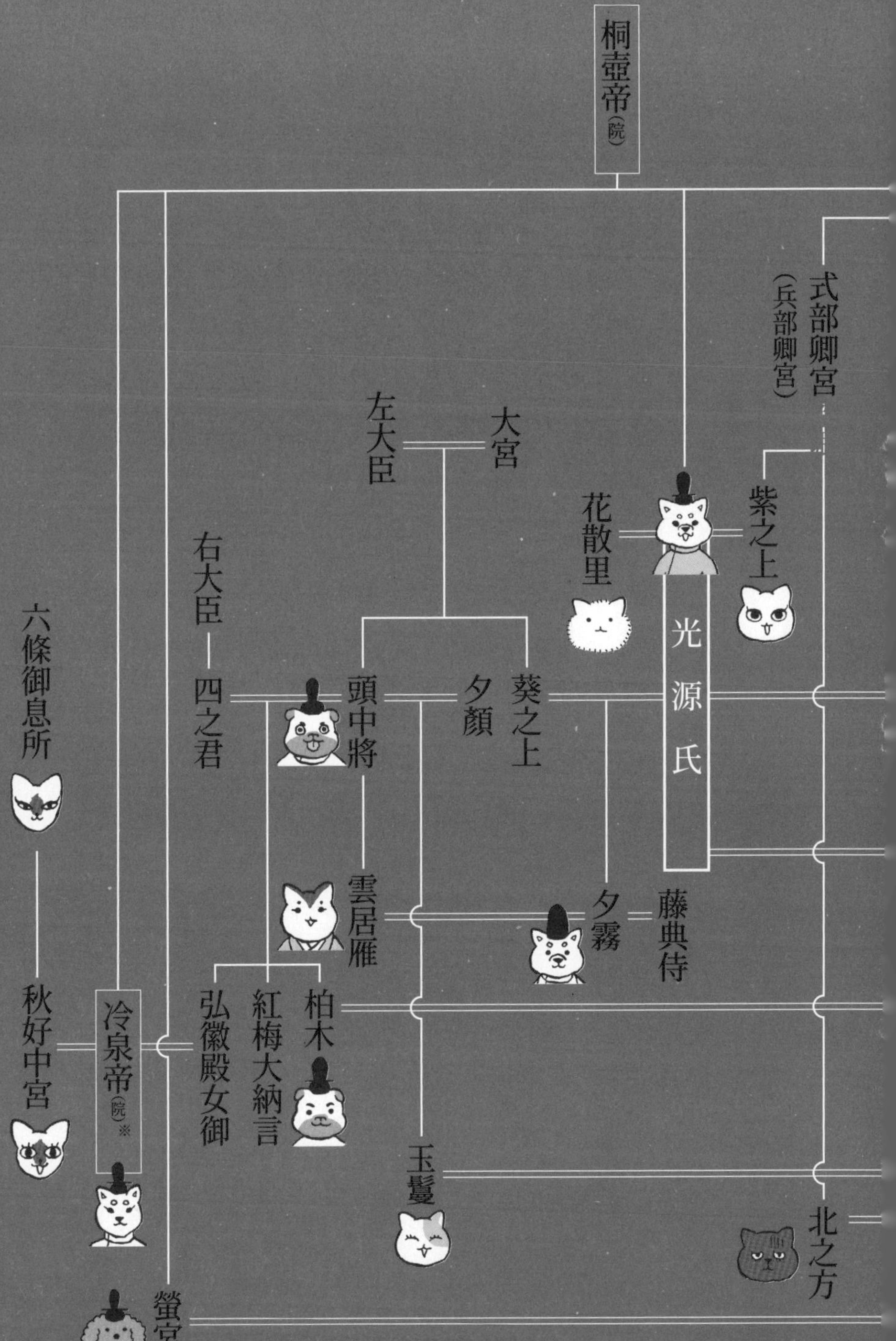
桐壺帝（院）
式部卿宮
（兵部卿宮）
左大臣
大宮
花散里
紫之上
光源氏
右大臣
六條御息所
四之君
頭中將
夕顏
葵之上
雲居雁
夕霧
藤典侍
秋好中宮
冷泉帝（院）※
弘徽殿女御
紅梅大納言
柏木
玉鬘
北之方
螢宮

※冷泉帝的生父為光源氏

源氏繪賞析：
光源氏晨歸

鑑賞POINT 1
光源氏在天色未明之際從女三之宮處回來。紫之上的侍女紛紛裝睡，故意讓光源氏在外頭等待，表達對於變心的不滿。

鑑賞POINT 2
樹上積雪代表光源氏被關在室外，忍受寒冷。

侍女眾人
光源氏


鑑賞POINT 3
紫之上在後方的御帳台（臥榻）裡（見119頁說明）。

概要

朱雀院羸弱多病，於是決定放棄皇位出家，選擇光源氏作為女婿，保護沒有後盾的女兒女三之宮。光源氏原本拒絕，最後還是答應。過完年，光源氏年屆不惑，第一場祝壽宴席由玉鬘主辦。女三之宮於二月下嫁，幼稚的個性讓光源氏大失所望，也再次確認紫之上的魅力。同一時期，他悄悄與朧月夜會面。紫之上雖然長期以來自認是光源氏最愛的女性，面對他另娶正室又與他人幽會之事，發現自己的立場其實相當脆弱。

# 34 若菜上①

## 與女之三宮結婚能享盡好處？

紫之上
(31～32)
光源氏
(39～40)
朱雀院
(42～43)
女三之宮
(13,4～14,5)


儘管朱雀院與弟弟光源氏年齡相仿，朱雀院依舊選擇他當女婿。當時四十歲已經是祝賀長壽的年齡。客觀來看，前途無量的年輕人更適合女三之宮。然而女三之宮的配偶必須維護內親王［※1］的身分，保障生活安定無虞。光源氏既有地位，也有財力，才華洋溢又容貌俊秀，正是最合適的人選。朱雀院期待他能與栽培紫之上一樣，成為女三之宮的第二個父親。另一方面，光源氏又是如何看待這場婚姻的呢？他應該覺得把朱雀院最心愛的女兒讓給其他年輕人很可惜吧！更重要的是女三之宮是他念念不忘的女性——藤壺的甥女［※2］，又比同為藤壺甥女的紫之上身分高，與目前身為準太上天皇的自己匹配。這起聯姻之於光源氏好處多多。

※1：天皇的姊妹與女兒。｜※2：女三之宮的母親是藤壺女御，也就是光源氏的夢中情人藤壺同父異母的妹妹。｜※3：譯註；不封親王，不賜姓，也不是臣子的皇子、皇孫。｜※4：例如醍醐天皇（第60代）的女兒勤子內親王下嫁藤原師輔等等。｜※5：已經辭職的大臣稱「致仕大臣」。頭中將在今上帝登基之際退出政壇，因此改稱致仕大臣。

## 朱雀院選婿

女三之宮之母貴為女御，在宮中的地位卻不及來自右大臣家的朧月夜（見30頁說明），直到過世都惴惴不安。朱雀院因而格外疼愛這個失去母親的女兒，想為她尋找強而有力的後盾。

**皇族**

冷泉帝

已經立秋好中宮為后，其他妃子也身分高人一等。無人庇護的女三之宮嫁給他可能會受委屈，因此不列入候補。

螢宮

朱雀院之弟，由於「風流輕薄，不可依靠」而排除在外。當事人原本以為有機會，希望落空後相當嫉妒。

朱雀院　女三之宮

律令制規定內親王的結婚對象必須是親王或諸王［※3］，不過也有部分下嫁攝關家［※4］。《源氏物語》中的例子是桐壺帝的妹妹大宮下嫁左大臣，生下致仕大臣（頭中將［※5］）與葵之上等人。

**人臣**

光源氏

柏木

柏木是致仕大臣之子，前途無可限量，卻因為身分太低［※6］而排除在外。當事人原本相當期待，期望落空之後，娶了女三之宮的姊姊落葉之宮為妻。

夕霧

因為新婚燕爾而排除在外。當事人原本以為自己很有希望，錯失機會後感到相當可惜。

## 以若菜祝賀長壽的「算賀」

平安時代的平均壽命為四十多歲，因此四十歲時會舉辦「四十賀」來慶祝大壽。之後每十年慶祝一次，分別是五十賀、六十賀、七十賀、八十賀與九十賀。玉鬘祈求光源氏天賜遐齡後，奉上若菜（嫩菜）。

四十歲相當於現代的花甲之年。四十賀在平安時代成為宮廷儀式之一。

算賀由親人分別舉辦。光源氏的四十賀是由玉鬘、紫之上、秋好中宮與奉冷泉帝之命的夕霧依序慶祝，地點包括六條院與二條院等地。

玉鬘在正月子日舉辦算賀，奉上若菜（61頁）。「若菜」指的是新年時萌芽的食用野草。

〈若菜〉之名源自玉鬘向光源氏奉上若菜（嫩菜）時，光源氏所吟詠的和歌［※7］。

| 物語中之算賀 | 主辦人（與對象的關係） | 舉辦月份 | 卷名 |
| --- | --- | --- | --- |
| 一院「四十賀」或「五十賀」 | 桐壺帝（兒子或弟弟） | 10月 | 7紅葉賀 |
| 光源氏「四十賀」 | 玉鬘（養女） | 1月 | 34若菜上 |
| | 紫之上（妻） | 10月 | |
| | 秋好中宮（養女）／夕霧（兒子） | 12月 | |
| 朱雀院「五十賀」 | 今上帝（兒子） | 可能為1月 | 35若菜下 |
| | 女二之宮（女兒） | 10月 | |
| | 女三之宮（女兒）／光源氏（女婿） | 12月（多次延期） | |

※6：參議兼右衛門監，相當於正四位下。
※7：「原野生小松，會當壽命長，野邊青青草，托福永繁昌」（孫子們如同小松樹，之後人生還長長久久。我這株在原野的嫩菜沾孫子的光，也能長命百歲吧！）

**源氏繪賞析：**
**蹴鞠時趁機偷看**

柏木
女三之宮
侍女

**鑑賞POINT 1**
地點是六條院。柏木與夕霧正在蹴鞠，來自中國的「唐貓」脖子上的牽繩把簾子掀了起來，暴露了女三之宮的模樣。這個場面經常入畫。

**鑑賞POINT 2**
女三之宮只穿袿，沒穿裳與唐衣。這是主人階層的打扮，因此柏木與夕霧立刻明白這名女性是女三之宮。

**鑑賞POINT 3**
女三之宮站在柱子旁邊，以成年女性來說是非常缺乏教養的行為。一般女主人應該坐在房間深處。

**概要**

紫之上舉辦宴會，布施四方，祈禱光源氏長命百歲以慶祝他四十歲大壽。隔年明石女御（明石姬君）生下太子。明石入道眼見願望實現，寫信寄給明石之君並進入深山修行。另一方面，柏木（頭中將之子）瞥見女三之宮。煩惱一番之後，決定還是寫信給長期以來愛慕的女三之宮，並且請女方的同乳姊妹轉交。

# 34 若菜上②

## 喜歡自有其理由

平安時代的女性通常躲在深閨，靜靜生活，因此男性貴族幾乎看不到這些女子。柏木在意想不到的情況下瞥見女三之宮，自然會對其絕世美貌傾心。但是柏木強迫女三之宮與其發生關係則是窺見面貌的六年之後（〈35若菜下〉）。這段期間改朝換代，女三之宮的身分為天皇之女轉為天皇（今上帝）的同父異母姊姊。柏木之所以會起心動念是因為女三之宮晉升二品[※1]，地位與權勢都隨之提升。回顧過往，柏木的祖父左大臣與桐壺帝的同母妹妹（大宮），也就是身分最高的女性結婚，贏得天皇信賴，地位進而居右大臣家之上。參考祖父母輝煌的歷史，柏木會想與今上天皇的姊姊——女三之宮結婚，似乎也是理所當然。這正是他對女三之宮異常執著的理由。

光源氏
(40～41)
紫之上
(32～33)
女三之宮
(14,5～15,6)
明石之君
(31～32)

※1：授予親王與內親王的位階（品位）為二品。朱雀院的心願是女三之宮能榮升二品。
※2：明石入道拋下近衛中將之職，成為播磨守，一心一意累積財富，並且全部用在向神佛祈願與女兒身上。

## 明石一家榮華富貴的故事

〈34若菜上〉描繪女三之宮下嫁與明石一家顯榮發達。女三之宮成為光源氏的正室，明石女御則生下未來的天子。女主角紫之上因而發覺「自己的人生開始走下坡」。

他在明石之君懷孕時，夢到孫女總有一天會母儀天下，為了實現願望而長期以來努力不懈［※2］。他寫信告訴女兒這番過往後，便躲進深山。

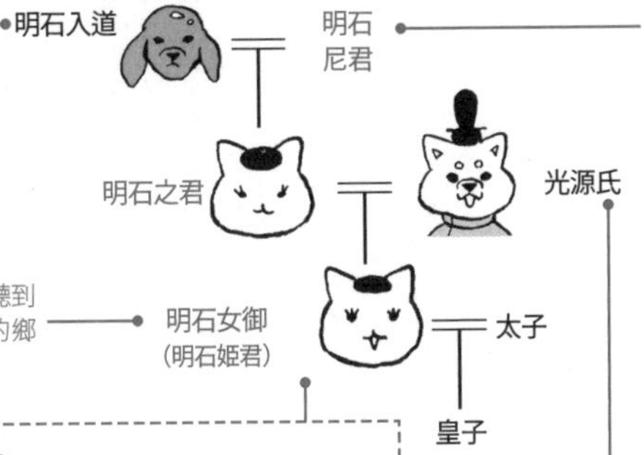


明石尼君因為孫女榮登未來天子之母，成為世人口中的「幸運兒」（見126頁說明）。就連近江之君（見66頁說明）在玩雙六丟骰子時，都高呼「明石尼君」，祈求好運。

明石女御只知道親生母親身分低下，聽到外婆告知自己連出生地點都在偏遠的鄉下，不禁大吃一驚。

明石家算是光源氏母親的親戚。明石入道是桐壺更衣的堂親（見41頁說明）。他雖然沒有兒子，明石一家卻因為光源氏振興源家而重生昌隆。

### 明石入道為何要躲進深山？

明石入道相信自己能以上品上生［※3］往生，於是進入山中，與今生告別。這同時意味他隱藏行蹤，以免身分低等的自己成為明石女御的瑕疵。

## 瞧瞧寢殿造的房子

寢殿造的建築物（見51頁說明）中央是男女主人與女兒居住的「寢殿」，內部分為「母屋」與「廂之間」，外圍則是位於室外的緣廊。女兒一直在房間裡安靜生活，不會四處走動。

室內以屏風與几帳區隔所需空間。

母屋的角落是名為「塗籠」的小房間，只有這裡有牆包圍，沒有門扇。

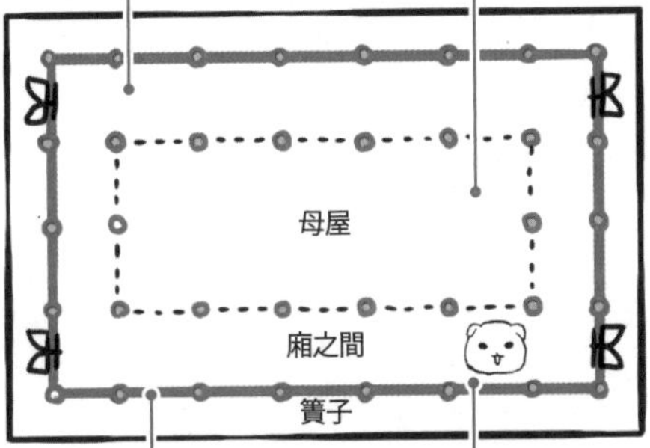


簀子與廂之間，以格子和簾子區隔，東西兩側各有名為「妻戶」的對開門。

女三之宮站在廂之間，隔著簾子觀看眾人蹴鞠。此時簾子遭到貓掀起，相貌因而曝光。

母屋與廂之間以簾子隔開。

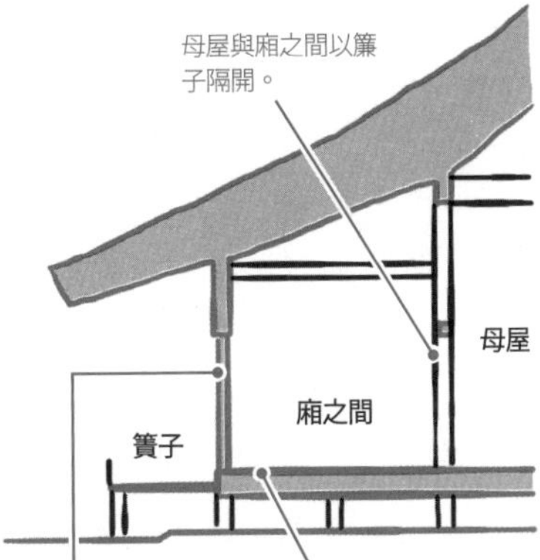


格子可以打開，分為一片格子、兩片格子。

簀子、廂之間與母屋都是木地板，簀子的邊緣設有扶手。

※3：往生西方極樂世界分為九品，稱為「九品往生」。其中最高位為「上品上生」，阿彌陀佛會在臨終時前來迎接，帶領死者立刻前往西方極樂世界。

註：寢殿造圖參考季刊《大林三四號　源氏物語》（一九九一）製圖。

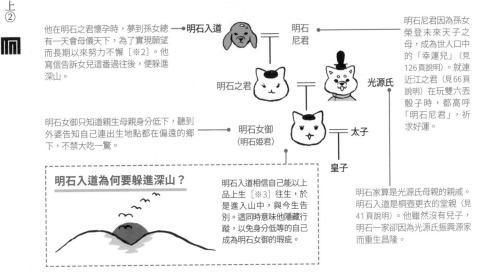

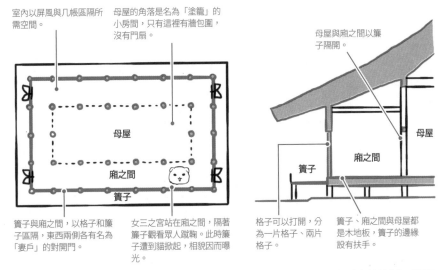

## 源氏繪賞析：為了慶祝五十賀而舉辦女樂

紫之上
女三之宮
明石之君
明石女御
（明石姬君）
光源氏

**鑑賞POINT 3**

樂器當中以古琴地位最高，光源氏教導女三之宮古琴也是決定六條院女性的地位高低。

**鑑賞POINT 1**

六條院的女性齊聚一堂合奏，彩排五十賀的表演。女性為主的管弦樂演奏稱為「女樂」。女三之宮彈古琴，明石女御彈古箏，紫之上彈和琴，明石之君彈琵琶。

**鑑賞POINT 4**

搬除襖門，改以几帳區隔空間（畫中省略部分几帳）。

**鑑賞POINT 2**

地點是女三之宮的寢殿。女樂場面華麗，最常成為〈35若菜下〉的源氏繪主題。

### 概要

柏木借來女三之宮的寶貝貓咪，撫慰思慕之情。儘管有人想撮合他與鬚黑的女兒真木柱（見76頁說明），他卻毫無興趣。最後真木柱與螢宮結婚，但夫妻不睦。四年之後，冷泉帝讓位。光源氏前往住吉大社參拜還願，慶祝女兒（明石女御）立后與孫子立太子。同一時期，眾人開始準備朱雀院的五十賀，光源氏教導女三之宮彈琴。

# 35 若菜下 ①

## 中年夫妻 恩斷義絕

紫之上
（33～39）
光源氏
（41～47）
柏木
（25,6～31,2）
女三之宮
（15,6～21,2）

紫之上自小便由光源氏收養，兩人同甘共苦了二十年以上。她自認是光源氏最重要的妻子，卻在放下心中一塊大石頭之後，遇上光源氏盛大迎娶身分高過自己的女三之宮。看到身為公主的女三之宮成為正室，紫之上的心情可想而知。她沒有娘家與子女可以依靠，與光源氏的婚姻也不是獲得父親認可的「儀式婚」，唯一的支柱是丈夫的愛情。此時她終於發現自己立場薄弱，無依無靠，內心空虛失落。光源氏無法理解紫之上的苦惱，反而表示：「你在我這裡生活得如此輕鬆，你知道這是多麼幸運的事嗎？」過去眾人眼中的理想夫妻儘管曾經相愛，從此卻逐漸貌合神離。

## 平安時代的遊戲

室內的遊戲男女都能同樂，室外的遊戲則只有男性能參與，不能走出室外的女性只得隔著簾子觀看。《源氏物語》描繪了許多遊戲，不分室內外。

### 室內的遊戲

**音樂**

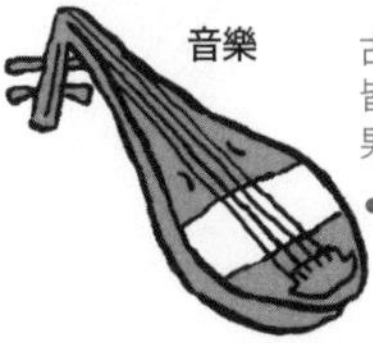

古琴與琵琶等弦樂器男女皆可彈奏，吹笛子則只有男性。

**桌遊**

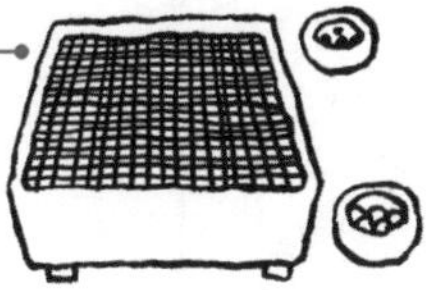

《枕草子》提到最適合打發時間的是圍棋與雙六。《源氏物語》也出現夕顏下圍棋和近江之君玩雙六的情節。

**詩歌、繪畫**

所有貴族都必須學習吟詠和歌。光源氏在須磨時書寫日記並加上插畫。賞畫與畫畫也是平安時代貴族的遊戲與必備素養。

### 室外的遊戲

**球技**

〈34若菜上〉出現蹴鞠的場景。原本蹴鞠是吵鬧不體面的遊戲，只有官位低的年輕貴族才會參加。夕霧與柏木在眾人的催促下參與。插圖為蹴鞠所用的球。

**賽馬、比射箭**

一決勝負的競賽包括賽馬與射箭比賽。《源氏物語》出現許多關於弓的描述，也提過騎馬射箭的「騎射」與步行射箭的「步射」等等。

**滾雪球**

身分高的貴族只能坐在室內觀看其他人在室外遊玩，例如〈20朝顏〉便出現紫之上吩咐女童去滾雪球，自己坐在室內觀看。

## 寵物在每個時代都受人疼愛

唐貓來自中國，是昂貴的舶來品。《源氏物語》中，女三之宮的唐貓後來讓給柏木。一條天皇（第66代）則是愛貓愛到為貓安排人類的乳母［※］。

### 平安時代

平安時代，皇室與貴族是把貓繫上牽繩，養在室內。

另一方面，狗則用於打獵與守衛，路上也常見流浪狗。

平安時代的貴族也會養鳥當寵物，例如紫之上小時候養過麻雀，還因為麻雀逃走而哭泣（見24頁說明）。

### 江戶時代

女三之宮的貓咪掀起簾子的故事多次成為繪畫主題。江戶時代甚至把女三之宮畫成遊女，把貓換成狗。

江戶時代的遊女喜歡養小型犬，畫中經常出現小型的西洋犬與遊女的見習生「禿」。

※一條天皇甚至為貓舉辦「產養」（祈求子女順利長大成人的宴席，見127頁說明）。

# 35 若菜下②

## 貌同實異的兩組私通情侶

回顧光源氏的一生，危機總能化為轉機。例如與後母藤壺私通導致藤壺懷孕雖然出乎意料，兩人的私生子日後卻登基成為冷泉帝，為光源氏帶來榮華富貴。進入人生下半場，光源氏的這種生活方式在〈35若菜下〉遇上挑戰。他發現女三之宮懷上柏木的孩子，大為震怒。但是這也可以說是年輕時造的孽，現在終於遇上報應。不過兩起私通事件最大的差異，在於光源氏發現兩人私通，而兩人也知道事件曝光。不同於光源氏與藤壺兩人克服困境，柏木與女三之宮在事件曝光之後惴惴不安，光源氏嚥不下這口氣。面對類似當年的罪孽卻又不盡相同的報應，是否能接納妻子生下的私生子成為光源氏新的人生課題。

### 源氏繪賞析：光源氏發現兩人私通

**概要**

紫之上臥病在床，病情嚴重。光源氏一心一意照顧她，卻遲遲無法康復，甚至一時之間病危。在密宗的加持祈禱之下甦醒，暫時好轉。另一方面，柏木與朱雀院的次女落葉之宮結婚，卻趁光源氏不在時偷偷潛入女三之宮的住處，一解六年來的相思，導致女三之宮懷孕。光源氏看到柏木寫給女三之宮的情書，發現兩人偷情，於是在宴席上大肆諷刺男方。

**鑑賞POINT 1**
光源氏正在閱讀柏木寫來的情書。他在〈24胡蝶〉看過柏木的字跡，所以一下子就發現情書的寄信人身分。

**鑑賞POINT 2**
女三之宮把柏木寄來的信藏在墊子底下便忘了。同乳姊妹小侍從從信紙的顏色發覺光源氏閱讀的正是柏木寄來的信，驚慌失措。

**鑑賞POINT 3**
當時信有時會寄錯地方（見111頁說明）。光源氏年輕時會刻意寫得含糊不清，以免遭人發現時被識破。柏木居然寫得一清二楚，令他愕然無語。

## 暗中活躍的同乳兄弟姊妹

貴族是由乳母撫養長大，而非親生母親。乳母的子女與主人是同乳兄弟姊妹，彼此關係緊密，扮演主君生活中的重要角色。這種影響有好有壞。例如柏木得以接近女三之宮，正是因為女方乳母的女兒引見。

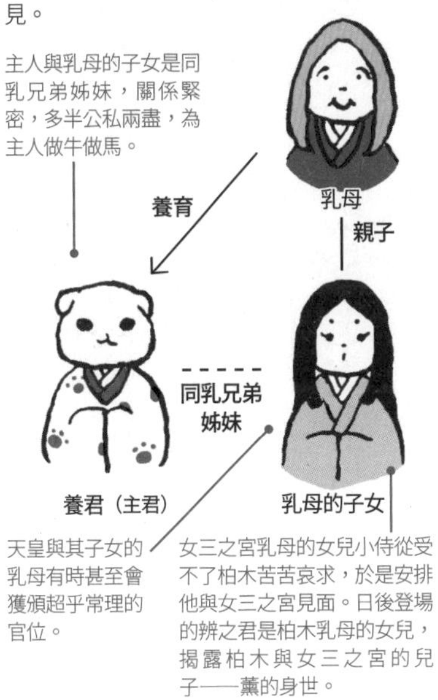
主人與乳母的子女是同乳兄弟姊妹，關係緊密，多半公私兩盡，為主人做牛做馬。
養育
乳母
親子
同乳兄弟姊妹
養君（主君）
乳母的子女
天皇與其子女的乳母有時甚至會獲頒超乎常理的官位。
女三之宮乳母的女兒小侍從受不了柏木苦苦哀求，於是安排他與女三之宮見面。日後登場的辨之君是柏木乳母的女兒，揭露柏木與女三之宮的兒子——薰的身世。

| 故事中活躍的乳母子女 | 主人／同乳兄弟姊妹 | 故事 |
|---|---|---|
| 惟光 | 光源氏 | 與光源氏同進同出，進而出人頭地。女兒藤典侍（見99頁說明）生下夕霧的孩子。 |
| 大輔命婦 | 光源氏 | 與光源氏關係密切，進入宮中擔任女官。安排光源氏與末摘花見面。 |
| 右近 | 夕顏 | 夕顏死後，由光源氏收留。安排光源氏與夕顏的女兒玉鬘見面。 |
| 弁 | 藤壺 | 藤壺的侍女，發現藤壺懷孕時期有異，選擇沉默。 |
| 侍從 | 末摘花 | 長期服侍家道中落的末摘花，年輕伶俐。 |
| 小侍從 | 女三之宮 | 服侍女三之宮卻違反主人的意思，引見柏木。和柏木有男女關係。 |
| 辨之君 | 柏木 | 之後服侍八之宮（見114頁說明）。把柏木的遺書親手交給柏木的私生子薰。 |

## 似是而非的兩組對照

「光源氏與藤壺」、「柏木與女三之宮」的私通事件儘管有諸多共通點，後者卻因為祕密曝光而引發悲劇的結果。作者藉此表示光源氏要是走錯一步，也會落得柏木般的下場。

倘若要完全仿照光源氏與後母藤壺的私通事件，角色的安排應該是夕霧與紫之上。然而作者設定夕霧老實耿直，紫之上個性謹慎小心，因此人選改為柏木與女三之宮。

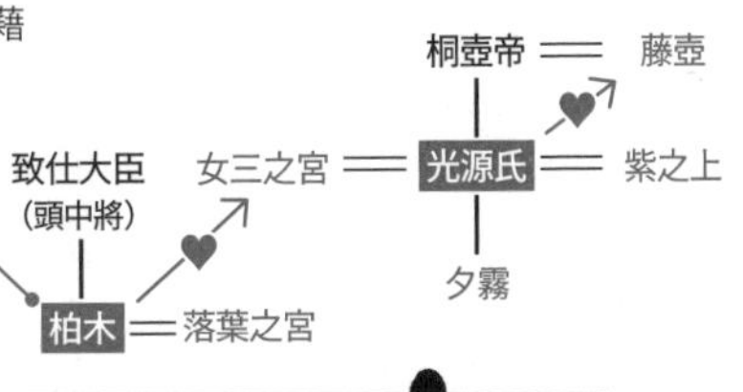
桐壺帝
藤壺
致仕大臣
（頭中將）
女三之宮
光源氏
紫之上
夕霧
柏木
落葉之宮

| 光源氏  | | 柏木  |
|---|---|---|
| 藤壺 | **私通的對象** | 女三之宮 |
| 桐壺帝 | **對象的丈夫** | 準太上天皇（光源氏） |
| 夢見自己成為天皇之父 | **私通後發生的事** | 夢見貓（代表懷孕） |
| 兒子（冷泉帝） | **私生子** | 男子（薰） |
| 因為兒子誕生而感到喜悅 | **對象丈夫的反應** | 發現妻子私通，火冒三丈 |
| 完美隱瞞真相，獲得榮華富貴 | **結果** | 祕密曝光，死亡 |
| 為了保護兒子而出家 | **對象的下場** | 心靈承受不了沉重的負擔，選擇出家 |

**源氏繪賞析：夕霧探訪柏木**

**鑑賞POINT 1**

今上帝聽聞柏木命在旦夕，趕緊把他從中納言晉升為權大納言，希望他能因此打起精神。夕霧趕去探病與祝賀他升官。

**鑑賞POINT 2**

柏木雖然臥病在床，頭上依舊戴著烏帽子。這是當時的禮儀。

**鑑賞POINT 3**

柏木豎起枕頭，說話氣若游絲。這是躺著的時候聽人說話的姿勢。柏木交代完便過世了。

**概要**

柏木由於光源氏發現自己與女三之宮私通，內心驚恐，臥病在床。女三之宮生下柏木的私生子——薰之後，承受不了光源氏冷淡以對，於是在父親朱雀院來訪時出家。沮喪失望的柏木拜託夕霧照顧妻子落葉之宮（女三之宮的姊姊），以及安排他和光源氏和解後過世。三月慶祝薰出生滿五十天［※1］時，光源氏緬懷柏木早逝。另一方面，夕霧依照柏木的遺言，前往探視落葉之宮。

# 36 柏木

## 柏木因為害怕光源氏而自取滅亡

柏木這種因愛而死的故事是古代文學的主題之一［※2］，《竹取物語》與《伊勢物語》都曾出現這種因愛而死的「戀死」［※3］概念。柏木死時以「如同泡沫消失」來譬喻，象徵脆弱的生命為愛而逝。

柏木得知光源氏發現自己與女三之宮私通，煩悶苦惱，覺得活不下去。光源氏在〈35若菜下〉尾聲的確諷刺柏木，又強逼他喝酒，造成精神壓迫。自從遭遇相當於現代的勸酒霸凌，柏木便臥病在床。儘管如此，光源氏自宴會之後不曾再對柏木施加壓力。柏木病倒不僅是出於自責，還擔心遭到掌權的光源氏以權勢壓迫吧！結果柏木因為恐懼光源氏而自取滅亡。

※1：孩子出生滿五十天所舉辦的慶祝儀式（見127頁說明）。
※2：「戀死」經常成為和歌題材。現實生活是否有人真的因為談戀愛而死相當可疑，應為文學誇飾。

## 男性的禮儀從「頭」開始

柏木儘管臥病在床，夕霧來訪時依舊戴著烏帽子。成年男性在舉辦冠禮之後，讓人看見髮髻是沒有禮貌的行為。

### 烏帽子

烏帽子是黑色的帽子，貴族戴的是形狀端正的細長形烏帽子。

「萎烏帽子」沒有上漆固定，中世（譯註：十一世紀後半～十六世紀後半）初期，一般成年男性經常配戴。

### 冠

入宮時基本上要戴冠。

冠的後方基本上會搭配垂下來的裝飾「纓」，稱為「垂纓冠」。武官為了方便活動，會把纓捲上去，稱為「捲纓冠」。

武官的冠還會加上馬毛做成的裝飾「緌」。

**冠掉了！**

當時男性貴族露出髮髻是相當丟臉的行為。清原元輔（清少納言之父）從馬上掉下來時冠也隨之掉落，淪為眾人笑柄。

## 治病靠祈禱與祭典？

當時雖然有醫師，部分重病仍舊視為妖怪作祟，以祈禱治病。當時曾經流行天花與麻疹，病人經常因此而死。

當時醫師身分低下，即使是官方的醫療機構「典藥寮」中地位最高的醫師，也不過是最低階級的貴族。

《枕草子》列舉的疾病包括胸病、妖怪作祟、腳氣與食欲不振。如果是認為生病起因於他人詛咒，會請來陰陽師解除不祥情事。

京都八坂神社的祇園祭，以及今宮神社域內的疫神社所舉辦的「安祭」（譯註：又稱鎮花祭）都是始於祈求疫情平息。安祭時走進花傘下方，據說能驅邪避凶。

《蜻蛉日記》與《榮華物語》都提到「痘瘡」（天花）與「赤痘瘡」（麻疹）大肆流行。

| 故事中出現的疾病 | 相關情節 |
|---|---|
| 咳嗽、風邪（感冒） | 明石中宮罹患感冒，眾人紛紛前來探病（〈49宿木〉） |
| 瘧病（瘧疾） | 光源氏前往北山養病，遇上若紫（〈5若紫〉） |
| 腳氣（腳部的疾病） | 柏木以「腳氣惡化，身體不適」為由，向光源氏道歉為何久疏拜訪（〈35若菜下〉） |
| 眼病 | 朱雀帝在夢中遭到桐壺院瞪視而罹患眼疾（〈13明石〉） |
| 胸病 | 藤壺、紫之上與中之君（見114頁說明）等人罹患的疾病，病人多半為女性 |

※3：《竹取物語》（男子為了向輝夜姬求婚而前去尋找寶螺，因而喪命）與《伊勢物語》四十五段（女子愛上某位男性卻說不出口，最後病死）有類似情節。

源氏繪賞析：
私生子——薰

概要

光源氏盛大弔念柏木過世周年忌辰。夕霧則在此時拜訪柏木的未亡人落葉之宮，一同合奏樂器，並且獲贈柏木的橫笛。夕霧的妻子雲居雁不滿丈夫並未及早回家。當天夜裡，夕霧半夢半醒之際，夢見柏木告訴他真正應該拿到笛子的另有其人。夕霧告知父親光源氏夢境時，懷疑薰其實是柏木的孩子。光源氏儘管明知兒子可能知道真相，依舊裝作若無其事，冷靜以對。

**鑑賞POINT 1**

幼小的薰口中咬的是朱雀院送給女三之宮的筍子。這幅場景經常入畫。插畫如同原作描述，薰用剛長出來的牙齒啃一啃便丟掉，因此筍子丟得到處都是。

**鑑賞POINT 2**

薰所啃咬的細長筍子令人聯想起柏木留下的橫笛［※1］。

**鑑賞POINT 3**

平安時代的筍子指的是千島箬竹與山白竹的嫩芽，不是現代孟宗竹的筍子，所以幼兒也能啃咬。

# 37 重要的樂器該交給誰？ 橫笛

柏木是吹奏橫笛的高手。他過世之後，橫笛送給他的好友夕霧［※2］。和琴與琵琶男女皆可演奏，笛子則是男性吹奏的樂器。落葉之宮沒有兒子，橫笛留在手邊亦無人使用。橫笛在《源氏物語》之後的文學作品當中，有時亦是父親傳承給兒子的重要象徵，左右故事發展；例如當年留下的橫笛成為父子相認的契機［※3］。柏木的故事可說是此類情節的先驅。柏木與薰無法公開其父子關係，橫笛象徵了兩人的連結。作者之後沒有清楚交代橫笛的去向，不過描述光源氏子孫的故事「宇治十帖」提到薰所吹奏的笛聲和柏木相似。看來心愛的橫笛如同柏木期待，確實交到真正的兒子薰手上。

※1：伊東祐子〈薰咬的筍子很細嗎？〉（《源氏物語的鑑賞與基礎知識》26，至文堂，二〇〇二年）
※2：落葉之宮與母親一條御息所同住，其母十分感謝夕霧來訪，於是送禮給他時一併附上橫笛。

## 死者作祟，降下災禍

平安時代的人認為懷恨而死者會詛咒在世的人。為了消解亡靈的恨意，光源氏在柏木過世周年忌辰時連同薰的份，追善供養黃金（沙金）一百兩。

因為失勢而不幸離世的人，其亡靈稱為「御靈」。古人認為天災與流行病都起因於御靈作祟。

### 怨靈成為消災解厄的神明

平安時代中期的武將平將門在關東叛亂，最後戰死猿島。日後神田神社（東京）等地供奉他為消災解厄的神明，深受眾人信仰。

日本各地都有御靈神社，祭祀怨靈以防作祟；代表神社是京都市上京區的上御靈神社與中京區的下御靈神社。這些神社供奉的是恒武天皇不幸過世的弟弟早良親王等人。

平安時代以來，舉辦鎮壓怨靈的「御靈會」。最早的御靈會舉辦於八六三年，地點是京都。

古人有時會撒米（日文寫作「打撒」或「散米」）來驅除惡靈。例如柏木出現在夕霧夢中，夕霧身旁的嬰兒哭了起來，於是撒米驅魔。

## 平安貴族相信夢嗎？

夕霧夢見過世的好友，內心不禁動搖。平安貴族相信夢，有時受到夢左右玩弄，不過有時也能冷靜以對，把夢當作藉口或是圖個方便。

《伊勢物語》一一〇段描述女方告訴男方自己夢到對方，男方吟詠和歌表示「可能是我太想你了，才會靈魂出竅」。雖然男方的想法是靈魂出竅進入對方夢中，不過女方可能是在意男性而夢見他而已。

古人認為好夢馬上說出口便無法實現。明石入道儘管夢見孫子登基，也是直到事情即將成真才告知女兒明石之君（〈34 若菜上〉）。

古人經常夢到佛祖的神諭等宗教色彩濃厚的夢。應該是因為周遭的環境充滿法會與抄寫經文等活動，經常接觸佛教。

平安貴族關於夢的觀念類似現代人的算命與去廟裡求籤，為了夢境而忽喜忽憂。光源氏在藤壺懷孕時向「解夢人」詢問夢境是吉是凶。

當時流傳夢見貓代表懷孕。女三之宮懷孕之際，柏木也夢到貓。

光源氏依照已故桐壺院在夢中的指示，從須磨遷移至明石（〈13 明石〉）。亡靈有時會託夢告知未來，稱為「夢喻」。

※3：鎌倉時代的作品《低茅之露》中有一段情節是某個角色聽聞有個孩子持有自己的笛子，請對方拿出笛子一看，發現是自己留給情人的紀念品，進而發現原來孩子是自己的親生子女。

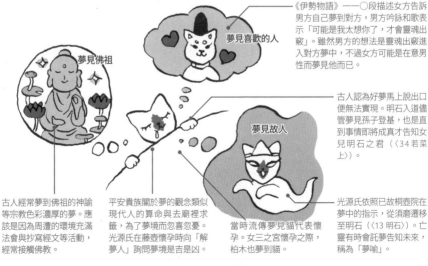

源氏繪賞析：
父子在賞月宴面對面

冷泉院
光源氏
夕霧


鑑賞POINT 1

知名國寶《源氏物語繪卷》的場面之一。光源氏與冷泉院雖然是父子，卻不能公開兩人的關係。兩人長相相似，對坐像在照鏡子。

鑑賞POINT 2

夕霧並未對冷泉院自報姓名，不過他與冷泉院是同父異母的兄弟。

鑑賞POINT 3

六條院與冷泉院所舉辦的賞月宴是在八月十五日，欣賞中秋節的明月。國寶《源氏物語繪卷》畫的是十五日閃耀的滿月。

鑑賞POINT 4

夕霧身著後面比前面更長的衣物「下襲」（見117頁說明），所以坐在簀子時，把下襬掛在高欄上。

概要

出家的女三之宮供奉的佛像完成，於是在夏天舉辦開光儀式［※1］。光源氏雖然送上充滿情意的和歌，女方回贈的和歌卻冷淡無情。八月十五日的夜晚，光源氏與夕霧等人彈絲品竹之際，收到冷泉院寄來的信。一行人入宮晉見冷泉院，參加賞月宴。光源氏那一陣子拜訪秋好中宮，聽到中宮暗示自己有意為了亡母六條御息所出家，他建議對方不要出家，維持現況也能供養母親（見左頁說明）。

# 38

## 鈴虫

### 出家就能解救大家嗎？

女三之宮
(24,5)
光源氏
(50)
秋好中宮
(41)
夕霧
(29)


〈38鈴蟲〉描繪秋日充滿風情的景色，並且描述光源氏流露對女三之宮的依依不捨之情，以及六條御息所亡魂出沒的謠言導致女兒秋好中宮為之心痛，情節並未出現明顯進展。本卷凸顯人類難以放下煩惱，出家也不見得能擺脫俗世憂愁。光源氏總是放不下無法得手的對象，所以忘不了已經出家當尼姑的女三之宮，女方則對於光源氏屢屢追求感到十分厭煩。平安時代的貴族社會，女性出家代表與情人或丈夫分別，打算潛心修行。女三之宮與六條御息所都為了追求心靈救贖而出家，結果前者擺脫不了光源氏，後者放不下對光源氏的恨意。十世紀後半以來，淨土宗普及使得眾人對於佛教的祈求轉為個人救贖，現實生活卻是出家也不見得能解決所有問題。

※1：佛像完成後擇日開始供奉的典禮。
※2：「心雖厭世遠塵俗，鈴蟲美聲未曾變」（雖然是你自己拋棄俗世，現在仍舊年輕貌美一如鈴蟲〔雲斑金蟋〕的叫聲）。

## 從昆蟲身上學「和歌」

在《源氏物語》當中，和歌是表達人物心情的重要手段。光源氏藉由吟詠鈴蟲來表達對女三之宮的不捨之情［※2］。當時以鈴蟲為題材還十分新奇，一般和歌提到的昆蟲多為松蟲。

### 緣語

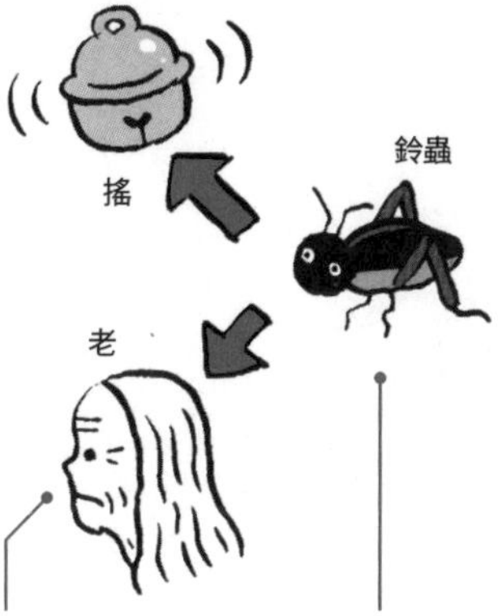


### 掛詞

從「鈴蟲」聯想到「鈴」，並進一步聯想到「搖」（鈴）與「老」（與搖同音）等語詞。光源氏提到鈴蟲比松蟲更常鳴叫，對女三之宮吟詠和歌「年輕貌美一如鈴蟲的叫聲」表達留戀之情。

吟詠和歌時使用特定的語詞與其相關的語詞「緣語」，具有擴大意義的效果。「掛詞」與「緣語」的效果相同。

「掛詞」是和歌不可或缺的元素。例如「等待」與「松樹」（蟲）的日文同音，吟詠時利用這些同音異字的「掛詞」能延伸出兩種以上的意思。

〈10賢木〉描述光源氏與六條御息所分別時傳來松蟲鳴叫。六條御息所持續等待光源氏來訪的模樣令人聯想到叫到嗓子啞了的松蟲。六條御息所因而吟詠和歌：「松蟲啊！別再鳴叫了！」［※3］

## 無法放下仇恨的六條御息所

秋好中宮聽聞母親死後，亡魂依舊出沒陽間，因此想出家供養母親好消弭其怨恨，祈求她前往西方極樂世界。六條御息所死後化身為妖怪的形態出現，象徵愛恨等情緒難以消逝。

| 六條御息所的年紀 | 事件 | 怨靈的種類 | 怨靈真面目遭人發現的理由 |
|---|---|---|---|
| 24歲 | 附身在夕顏身上？（〈4夕顏〉） | 生靈 | 無法確定是否真為六條御息所 |
| 29歲 | 附身在葵之上身上，衣物因而沾染芥子的氣味（〈9葵〉） | 生靈 | 妖怪以六條御息所的聲音要求光源氏「暫停祈禱」 |
| 36歲 | 生病出家，沒多久便過世（〈14澪標〉） | — | — |
| 死後18年 | 附身在病在旦夕的紫之上身上（〈35若菜上〉） | 亡魂 | 附身在紫之上身上，對光源氏說：「謝謝你照顧秋好中宮，但是人死了之後就不在乎孩子，只留下怨恨。」 |
| 死後19年 | 附身在女三之宮身上，導致對方出家（〈36柏木〉） | 亡魂 | 亡魂表示：「看到光源氏把紫之上救回去非常不甘心，所以這幾天附身在女三之宮身上。」 |

六條御息所的亡魂在光源氏面前出現，卻因為神佛庇佑的力量過強而轉為附身在紫之上身上。她井井有條地陳述怨恨光源氏的理由，並且拜託光源氏轉告女兒秋好中宮，希望女兒為自己進行追善供養。

※3：「尋常秋別愁無垠，添得蟲鳴愁更濃」（秋日離別已經很悲傷了，松蟲〔日本鐘蟋〕啊！不要再平添悲傷了）。

**源氏繪賞析：
嫉妒落葉之宮的雲居雁**

**鑑賞POINT 1**
地點是夕霧與雲居雁的住處——三條殿。夕霧正在瀏覽一條御息所寄來的信時，妻子雲居雁打算從背後搶走信。

**鑑賞POINT 3**
原作並未描述雲居雁的穿著，《源氏物語繪卷》則是描繪她穿著當睡衣的單衣，露出肌膚的模樣。

**概要**

落葉之宮與臥病在床的母親一條御息所一同搬往小野的山莊。夕霧前去拜訪時向落葉之宮表達情意卻遭到拒絕。一條御息所聽聞兩人共度一夜，於是寫信給夕霧想一探究竟。結果信件卻遭到夕霧的妻子雲居雁搶奪。一條御息所因為夕霧遲遲不回信也不再來訪而失望沮喪，最後離開人世。落得孤零零的落葉之宮對夕霧關上心房。

**鑑賞POINT 4**
夕霧讀信時，放在他前面的是硯盒，裡面裝了硯台、毛筆和小刀等文具。

**鑑賞POINT 2**
原作描述雲居雁從後方「爬過去」搶走信，國寶《源氏物語繪卷》中的雲居雁則因為嫉妒而不禁站起身來。

# 39 夕霧①

## 不分時代 皇室女婿總是難尋

夕霧
(29)

落葉之宮
(?)

一條御息所
(?)

根據法律規定，公主只能跟天皇或其他皇室成員結婚。但是平安時代中期開始，藤原一族的女兒多數入宮，導致許多公主只能單身一輩子。然而部分公主選擇和臣子結婚，例如《源氏物語》的落葉之宮（朱雀院的次女）。她的母親一條御息所認為女兒下嫁臣子，會淪落至與一般女性相同的地位，有損尊嚴，因此反對她與柏木結婚。然而柏木過世後，世間卻流傳落葉之宮與夕霧有男女關係。無論謠言是真是假，單是傳出謠言，落葉之宮便必須正式結婚以正視聽。對於一條御息所而言，原本應該維持單身身分的公主不該一人更二夫，面對現實卻也只能妥協。然而接二連三的意外導致夕霧無法拜訪落葉之宮。一條御息所之所以在失意中過世，正是出於公主難以結婚。

※1：雲居雁在〈26常夏〉穿著單衣打瞌睡的模樣遭到父親指責，批評她沒有氣質。《源氏物語繪卷》〈39夕霧〉描繪的雲居雁穿著單衣可能是受到〈26常夏〉的印象所影響（稻本萬里子，《源氏繪的族譜　平安時代到現代》森話社，二〇一八年）。畫家可能是想對所有看畫的女性說：「不要變成雲居雁這副德行。」

# 夕霧家的未來

夕霧與父親個性迥然不同，正直老實，不擅戀愛。妻子是青梅竹馬的表妹——雲居雁。經歷一番爭論後，他也與落葉之宮結婚，不過對兩人一視同仁，十分珍惜。

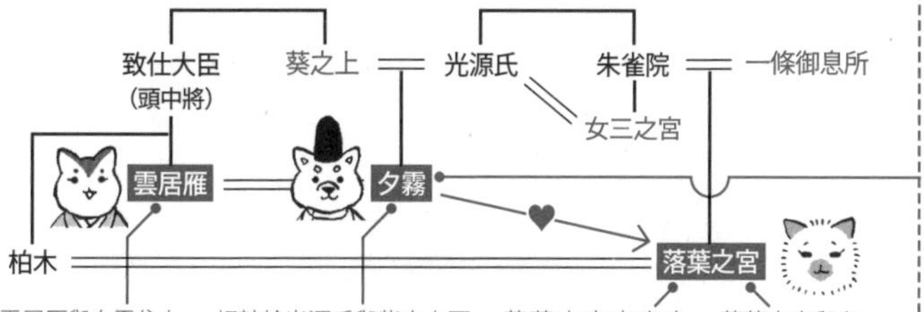


雲居雁與夕霧住在兩人度過童年時光的三條殿。兩人子女成群，共四男三女。

相較於光源氏與紫之上因為光源氏迎娶女三之宮而逐漸感情決裂的嚴肅情節，夕霧喜歡上落葉之宮，導致與雲居雁的感情生變以喜劇的方式描繪（〈37橫笛〉、〈39夕霧〉）。

落葉之宮出身高貴，婚後並未生子，過著孤寂的生活。相較於雲居雁也出身權貴，卻因為子女成群而充滿主婦的氣息，形成強烈對比。

落葉之宮與女三之宮是同父異母的姊妹。柏木忘不了女三之宮，於是迎娶落葉之宮，婚後卻未曾珍惜他。

### 其實還有情婦

夕霧的情婦是藤典侍，也就是光源氏的同乳兄弟惟光的女兒。〈21少女〉描述兩人相識。她為夕霧生下五個孩子，當夕霧與落葉之宮結婚時向雲居雁致贈和歌，安慰他落寞的心靈。

藤典侍

# 母親的身分影響孩子的未來

落葉之宮與女三之宮都是朱雀院的女兒，身分同為內親王。然而同樣都是親王與內親王，待遇與人生卻深受生母左右［※2］。

### 姊妹之間天差地別

| 落葉之宮（母親為更衣） | | 女三之宮（母親為女御） |
|---|---|---|
| 朱雀院的次女 | 自身 | 朱雀院的三女 |
| 一條御息所（更衣） | 母 | 藤壺女御（早逝） |
| 柏木／臣下（中納言＊） | 夫 | 光源氏／準太上天皇 |
| ・丈夫與母親死後，住在母親留給她的小野山莊<br>・沒有可靠的娘家，經濟狀況不穩定 | 現状 | ・父親在結婚時準備了豐厚的嫁妝（〈34若菜上〉）<br>・父親和今上帝（同父異母的弟弟）也非常照顧他 |

＊中納言的官品相當於從三位。

### 母親同樣都是更衣……

光源氏雖然降為人臣，母親桐壺更衣深受桐壺帝寵愛，又有強大的左大臣庇護，打從一開始便處於政界中心。

光源氏

### 母女的關係緊密

落葉之宮不願意與母親分開，於是和受到妖怪詛咒的母親一同搬往小野的山莊。小野位於今京都市左京區上高野～八瀨、大原一帶，以楓紅聞名。當時是隱居勝地。

一條御息所是更衣，官品為四～五位。落葉之宮身為內親王，官品為三位以上。她對比自己身分地位高的女兒謙卑恭敬，疼愛有加。

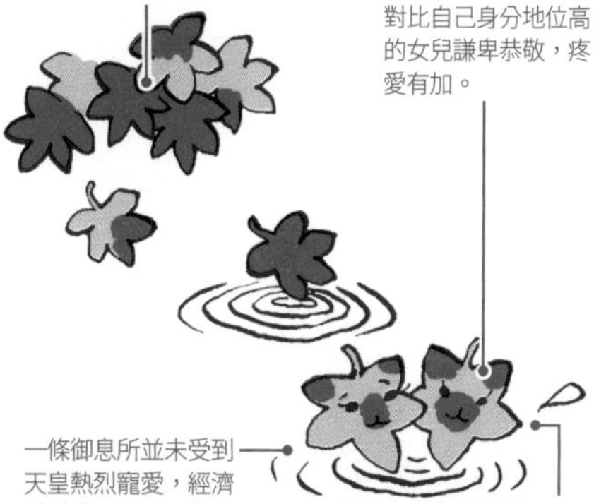

一條御息所並未受到天皇熱烈寵愛，經濟基礎亦不穩固。她之所以堅持女兒不嫁是出於忽略現實的矜持。

一條御息所的喪禮由姪兒大和守［※3］一手主導。沒有其他人可依靠，代表家世平凡。

※2：女三之宮的母親藤壺女御和光源氏所憧憬的藤壺是同父異母的姊妹。前者在後宮失勢後，於失意中與世長辭。朱雀帝覺得藤壺女御很可憐，因此格外疼愛他與藤壺女御生下的女兒——女三之宮。

※3：大和國（今奈良縣）的國司長官（官品相當於從五位上）。

## 源氏繪賞析：夕霧造訪小野

**鑑賞POINT 1**

源氏繪經常描繪夕霧拜訪落葉之宮所居住的小野。由於夕陽炫目，他舉起扇子遮擋。

**鑑賞POINT 2**

遠景固定描繪雄鹿與雌鹿。和歌中的鹿通常是因為想念妻子而啼叫，《源氏物語》登場的鹿也是用於顯示夕霧的愛慕之情。

**鑑賞POINT 3**

故事舞台的小野謐靜又充滿風情，是別墅勝地。

### 概要

夕霧前往小野拜訪落葉之宮，落葉之宮則認為母親一條御息所是因為夕霧才不幸身亡，心懷怨恨，不願見面。光源氏耳聞兒子的戀情，心想這也是前世的因緣，並未出口干涉。落葉之宮渴望出家，卻遭到父親朱雀院反對。夕霧硬把落葉之宮帶回京城的一條宮，並且強行發生關係。夕霧的妻子雲居雁發覺此事之後，氣得回娘家。

# 39 夕霧②

## 女人總是活得辛苦

落葉之宮明明是遭到夕霧強逼才發生男女關係，卻受到雲居雁之父致仕大臣（頭中將）挖苦，批評她搶走女兒的丈夫。朱雀院過去曾表示女人的人生動盪不安，因此擔心女兒女三之宮的未來。另一個女兒落葉之宮的人生恰如父親的顧慮。《源氏物語》從〈3空蟬〉反覆提及女性無依無靠，難以生存的問題。紫之上本人回顧自己的人生也表示「沒有比女人立身處世更為困難艱辛的事了」。平安時代的女性貴族自幼必須學習和歌、書法與音樂等知識才藝，卻沒有機會開拓自己的人生。紫之上認為「倘若女人只能安安分分，安安靜靜生活，活著也沒有意義」。這句話應該是基於作者紫式部實際的體驗，飽含本人的嘆息。

※1：中國人以漢文寫作的書籍。
※2：唐代詩人白居易的作品集《白氏文集》是當時最膾炙人口的漢詩文集，以唐玄宗與楊貴妃的悲劇為題材寫成的〈長恨歌〉亦赫赫有名。「新樂府」意指諷刺時政與社會的詩體。

## 紫式部過著什麼樣的生活呢？

當時認為女性無才便是德（只要懂得如何吟詠和歌便已足夠），像紫式部這樣的才女或許活得很辛苦。

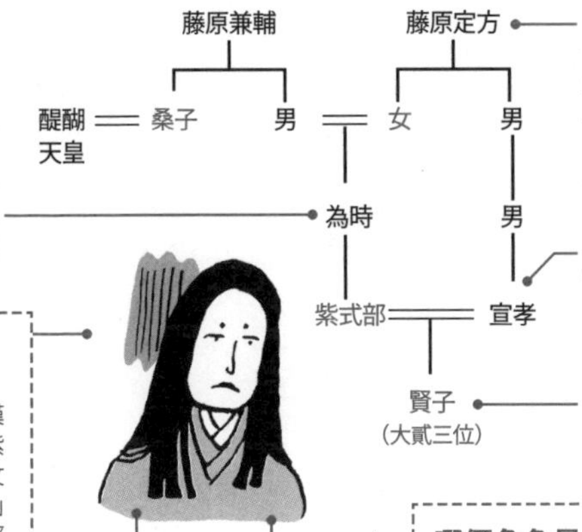
藤原兼輔
藤原定方
醍醐天皇
桑子
男
女
男
為時
男
紫式部
宣孝
賢子
（大貳三位）

紫式部之父是當時的知名文人，她光是坐在弟弟旁邊聽課，便比弟弟更快理解漢籍［※1］的內容，父親因而表示「要是你是男孩就好了」。當時男性貴族必須學習漢詩與漢籍。

曾祖父藤原兼輔人稱「提中納言」，官拜中納言。另一邊的曾祖父藤原定方則是右大臣。紫式部家三代之前也是上流貴族。

紫式部與年長的地方官結婚，對方三年之後便過世。當她閱讀丈夫留下的漢籍時，其他侍女在背後說她壞話：「就是因為讀了太太漢文的書才會落得不幸的下場。」

女兒賢子日後成為冷泉天皇的乳母，晉升為從三位典侍，出人頭地。《百人一首》收錄其和歌作品。

### 為中宮講解漢詩

中宮彰子想要配合喜好漢學的一條天皇，於是由紫式部為他講解《白氏文集》的「新樂府」［※2］。《源氏物語》經常引用文集收錄的〈長恨歌〉。

白居易

紫式部喪偶之後開始工作。以前是雇用侍女的身分，後來成為別人雇用的侍女。她說過拋頭露面彷彿家道中落，令她非常痛苦。

### 哪個角色是作者本人？

紫式部的祖先其實也是上流貴族，到了她的世代家道中落，父親成為地方官。空蟬的丈夫伊予介是中階貴族地方官，所以有人認為空蟬是作者的自我投射。

空蟬

## 夕霧之名源自卷名

當時以本名稱呼地位高貴的貴族是相當失禮的行為。《源氏物語》也未曾提到人物的本名，就連光源氏稱呼伴侶紫之上也是委婉的「君」或是「上」［※3］。

| | 稱呼方式 | 由來 |
|---|---|---|
| 作者提出的稱呼  | 光之君、源氏之君 | 外表閃閃發光／獲賜源姓 |
| | 桐壺更衣 | 源自居住的宮殿 |
| | 紫之上 | 與藤壺有血緣關係／源自古老和歌 |
| | 頭中將 | 源自官職 |
| | 空蟬 | 源自脫下衣物逃走一事 |
| | 夕顏 | 源自吟詠夕顏花朵的和歌 |
| | 末摘花 | 源自吟詠其紅鼻子的和歌 |
| | 女三之宮 | 依照出生順序 |
| 後世讀者起的名字  | 朧月夜 | 取自隨口吟詠的和歌 |
| | 葵之上 | 葵之上為主角的卷名 |
| | 秋好中宮 | 爭論春秋何者為優時，贊成秋天 |
| | 夕霧 | 稱呼與卷名都源自吟詠的和歌 |
| | 柏木 | 卷名與稱呼源自落葉之宮回贈夕霧的和歌 |
| | 鬚黑 | 源自身體特徵的綽號 |

例外
惟光

光源氏等人物幾乎都不曾提到本名，不過惟光和良清等侍從身分較低，因此都是以本名稱呼。

※3：有些時候對玉鬘的稱呼是本名「琉璃君」。這應該是乳名，向佛祖祈禱時則是稟告本名（山本淳子編，《令人想讀〈源氏物語〉之書》，graph公司，二〇〇九年）。

**源氏繪賞析：**
**探訪生病的紫之上**

**鑑賞POINT 1**

紫之上養育明石中宮長大。源氏繪選擇明石中宮前去探訪紫之上的場面，光源氏也在此時來訪，三人互贈和歌。紫之上在此之後沒多久便溘然長逝。

**鑑賞POINT 2**

胡枝子、桔梗、澤蘭與黃花敗醬草等秋日開花的花草隨風搖曳，象徵三人的心情。紫之上以胡枝子上的露水譬喻自己來日無多。

**鑑賞POINT 3**

明石中宮回娘家省親，住在二條院的東之對。紫之上當時已經虛弱到無法前往東之對拜見中宮，因此由中宮前往紫之上所居住的西之對。

**概要**

紫之上察覺自己來日無多，於是在二條院舉辦過去命人抄寫的法華經千部供養［※1］。她在法會上與花散里、明石之君等人互贈和歌，委婉道別。進入夏季，紫之上更加虛弱，吩咐明石中宮之子三宮（日後的匂宮）要珍惜二條院的紅梅與櫻花。時至秋日，明石中宮探病的隔天早上，紫之上撒手人寰。光源氏悲傷得不能自己，由長子夕霧負起主持喪禮的責任。

# 40 御法

## 不出家也能獲得救贖嗎？

紫之上(43)　光源氏(51)　明中宮(23)

紫之上未能取得光源氏同意，因此死前沒能完成出家的心願。光源氏也老早便期待出家，夢想是夫妻一同削髮成為僧尼，最後並未執行心願是因為他對出家抱持崇高的理想，認為紫之上出家之後便再也見不了面。紫之上病情日益嚴重，他捨不得離開心愛的人，只得等到對方死後再出家。另一方面，紫之上也不強求出家。要是硬行出家，彷彿向光源氏宣告斷絕關係。然而沒能在死前出家的紫之上能獲得救贖嗎？她累積了供養千部法華經等功德，體貼關心周遭的人，受到眾人愛戴。書中並未對紫之上往生［※2］多所琢磨。但是從她生前努力生活，臨終寧靜安穩的模樣看來，相信應該獲得了救贖。

※1：法華經八卷為一部，抄寫一千部應當耗費大量人力與材料費（假設一天抄寫一部，一千部約莫需時三年）。紫之上發覺自己死期將至，趕緊準備供養一千部法華經，為自己死後積德。

※2：死後前往西方極樂世界。

## 平安時代的死亡與離別

瀕死者與送終者都相信死亡是佛祖來救濟，而非生命的終點。嘗試克服死亡造成的不安可說是「日本安寧醫療」的原點。

| 稱呼 | 享年 | 忌日 | 卷名 |
|---|---|---|---|
| 夕顏 | 19歲 | 8月16日 | 4夕顏 |
| 葵之上 | 26歲 | 8月中旬 | 9葵 |
| 六條御息所 | 36歲 | 秋 | 14澪標 |
| 藤壺 | 37歲 | 3月 | 19薄雲 |
| 紫之上 | 43歲 | 8月14日 | 40御法 |

紫之上的喪禮辦在八月十五日，令人聯想到同一天升天的輝夜姬［※3］。

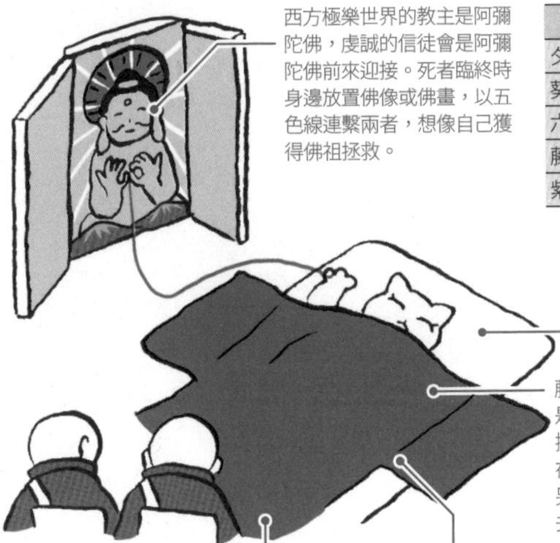
西方極樂世界的教主是阿彌陀佛，虔誠的信徒會是阿彌陀佛前來迎接。死者臨終時身邊放置佛像或佛畫，以五色線連繫兩者，想像自己獲得佛祖拯救。
藤原道長臨終時也是根據源信規定，把五色線的一頭綁在阿彌陀佛像上，另一頭自己握著死去。
鴨長明在著作《發心集》記載一名男子復活後表示「在耳邊念佛太吵，無法集中精神前往西方極樂世界」。送終的儀式有時也會逼迫人陷入絕境。
源信也曾參加的二十五三昧會是一種念佛集團，當成員有人死期將至，眾人聚集照料、送終與舉辦喪事。

### 臨終時該做的事

源信在著作《往生要集》記載臨終時該做的事［※4］。他認為重點是臨終者與送終者須心靈相通。

往生要集

## 遵守戒律，成為佛教徒

光源氏曾經稍微削去紫之上頭頂的頭髮，舉辦簡略版的出家，祈求讓她延年益壽。此時紫之上答應遵守的五項戒律稱為「五戒」（〈35若菜下〉）。

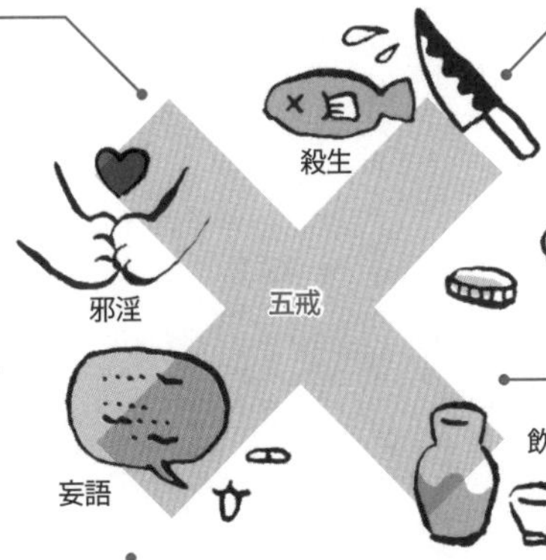
五戒分別是不殺生、不偷盜、不淫邪、不妄語、不飲酒。
平安時代的日本人會在生死關頭之際受五戒以祈求康復。《源氏物語》除了紫之上，浮舟意識不清獲救時也曾受五戒（〈53手習〉）。
男子剃髮，女子則是頭髮剪到齊肩，受戒成為真正的僧侶與尼姑。持守五戒代表在家修行。
殺生
邪淫
五戒
偷盜
飲酒
妄語
一條天皇的皇后彰子難產時從佛受五戒，因而平安生下孩子。此時削去部分髮絲，日後正式出家，先把頭髮剪到齊肩再剃髮。
出家人必須持守的戒律更多，男性修行者（比丘）須遵守兩百五十戒，女性修行者（比丘尼）則是三百四十八戒。女性比男性更多是因為咸認女性煩惱較多。

※3：太田善之〈紫之上的葬送〉（《源氏物語賞析與基礎知識》19，至文堂，二〇〇一）。
※4：源信主張需要設置場地，準備阿彌陀佛像，並且以五色線連繫佛像與臨終者。

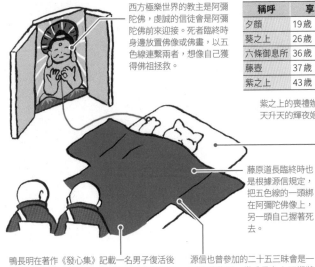

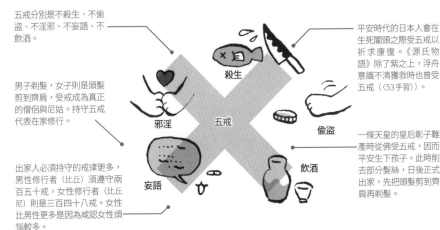

**源氏繪賞析：**
**光源氏在出家之前燒毀信件**

**鑑賞POINT 1**

光源氏抽出紫之上的信，綁成一束。除了處理信件的場景經常入畫之外，佛名會後慰勞導師的場面也是常見的主題。

**概要**

新的一年來臨，光源氏並未從失去紫之上的悲痛中振作起來。他回顧過往的言行舉止，發現自己傷害了紫之上，懊悔萬分。周年忌辰結束，接近年末之際，光源氏開始準備出家。十二月舉辦懺悔一年罪孽的佛名會［※1］時，許久未露面的光源氏出現在眾人面前。導師［※2］看到他比以往更加俊美閃耀，不禁流下眼淚。除夕夜裡，光源氏感嘆過去，獨自吟詠和歌。

**鑑賞POINT 2**

光源氏選擇燒毀紫之上的信，其實也能做成再生紙，用來抄寫佛經與供養。插圖裡是火缽，古老的源氏繪則是火爐［※3］。

**鑑賞POINT 3**

由知心的侍女撕破與燒毀信件。

# 41 幻

## 平安時代的貴族也會安排後事？

無論是古人還是現代人，丟掉信件都不是件容易的事。但是光源氏在出家之前把愛妻紫之上的書信都銷毀了。這是為了斷絕執著，擺脫對俗世的依戀。雖然書中並未提及具體姓名，想必包括與紫之上以外的女子往來的信件吧！要是之後讓人看見這些信件，可能會給過去交往的女性添麻煩，光源氏的行為算是自行處理後事。他原本交代侍女把信撕破，後來改為燒毀，而且是仔細燒毀。這其實有另一個含意。當時相信裊裊上升的煙霧是與陰間聯繫的手段［※4］。光源氏加上自己吟詠的和歌，連同紫之上的信件一併燒毀，藉由煙霧向亡妻表達思念之情［※5］。書中並未交代光源氏出家與死去，然而之後的篇章再也不曾出現光源氏的身影。

※1：每年固定舉辦的法事，由僧侶輪流稱念諸佛名號，懺悔一年的罪孽。
※2：舉辦法事與供養之際，負責統領其他僧侶，執行儀式的僧侶。
※3：火爐不符合時代背景，插畫因此改為火缽。

41

幻

## 平安時代的下葬與出殯

光源氏送走紫之上。當時貴族一般採用火葬，不過京城市區禁止執行火葬，必須在郊外燒上一夜，隔天黎明時分收拾骨灰。

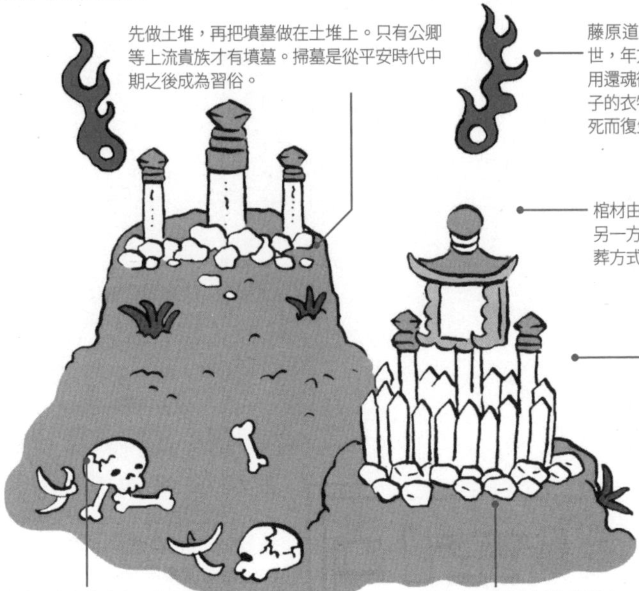

先做土堆，再把墳墓做在土堆上。只有公卿等上流貴族才有墳墓。掃墓是從平安時代中期之後成為習俗。

藤原道長的女兒嬉子生產後突然過世，年方十九。他於是命令陰陽師使用還魂術讓女兒復活。陰陽師帶著嬉子的衣物爬上屋頂招魂，嬉子卻未能死而復生，只得火葬。

棺材由牛車拉到墓地火化埋葬。另一方面，一般老百姓的典型下葬方式是「放置於郊外」。

知名墓地除了鳥邊野，還有愛宕、化野與蓮台野。

鳥邊野自中古時代以來便是京都墓地的代表。一條天皇的皇后定子「鳥邊野陵」便是在此（據傳為土葬）。

紫之上死於八月十四日晚上，火化一晚之後埋葬。葵之上也是八月過世，嘗試復活的法術後因為屍體腐敗迅速，幾天後還是火葬了。

## 趕走疫鬼，迎接新年

〈41幻〉以一年的時光描述光源氏晚年尾聲。其中出現各類節慶活動，最後是除夕夜的「追儺」。儀式源自中國，目的是驅除瘟疫與災厄，後來普及到民間。

追儺是驅除邪氣的儀式，又稱為「鬼遣」；後來與民間撒豆驅魔的儀式結合，成為節分活動，流傳至今。京都平安神宮舉辦的「大儺之儀」便是源自平安時代的追儺，聞名遐邇。

平安時代的追儺是由方相氏負責驅除疫鬼。臉上掛金色的面具，畫有四雙眼睛；右手持矛，左手舉盾，在宮中四處遊走，驅趕肉眼看不見的疫鬼。由於方相氏打扮奇異可怕，角色逐漸對調，變成方相氏象徵疫鬼，遭人驅趕。

追儺是孩童期盼的儀式，轉動類似波浪鼓的小鼓發出聲音，跟在方相氏背後前進。

光源氏的孫子三之宮（匂宮）在追儺時四處奔跑，他想到出家了便再也看不到孫子可愛的模樣便十分難過。

※4：《竹取物語》最後的情節也是天皇捨不得輝夜姬回到天上（月亮），於是把輝夜姬留下的長生不老藥與自己寫的和歌一起燒掉。

※5：河添房江〈源氏物語中的竹取物語——以御法和幻為起點〉（《源氏物語賞析與基礎知識》19，至文堂，二〇〇一）。

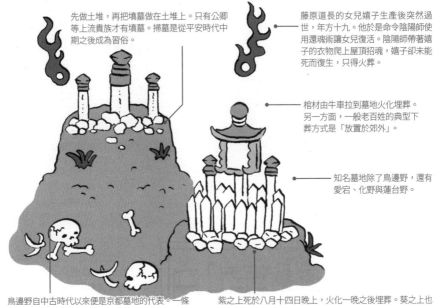

# 第三部

# 光源氏的子孫

【42匂宮～54夢浮橋】

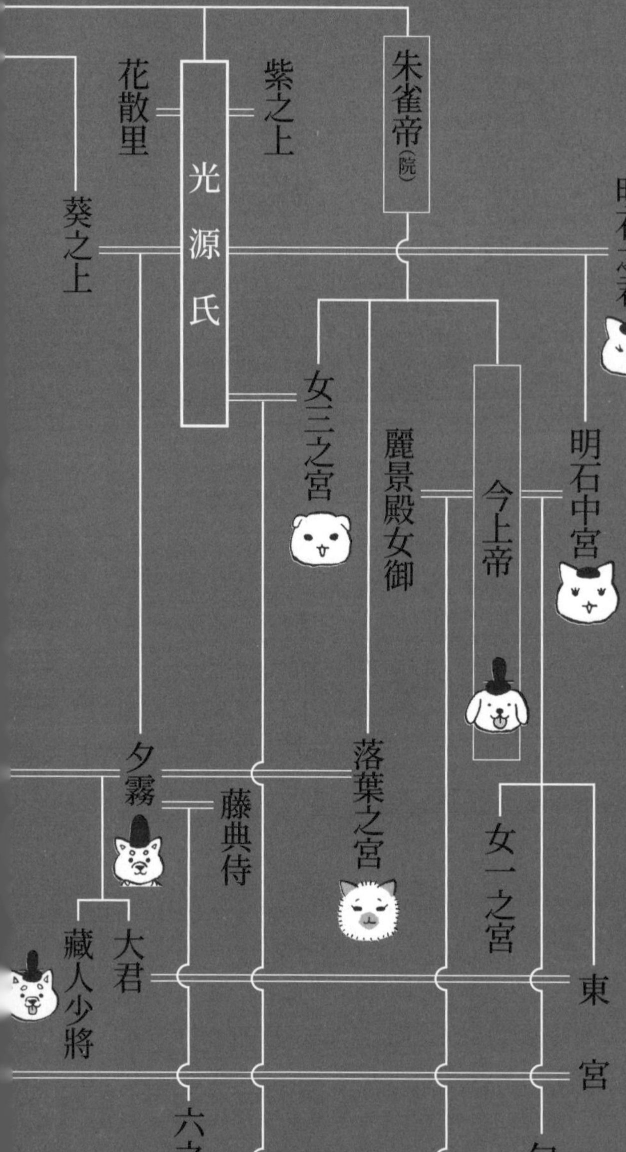

朱雀帝(院)
花散里
光源氏
紫之上
葵之上
明石之君
女三之宮
麗景殿女御
今上帝
明石中宮
夕霧
藤典侍
落葉之宮
女一之宮
藏人少將
大君
東宮
六之君
匂宮
女二之宮
薰※


※薰的生父是柏木

治世

桐壺帝(1～8卷)

↓ 讓位

朱雀帝(9～14卷)

↓ 讓位

冷泉帝(14～35卷)

↓ 讓位

今上帝(35卷～)

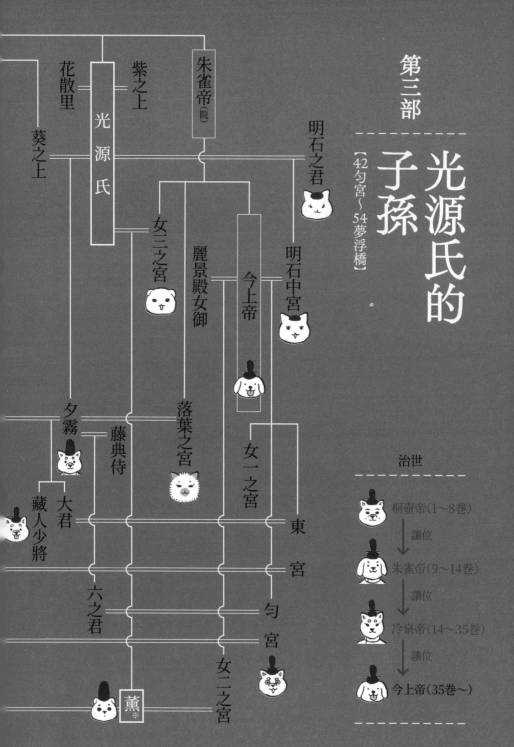

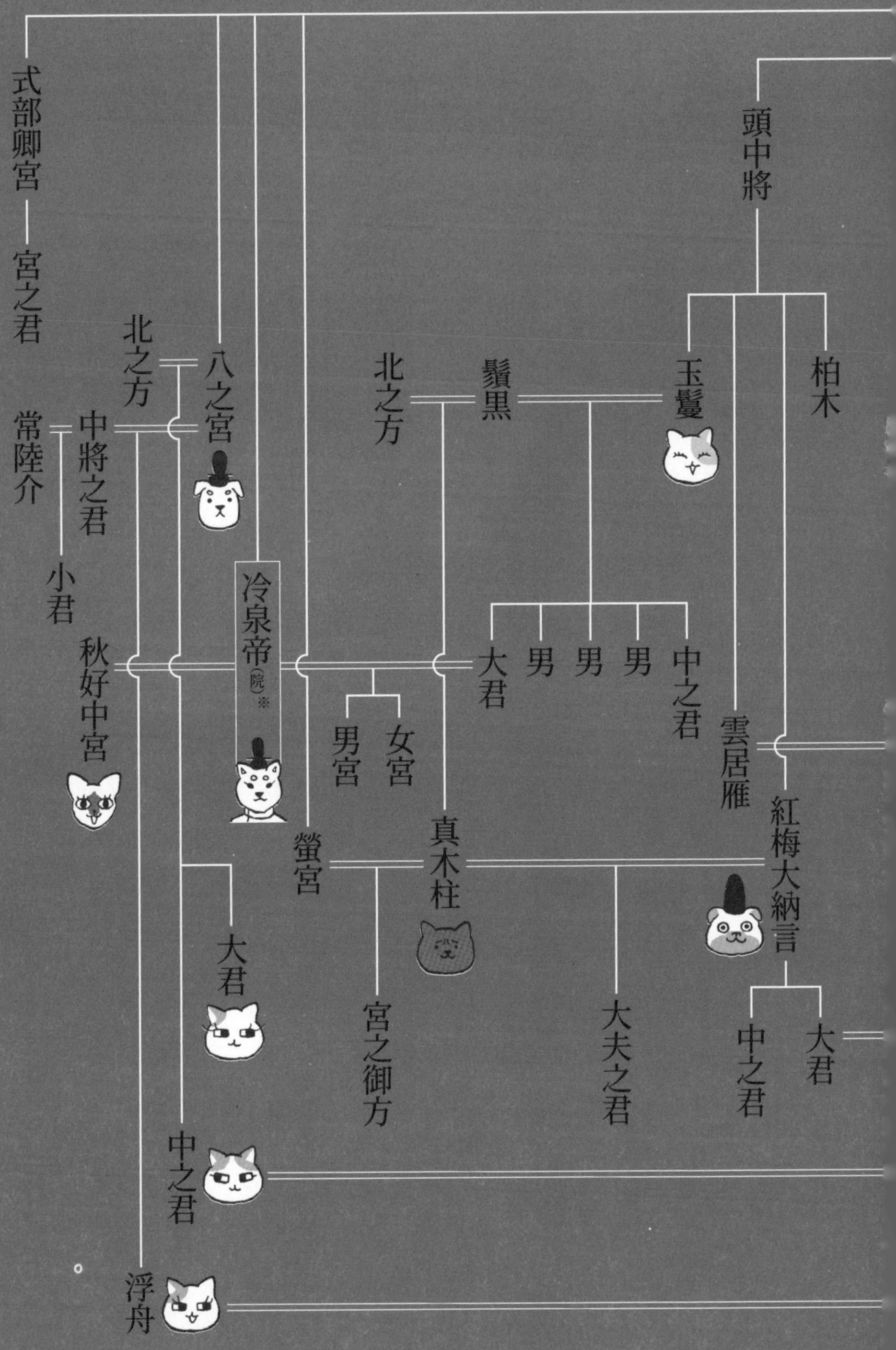
頭中將
柏木
玉鬘
鬚黑
北之方
式部卿宮
宮之君
北之方
八之宮
常陸介
中將之君
小君
冷泉帝(院)※
秋好中宮
大君
男
男
男
中之君
男宮
女宮
雲居雁
紅梅大納言
螢宮
真木柱
大君
宮之御方
大夫之君
中之君
大君
中之君
浮舟

※冷泉帝的生父是光源氏

**源氏繪賞析：坐牛車前往六條院**

**鑑賞POINT 1**

正月十八日，宮中舉辦賭弓比賽。夕霧在六條院舉辦還饗。〈42匂宮〉的源氏繪最常描繪匂宮坐牛車前往六條院的場景。

**鑑賞POINT 2**

天皇觀賞的射箭比賽「賭弓」是宮廷的新年盛會之一。比賽分成左右兩隊。贏家近衛大將招待隊友的宴會稱為「還饗」。對於夕霧而言，是邀請女婿候補匂宮來家裡的好機會。

**鑑賞POINT 3**

薰雖然輸了比賽，還是獲邀前往六條院。梅花花苞堅硬，象徵還是正月天寒地凍之際。

**概要**

〈41幻〉八年之後，光源氏已經離開人世，兒子薰（生父為柏木）與孫子匂宮（母親為明石中宮）成為他的繼承人，廣受眾人稱讚。兩人是世人眼中的好女婿人選，薰卻對自己的身世抱持懷疑，日益煩惱。但是他深受禮遇，十四歲便當上右近中將，還獲得冷泉院推薦，官拜四位。另一方面，匂宮身為今上帝的第三皇子，個性熱情，生性風流。為了和天生帶有異香的薰競爭，經常穿著薰香濃郁的衣物。

# 42 匂宮

## 為何懷疑自己的身世？

光源氏過世後，薰成為新的男主角。他對於母親女三之宮年紀輕輕便出家為尼深感疑問。當時出家的理由一般是疾病與衰老，因此最好是晚年短期間剃髮，皈依佛法。尤其是年輕的上流貴族女性，出家為尼更是眾所矚目的大事。除非發生什麼嚴重的事，一般年輕人不會想當尼姑。女三之宮對外宣稱出家為尼是由於產後身體不適，真正的理由正如薰的想像是另有隱情。因此薰在成長過程中對自己的出身抱持強烈不安，卻因為表面上是光源氏的兒子，受到冷泉院、秋好中宮［※1］、兄長夕霧、姊姊明石中宮與舅舅今上帝百般疼愛，順利飛黃騰達。然而倘若自己不是光源氏的兒子，又算什麼呢——薰作如是想再正常也不過了。

※1：光源氏託付冷泉院照顧薰；秋好中宮沒有孩子，所以必須仰賴薰。冷泉院以為薰是同父異母的弟弟，其實是一場誤會。

## 平安時代的「繼承」

光源氏過世之後，六條院的住戶出現大幅變動。花散里繼承了二條東院（見51頁說明），離開六條院。當時貴族繼承遺產基本上是男女均分，不過實際上會分給女性多一些。

### 基本情況

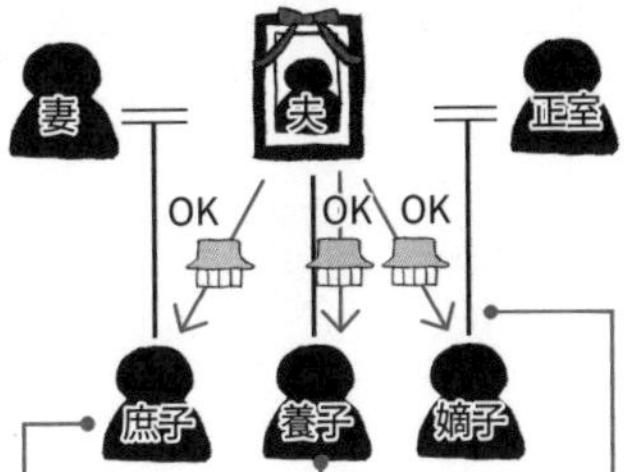


無論是庶子、養子還是嫡子，每個人都有繼承的權利。

生前分配遺產者會制定處分狀，可自由決定繼承人，通常是最疼愛的孩子。

《小右記》記載藤原實資六十三歲時留下遺書，表示要將龐大的資產留給當時年僅九歲的寶貝女兒，兒子一行人不得提出異議。

### 光源氏家族的狀況

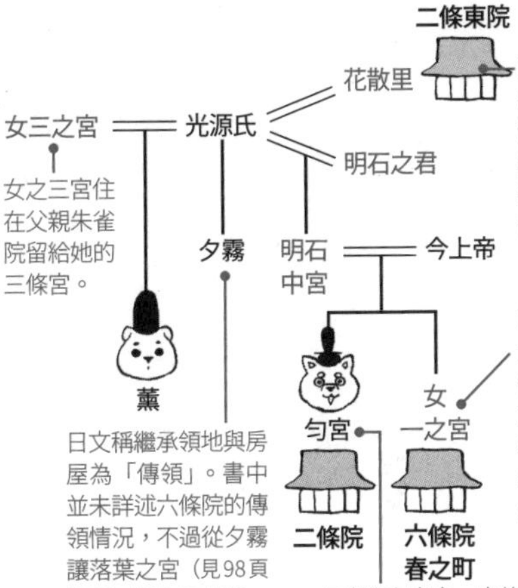


當時採夫妻財產分開制。多數女性由於缺乏謀生技能，通常分配遺產時會留給女性多一些。

女之三宮住在父親朱雀院留給她的三條宮。

明石中宮的女兒女之一宮住在六條院春之町的東之對，與紫之上在世時一樣，並未搬離原本的住處。

日文稱繼承領地與房屋為「傳領」。書中並未詳述六條院的傳領情況，不過從夕霧讓落葉之宮（見98頁說明）住進夏之町，可以推測應該是他繼承了六條院［※2］。

匂宮住在宮中，也曾住過紫之上喜愛的二條院。養女明石中宮的孩子當中，紫之上特別疼愛匂宮。

## 皇族的官職

本卷又名〈匂兵部卿〉。此時匂宮已經辦完元服禮，當上兵部卿（兵部省長官）。長官多半由親王擔任，實務由部下負責。除了兵部卿，還有其他官職亦是如此。

| 官名 | 官職 | 《源氏物語》的例子 |
|---|---|---|
| 中務省 | 長官（卿） | 明石尼君的祖父、今上帝之子 |
| 式部省 | 長官（卿） | 紫之上之父（先帝之子）、朝顏姬君（見54頁說明）之父 |
| 兵部省 | 長官（卿） | 紫之上之父（先帝之子）、螢宮（桐壺帝之子）、匂宮（今上帝之子） |
| 大宰府 | 長官（帥） | 螢宮（桐壺帝皇子） |

書中以官職稱呼人物時會加上「宮」，例如中務宮、式部卿宮、螢兵部卿宮、匂兵部卿宮與帥宮等等。

有時也會任命親王擔任地方官，此時稱為「太守」，而非一般的「守」。由親王擔任地方官的地區共三個，分別是上總、常陸與上野，本人不會親自赴任，因此實質上的最高地方官為次官的「介」。

### 史實的帥宮

和泉式部以戀愛歌人聞名，《百人一首》收錄其作品。她的戀愛對象之一是冷泉天皇之子帥宮［※3］。帥宮過世之後，她入宮擔任一條天皇中宮彰子的侍女，與紫式部是同事。

※2：胡潔《平安貴族的婚姻習慣與源氏物語》（風間書房，二〇〇一）。
※3：關於帥宮的逸事是他讓和泉氏部住進宮邸，氣得正室離家出走。

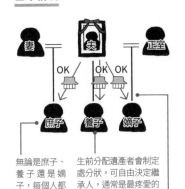

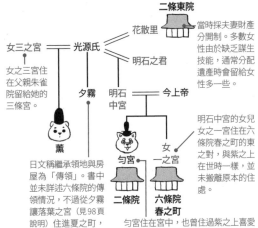

# 43 紅梅

## 描述權力鬥爭的政治小說

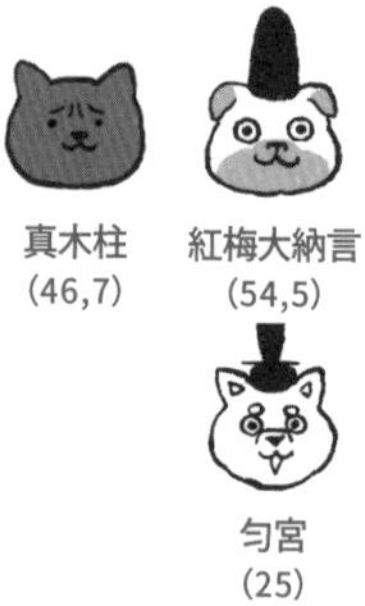

真木柱
(46,7)
紅梅大納言
(54,5)
匂宮
(25)


平安時代中期，藤原一族的勢力壓倒眾人[※1]。《源氏物語》開頭登場的左大臣與右大臣都是來自藤原家。故事中的兩人對立，歷史上也出現過藤原族人彼此爭奪攝政關白的情況，例如兼通與兼家，道隆與道兼，道長與伊周等人。紅梅大納言是前述左大臣之子（頭中將）與右大臣之女政治聯姻所生下的孩子。換句話說，是整合左大臣家與右大臣家的藤原攝關家聯姻。他接替過世的父親與兄長，成為家長，擔任按察使大納言，官品相當於正三位。他為了爭奪權力，使出所有手段，例如送長女入宮嫁給太子，又嘗試安排次女嫁給可能成為東宮的匂宮。但是紫式部特意安排掌權的是一代源氏的光源氏與其子夕霧，而非藤原一族當道[※2]。紅梅大納言因為勢力不如右大臣夕霧家，逐漸遠離過去的榮華富貴。

### 源氏繪賞析：寫信建議對方與女兒結婚

紅梅大納言
大夫之君


**鑑賞POINT 1**

〈43紅梅〉描述頭中將一家日後的發展。柏木過世之後，由弟弟紅梅大納言擔任家長。紅梅大納言之子大夫之君在旁等候父親寫好和歌，要把信送給匂宮。

**鑑賞POINT 2**

庭院的紅梅開了花。〈43紅梅〉的源氏繪經常挑選這段場面。

**鑑賞POINT 3**

梅花原產地是中國，奈良時代（七一〇～七八四）傳入日本。當時說到梅花，一般人印象都是白色，直到平安時代才出現紅梅。

**鑑賞POINT 4**

因為是仍未元服的少年，所以沒戴烏帽子。

### 概要

紅梅大納言是致仕大臣（頭中將）的次子，也就是柏木的弟弟。他與鬚黑的女兒真木柱（見76頁說明）再婚。真木柱的前夫是螢宮，兩人育有一女（宮之御方）。婚後，宮之御方和紅梅大納言、先妻留下的女兒（大君、中之君）相處融洽。大納言想送長女入宮，嫁給太子；次女則是安排嫁給匂宮。姊妹倆受到世人關注，匂宮有興趣的卻是不願意結婚的繼女宮之御方。

※1：藤原家坐籌帷握，讓自古以來掌權的各家氏族──垮台，最後連左大臣源高明也失勢，權力完全落入藤原一族手中。源高明是光源氏的人物原型之一，原本是醍醐天皇的第十皇子，降為源氏，成為「一代源氏」（譯註：親王之子降為源氏稱為「二代源氏」）。

## 紅梅與真木柱夫妻的人生

紅梅大納言夫妻從童年時代便時時登場。〈43紅梅〉詳細描述夫妻倆與其子感情和睦，之後的篇章則再也不曾詳述。

| | 登場卷數與卷名 | 年齡（當時官職） | 相關故事 |
|---|---|---|---|
| 紅梅大納言 | 10賢木 | 8～9歲 | 唱平安時代的歌謠「催馬樂」〈高砂〉的歌聲可愛動人，獲得光源氏稱讚，獲賜衣物 |
| | 26常夏 | 19～20歲（辨少將） | 在六條院與其他年輕人混在一起乘涼 |
| | 27篝火 | 19～20歲（辨少將） | 他人讚美動聽的聲音彷彿雲斑金蟋 |
| | 32梅枝 | 22～23歲（辨少將） | 調香會結束後，晚宴演唱催馬樂《梅枝》 |
| | 33藤裏葉 | 22～23歲（辨少將） | 夕霧與雲居雁獲准結婚時，演唱催馬樂〈葦垣〉 |
| 真木柱 | 31 真木柱 | 12,3～13,4歲 | 父親鬚黑與母親離婚，哭著跟隨母親離去 |
| | 35 若菜下 | 16,7歲 | 與螢宮婚後感情不睦（之後成為寡婦） |

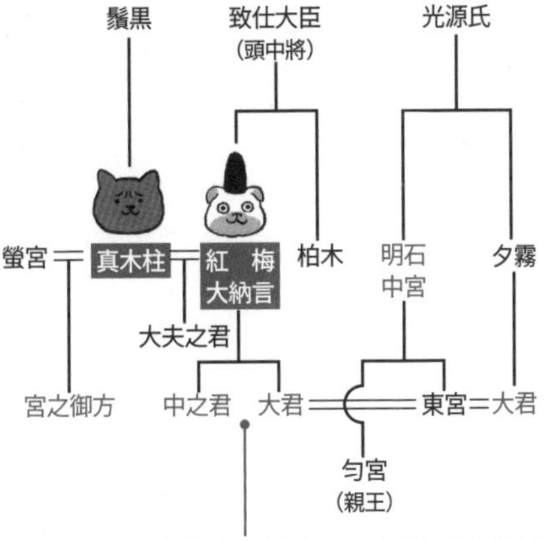


之後的〈44竹河〉、〈45橋姬〉出現的大君與中之君，又是另一對姊妹（見115頁說明）。

## 信件招來的風波

紅梅大納言寫信給匂宮，暗示他可以迎娶女兒。寫好的信交給年幼的兒子傳信，最後平安無事地交到匂宮手上。不過書中也曾出現信件給錯人，發生爭執的場面。

負責傳信的是家裡的僕役。因為不是專家，經常遺失或送錯。

尾聲《宇治十帖》便因為匂宮的使者一個不小心，導致薰察覺浮舟與匂宮的關係（〈51浮舟〉）。

一條御息所（見98頁說明）寫信給夕霧以確認他與女兒落葉之宮的關係，卻因為夕霧回信太慢而絕望沮喪，最後死於失意。其實是因為信件被夕霧的妻子雲居雁給藏起來了。

需要保密的信件得留意如何保存。薰的生父柏木由於信件內容過於露骨，遭光源氏發現他與女三之宮私通一事（〈35若菜下〉），又因為死前並未處理信件而讓薰發現自己出生的祕密（〈45橋姬〉）。這和死前便燒毀信件的光源氏大相逕庭。

### 交付信件

負責傳送信件的使者稱為「文使」。倘若收件人身分高貴，文使必須把信夾在長度約一米五的棍子上，交給對方。

※2：紫之上把主角設定為光源氏，彷彿批判藤原獨大的社會，假託《源氏物語》為虛構的故事來逃避責難。又有一說指稱《源氏物語》源自安撫祭拜政治輸家的「御靈信仰」，藉此讚美現實社會失敗的源氏一族（高木和子《閱讀源氏物語》岩波書局，二〇二一）。

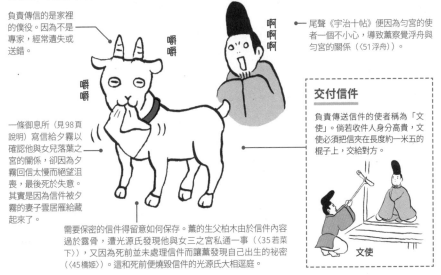

源氏繪賞析：
玉鬘的女兒在下棋

大君
中之君

鑑賞POINT 1

〈44竹河〉描述玉鬘與鬚黑婚後的故事。源氏繪經常描繪兩人的女兒大君與中之君為了爭奪院子裡的櫻花而下棋。當時正值花季，花瓣開始掉落。

鑑賞POINT 2

夕陽西下，藏人少將窺視姊妹倆下棋的模樣，不禁心動。

鑑賞POINT 3

圍棋是從中國傳來的遊戲，遊戲結果不受性別與身分影響，受到眾人喜愛。兩人下棋的結果是妹妹中之君獲勝。

概要

玉鬘與已逝的鬚黑之間育有三男二女。長女大君受到今上帝與冷泉院喜愛。儘管夕霧之子藏人少將前來求婚，玉鬘還是讓女兒入宮服侍冷泉院。今上帝因而對玉鬘的兒子有所不滿，導致他們無法出人頭地。兒子紛紛回過頭來怪罪母親。大君受到冷泉院寵愛，生下孩子，遭到周圍嫉妒，時常操心費神。之後玉鬘看到夕霧、藏人少將與薰等人一路晉升［※1］，感嘆自己兒子仕途低人一等。

# 44 竹河

## 關鍵是判斷時勢

鬚黑一路晉升為太政大臣，期盼將女兒送入宮中。然而到了女兒可以入宮的年紀時，他已經不在了。今上帝雖然期盼鬚黑的長女進入後宮，無人庇護的情況下必定會吃盡苦頭。另一個選擇是夕霧之子藏人少將，他對大君表示過情意。夕霧是玉鬘唯一可以依賴的顯貴達人（上流貴族）［※2］，與他的兒子結婚也是個不錯的選擇。缺乏後盾的千金小姐，即使出身高貴也可能落到窮困潦倒，就算亡父是鬚黑也不例外。歷史上也曾發生關白藤原道兼的女兒原本有機會入宮，之後卻成為藤原道長三女威子的侍女［※3］。然而玉鬘個性頑強，認為女兒絕不能與臣子結婚，選擇讓女兒入宮服侍冷泉院。玉鬘當初要是沒跟鬚黑結婚，大概會進入冷泉院的後宮。這個選擇可說是母親利用女兒彌補自己的缺憾。

冷泉院
(43～52)
玉鬘
(47～56)
藏人少將
(18,9～27,8)
大君
(?)

※1：夕霧晉升為左大臣，藏人少將經歷三位中將後成為宰相中將，薰則晉升為中納言。｜※2：夕霧既是玉鬘的表弟，又是繼弟。玉鬘也因為光源氏的關係，比起親生兄弟，跟夕霧更為親近。｜※3：道兼的女兒並未遭逢經濟困境，而是無法拒絕掌權者道長的委託。藤原伊周的次女也擔任道長女兒彰子的侍女。倘若道長奪權失敗，伊周仍舊在位，以其身分地位，女兒可以入宮當妃子。

44 竹河

## 作者不是紫式部？

〈42匂宮〉、〈43紅梅〉與〈44竹河〉合稱「匂宮三帖」，處處可見與過去情節重複之處與矛盾之處，因此出現這三帖作者並非紫式部的說法。

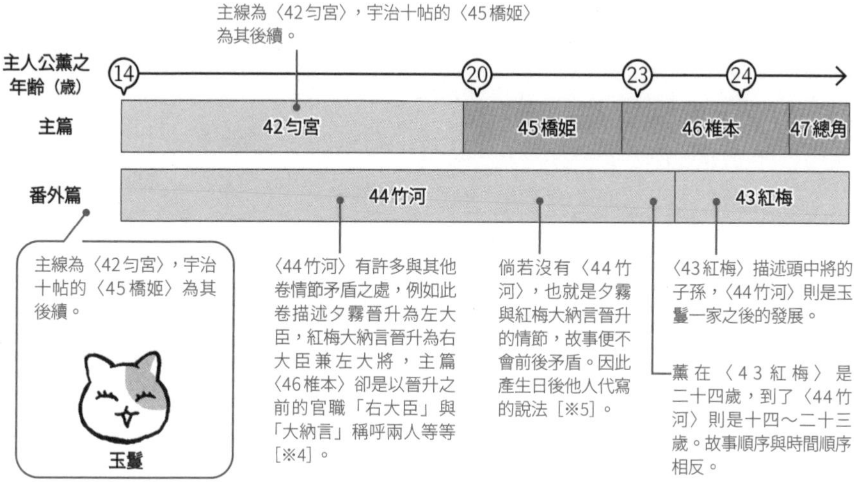

主線為〈42匂宮〉，宇治十帖的〈45橋姫〉為其後續。
主人公薫之年齡（歲）
14
20
23
24
主篇
42匂宮
45橋姫
46椎本
47總角
番外篇
44竹河
43紅梅
主線為〈42匂宮〉，宇治十帖的〈45橋姫〉為其後續。
玉鬘
〈44竹河〉有許多與其他卷情節矛盾之處，例如此卷描述夕霧晉升為左大臣，紅梅大納言晉升為右大臣兼左大將，主篇〈46椎本〉卻是以晉升之前的官職「右大臣」與「大納言」稱呼兩人等等［※4］。
倘若沒有〈44竹河〉，也就是夕霧與紅梅大納言晉升的情節，故事便不會前後矛盾。因此產生日後他人代寫的說法［※5］。
〈43紅梅〉描述頭中將的子孫，〈44竹河〉則是玉鬘一家之後的發展。
薫在〈43紅梅〉是二十四歲，到了〈44竹河〉則是十四～二十三歲。故事順序與時間順序相反。


## 沒有後台背景的千金末路

無論出生時家世多麼顯赫，一旦家長爭權失勢或是撒手人寰，前途頓時陷入黑暗。例如嫁給身分卑微的男性，入宮服侍皇族與其他貴族，或是成為親戚家的侍女。書中描述了這些千金小姐的下場。

### ①與受領結婚

跟著我吧


代表人物是空蟬（見20頁說明）。其父原本是衛門府長官，也考慮過要讓女兒入宮。然而父親過世使得空蟬只得嫁給年老的地方官。

### ②入宮當侍女，最後成為召人

攝關時期，權力鬥爭失敗，家道中落或是父親過世的女性由於缺乏後台背景，成為受雇的侍女也不足為奇。

太政大臣藤原為光的四女在父親死後，成為藤原道長的女兒妍子中宮的侍女，生下道長的孩子後，母子雙亡。

### ③去親戚家當侍女

末摘花差點成為阿姨家的侍女（見44頁說明）。即使是皇族的女兒，父親過世之後也是住在如同廢墟的房子裡。

### 千金侍女不及格？

藤原道長找來家世好的千金入宮當女兒的侍女，提升女兒的聲勢。紫式部在《紫式部日記》提到這些女孩「過於老實」，流露不滿之情。

30


※4：薫在〈42匂宮〉是中將，但是在時間重疊的〈44竹河〉卻是四位侍從。
※5：因為沒有證據可以證明作者另有其人，目前依舊採用作者為紫式部的說法。

源氏繪賞析：
在宇治窺見八之宮的女兒

大君
中之君
薰


**鑑賞POINT 1**

故事中並未提及何者為長女，何者為次女。不過現代咸認手拿琵琶撥子的是中之君，彈古箏的是大君。薰透過鏤空圍籬（見127頁說明）窺視姊妹倆。

**鑑賞POINT 2**

薰認為「彷彿故事的情節」是指《伊勢物語》的第一段也有姊妹登場的場面。

**鑑賞POINT 3**

薰之後與姊姊大君互贈和歌，把大君譬喻為宇治橋的守護神「橋姬」（見135頁說明）。

**概要**

光源氏同父異母的弟弟八之宮過著失意的生活，與兩名女兒隱居於宇治的山莊，潛心修行。薰對於八之宮虔誠信仰佛教一事產生興趣，於是經常造訪宇治，和八之宮建立交情。第三年秋天，薰窺見相貌美麗的姊妹倆，深受吸引。八之宮託付薰在自己死後照顧女兒。日後，薰從八之宮的老侍女（柏木的同乳姊妹）口中聽到自己出生的祕密，大受打擊。

# 45 橋姬

## 故事的舞台為何轉移到宇治？

薰
(20～22)
八之宮
(？)
大君
(22～24)
中之君
(20～22)


故事來到尾聲，進入「宇治十帖」。宇治十帖的舞台在宇治，目前是人潮洶湧的觀光勝地，過去則因為六歌仙之一的喜撰法師吟詠和歌「世人稱我居住的地方是憂慮人世的宇治山」［※1］，而帶給眾人「覺得人世艱辛的人才會住在宇治」的印象。宇治十帖共有三名主要女性角色，三人的父親八之宮是個悲劇人物。他在政治鬥爭失勢，又遭逢妻子過世與自家火災，只得離開京城。另一方面，宇治之於薰原本是向八之宮學習，一心向佛的地點。自從愛上八之宮的長女大君之後，便成為心愛之人的住處，進而透過八之宮的老侍女［※2］口中發現原來親生父親是柏木，更是令他在意宇治這個掌握自己祕密的人所居住的地方。於是他深受宇治一地吸引，頻繁造訪。

※1：源自百人一首：「結庵京東南自在居，俗人卻云宇治憂」。｜※2：辨之君。辨之君是柏木的同乳姊妹，與女三之宮的同乳姊妹小侍從（見90頁說明，已故）促成兩人的緣分（所以她也知道薰出生的祕密）。辨之君與小侍從是表姊妹。｜※3：糯米炊飯一詞源自蒸糯米所做成的「強飯」。

## 親王充滿「憂慮」的未來

天皇的子女眾多，不見得每個都能當上親王。多數的親王又往往一輩子都是避免皇室血統斷絕的「候補」。

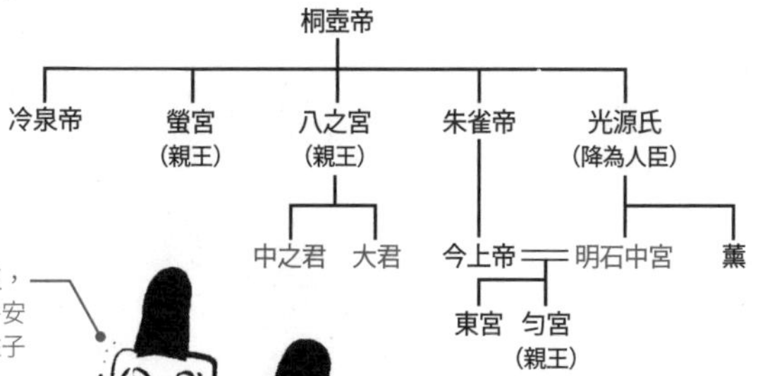
桐壺帝
冷泉帝
螢宮
（親王）
八之宮
（親王）
朱雀帝
光源氏
（降為人臣）
中之君
大君
今上帝
明石中宮
薰
東宮
匂宮
（親王）

親王有親王專用的榮譽官職（見109頁說明）。

一旦頒布命令，宣布天皇的子女成為親王，兒子稱「親王」，女兒稱「內親王」。平安時代能夠成為親王的只有天皇直系的男性子孫且母親地位高者。

東宮到天皇
一輩子都是親王
降為人臣

倘若天皇的子女多達三十～五十人，不可能封所有人為親王，所以部分子女成為親王，部分降為臣子，成為支持天皇的氏族。

光源氏因為母親身分低，桐壺帝不得不將他降為人臣。但是他反而因此獲得在政局中心活躍的機會。

親王也可能成為爭權的工具，因而失勢。光源氏的弟弟八之宮便遭到右大臣派利用，想藉此登上東宮（太子）寶座卻以失敗告終，只得隱居。歷史上出現過恒貞親王由於受到藤原良房的陷害，參與承和之變（八四二年）失敗，失去東宮頭銜。

## 突然登門！瞧瞧貴族的晚餐

平安時代的貴族一天吃早晚兩餐，主食的米除了蒸來吃（強飯）[※3] 之外，也會做成粥，加涼水或熱水食用（水飯、湯漬）。

強飯與姬飯

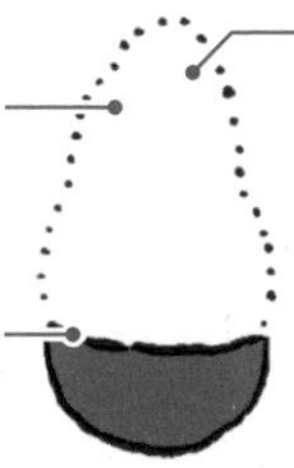

相當於現在白飯的是以水蒸煮的「姬飯」，姬飯泡水稱為「水飯」[※4]，煮得更軟的是「汁粥」[※5]。

除了主食的強飯之外，桌上還有湯、魚與蔬菜的配菜。貴族的宴會會把這些湯與配菜分三次上桌，場面豪華。

水飯、湯漬與粥

《源氏物語》中不常出現用餐的情節，〈45橋姬〉提到薰收到親生父親的遺書，一邊煩惱一邊用餐。

〈26常夏〉提到光源氏與夕霧、柏木等人乘涼時吃水飯，裡面加的是珍貴的冰塊，所以是豪華版的水飯（見67頁說明）。

### 平安時代的古人吃點心嗎？

一天只吃兩餐當然會肚子餓，所以也會吃點心。平安時代已經出現油炸和麻糬類的點心，不過說到點心主要指的是水果。果實又稱為「木菓子」。

菓子（點心）

### TOPICS
### 有幾位大君跟中之君呢？

大君是貴族長女的敬稱，次女稱為中之君。書中的大君與中之君包括夕霧的女兒，〈43紅梅〉紅梅大納言的女兒，〈44竹河〉玉鬘的女兒，「宇治十帖」八之宮的女兒。這些角色不會同時出現。「君」也用於尊稱貴族、長輩與比自己身分地位高的人，因此故事中會出現男君、女君、姬君、若君等說法，不分男女老少與立場。

中之君（次女）　大君（長女）

※4：《今昔物語》提到中納言覺得自己太胖，遵照醫囑「把飯泡涼水或熱水吃」，結果吃了大量水飯與配菜，毫無效果。
※5：有時添加山藥、紅豆與栗子等等。

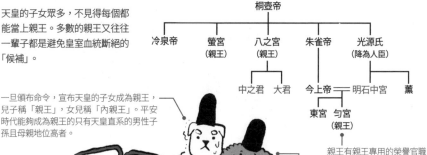

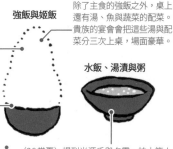

源氏繪賞析：
八之宮向薰託孤

八之宮
薰

**鑑賞POINT 1**

本卷經常入畫的是八之宮拜託薰照顧女兒的場景，或是薰搭乘小船前往八之宮山莊的光景。

**鑑賞POINT 2**

八之宮預感死期將近，靜下心來思考該如何安排女兒之後的人生。薰微微低下頭，答應今後會照顧他們。

**鑑賞POINT 3**

八之宮擔心未婚的女兒，無法完成出家的心願。像八之宮這樣內心和僧侶相同，但是帶髮在家修行的男子稱為「優婆塞」。

**概要**

薰對八之宮的女兒大君與中之君有意思，藉口前往長谷寺參拜，順道拜訪夕霧位於宇治的別墅。隔天收到八之宮寄來的信，卻是匂宮代替薰回信，因而獲得與中之君互贈和歌的機會。七月，八之宮託付薰在自己死後照顧女兒，隔月吩咐女兒不要輕易結婚，以免玷辱皇族名聲，最後在山寺離開人世。薰協助大君姊妹舉辦喪禮，表示願意帶她們前往京城，卻遭到拒絕。

# 46 椎本

## 不分男女都需要監護人

匂宮
(24～25)
薰
(23～24)
中之君
(23～24)
大君
(25～26)

八之宮託付薰擔任女兒的監護人，也得到薰首肯。監護的情況形形色色。「後見」（監護人）一詞一般用於夫妻、親子與主從之間，代表照料或養育之意。男女之間無論有無婚姻關係，都可以用後見一詞[※1]。因此不確定八之宮是要薰照顧女兒，還是希望他迎娶女兒。這種時候通常代表八之宮其中一名女兒與薰結成連理，但是八之宮的財力不足以支持薰[※2]，所以無法強迫優柔寡斷的薰和女兒結為夫妻。另一方面，薰雖然明白八之宮的心意，只表示願意援助，並未提及親事。八之宮死後，薰無法順利與大君姊妹其中一人結婚，便是因為八之宮與薰未曾釐清監護的定義，可以多方解釋。

※1：光源氏迎娶女三之宮和單純支持秋好中宮，都可以說是「後見」（監護）。
※2：另一方面，明石入道財力雄厚，個性強硬，相信夢諭，傾力累積財富，成功促成明石之君與光源氏結為夫妻。
※3：匂宮身為今上帝與中宮之子，身分高貴，不能隨意行動。前往宇治也是假借「前往初瀨參拜」。

46

椎本

## 宇治不是只有「憂慮」

宇治位於京都東南方，平安時代古人對此地的印象是「憂慮」。其實這裡風光明媚，以前往貴族別墅區與初瀨參拜（參拜長谷寺，見58頁說明）的停靠站而聞名［※3］。

### 現已消失的巨椋池

宇治川流入的巨椋池四周原本是一大片濕地，目前池塘已經因為圍墾而消失，部分濕地成為京都賽馬場的水池。全日本只有這裡的賽馬場跑道內側全是水池。

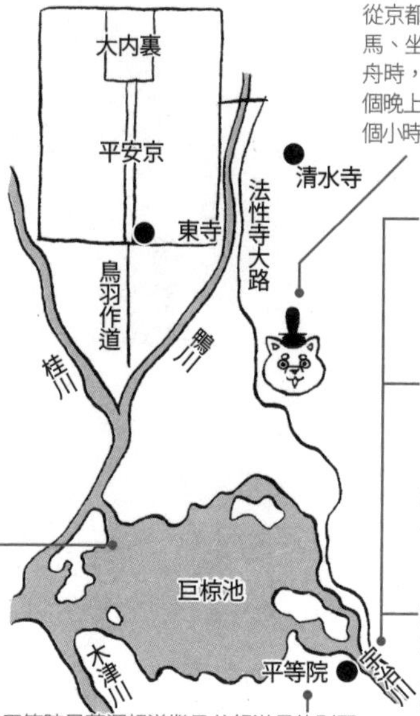


從京都前往宇治的交通方式包括徒步、騎馬、坐牛車與搭船等等。匂宮悄悄去見浮舟時，坐牛車又換馬車，往返約莫花費一個晚上（〈51浮舟〉）。推測急行軍也需要四個小時左右，如果全程搭牛車會更加耗時。

當時宇治是別墅區。匂宮在此投宿的是光源氏留給夕霧的山莊。夕霧跟薰都是匂宮的舅舅，但是匂宮還比薰大一歲。

夕霧的山莊在平等院一帶。宇治川對岸是佛德山，山腳的森林裡坐落宇治神社。八之宮的山莊便在這一帶。河川兩岸一邊是品竹調絲，笙歌作樂；一邊是聆聽對岸奏樂，寂靜冷清，形成強烈對比。

對於當時的貴族而言，宇治遠離塵囂，宛如異鄉。宇治川水流湍急在此時便已廣為人知。河川在《源氏物語》中扮演關鍵角色，例如浮舟（見136頁說明）嘗試投水自盡等等。

平等院是藤原賴道繼承父親道長的別墅後改建成寺院。

## 直衣與束帶的差異

右頁插圖中的薰所穿著的是男性貴族的日常衣物——直衣。書中經常提及男性角色穿著直衣。源氏繪中除了入宮工作和出席典禮時是穿束帶，其他時候都是穿直衣。

| 直衣 | 主要的差異 | 束帶（文官） |
| --- | --- | --- |
| 烏帽子 | 帽子 | 冠 |
| 雜袍（顏色與圖案可自由選擇） | 上衣 | 位袍（顏色依官品決定） |
| 指貫（下擺以繩子固定） | 褲子 | 表袴（下方穿著大口袴〔譯註：下擺極寬的袴〕） |
| 檜扇 | 所持物品 | 奏板 |

雜袍（直衣）裡面是單衣與衵（見21頁說明），下半身是指貫。如果天皇允許，可以戴冠搭配直衣的「冠直衣」的打扮入宮。

袍子的下襬整體稱為「欄」，兩側凸出的部分稱為「蟻先」。撐開下擺尾端，方便腳部行動（束帶也一樣）。

平安時代，直衣的袍子圖案與顏色逐漸出現規定［※4］。冬天是白色的唐花圖案（左），夏天是藍色的格子裡搭配菱形花朵圖案（右）。

袍子裡面是大口袴、單衣、衵（譯註：一種內衣）、表袴與下襲，用皮革材質的石帶（以寶石裝飾的皮帶）束起固定［※5］。

袍子裡面的下襲必須後方比前方長，在室外會摺起來，夾在石帶裡［※6］。

※4：冬天的直衣是雙層衣物的「袷」，外層為白色，內裡為紫色。夏天是紫色單衣。地位或年齡越高，顏色愈淺。
※5：以指貫代替表袴，稱為「布袴」；不加下襲，以扇子取代奏板是準正式服裝「衣冠」。
※6：直衣搭配下襲是比較正式的「直衣布袴」。

**源氏繪賞析：**
**大君留下妹妹，逃離薰**

**鑑賞POINT 1**

薰看到房間裡只有中之君，不知該如何是好。他一共強行接近大君三次，都遭到拒絕。畫中是第二次。

**鑑賞POINT 2**

〈3空蟬〉也是空蟬留下繼女軒端荻，獨自逃離光源氏。不同於光源氏與軒端荻共度春宵，薰與中之君並未發生關係。

**鑑賞POINT 3**

薰沒有穿直衣，看在大君眼裡是「擺出親暱的態度，掀起几帳的布簾（帷子），走進中之君的寢室」。

**概要**

大君遵守父親八之宮的遺言，拒絕輕易結婚，不願對薰敞開心房。帶孝期間結束後，薰強行進入大君房間，女方卻躲到屏風後方。薰只得與大君的妹妹中之君共度空虛的一夜。薰認為要是中之君與匂宮結為夫妻，或許大君就會答應嫁給自己，邀請匂宮前來宇治。計謀前半段雖然成功，卻因為破壞了大君想讓薰與妹妹結婚的計畫，反而招來對方怨恨。

# 47 總角①

## 拒絕求婚的悲傷理由

大君儘管對薰動心，卻還是狠下心決定把男方讓給妹妹中之君，單身一輩子。當時的婚姻結構是女方娘家必須在經濟方面援助男方。大君雙親過世，無人照料姊妹的婚事。她考慮要是自己擔起監護人的責任，妹妹就結得了婚。從世人的眼光看來，無父無母的單身女性擔不起監護人的重任，大君卻堅持要讓妹妹以一般的形式結婚［※］。

大君當然也可以選擇與薰結為夫妻，但是考量薰的身分地位，必定得和後台背景強大的千金小姐或皇族公主政治聯姻。大君沒有娘家可以依靠，或許只能落得薰偶爾施以同情的「恥辱關係」。大君之所以拒絕薰的心意，背後隱藏了家道中落的皇族內心深刻的絕望。

※：最後由接受八之宮託付的薰來擔任中之君的監護人，讓中之君與匂宮結婚。薰雖然無法與中之君結婚，依舊擔任她的監護人。

## 平安時代的室內裝潢

大君為了逃避薰，瞬間躲進附近屏風後方。平安時代的建築形式是「寢殿造」，沒有所謂三面有牆的房間。一般是利用屏風與几帳在大房間中分隔出小空間，有時也會搭配坐墊來區分空間。

### 隔間

室內的生活用品，用來分隔室內、擋風與阻擋外界視線。可以摺疊收納。以書畫裝飾的屏風成為室內擺設。六片組成的屏風稱為「六曲」，兩個六片的屏風稱為「六曲一雙」。

屏風

底座裝上柱子，柱子上方架上橫木，掛上布簾即為「几帳」。三尺几帳的尺寸為高90公分，寬120公分；四尺几帳高120公分，寬150公分。

几帳會配合寬度掛上長布條，亦有裝飾效果。

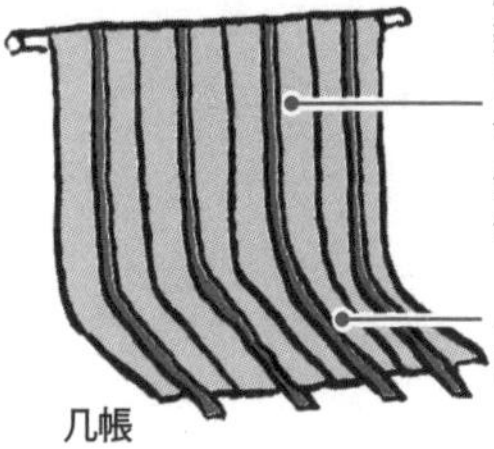

几帳

### 墊子

家中主人睡在類似臥榻的「御帳台」，上面設有頂篷。

床（御帳台）

褥

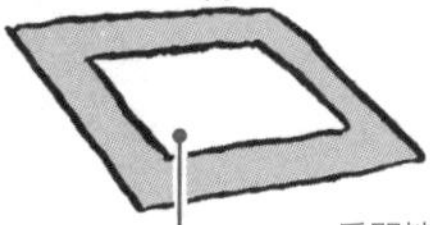

坐臥時鋪在身體下方的墊子。

榻榻米

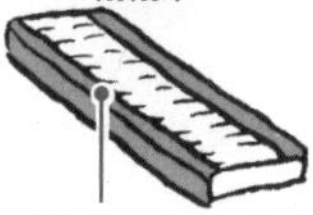

房間地板是木板地。畫上看起來像是整面都鋪了榻榻米，其實只有一部分，使用方式類似現在的座墊或床。

## 貴族的交通工具是牛車與馬

薰與匂宮前往宇治時是搭乘牛車與騎馬。對於上流貴族而言，牛車是熟悉的交通工具。主人自行騎馬代表目的地遙遠。

牛車速度緩慢，比步行還慢；坐起來左搖右晃，不甚舒適。通常是四人乘坐。

負責掌控牛隻的是「牛飼童」，即使年齡增長依舊作兒童打扮，垂下頭髮，不戴烏帽子。

牛車象徵身分地位，車種依身分而異。持有牛車的成本高昂，貴族之間也會彼此出借。

上流貴族會在自家飼養牛隻與馬匹。光源氏的六條院夏之町便有馬廄和馬場。

從公卿（見19頁說明）到下層貴族，一般貴族使用的牛車是「網代車」（譯註：以竹子或檜木薄片交錯編織而成，類似代替網子用來捕魚的工具，因而得名）。

有時是貴族搭乘牛車，侍從騎馬跟隨。

儀式等特別的日子經常需要騎馬。貴族跨上披掛華麗馬具的馬匹，由稱為「馬副」的隨從陪同。賀茂祭等慶典連女官也會騎馬登場。

### 注意座位

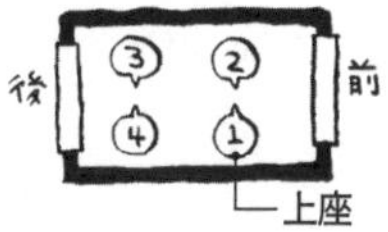


從後方上車，從前方下車。下車時要先解開牛。上座是靠近牛的座位（離出口較近，能先下車）。

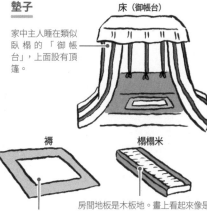

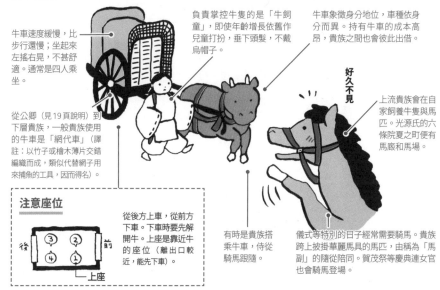

**源氏繪賞析：宇治賞楓**

**鑑賞POINT 1**
賞楓的場景最常成為〈47總角〉源氏繪的題材。小船屋頂也以紅葉裝飾。

**鑑賞POINT 2**
大君與中之君家只描繪屋頂，代表匂宮雖然來到附近卻無法拜訪。

**鑑賞POINT 3**
把匂宮與中之君比喻為牛郎織女，宇治川視為銀河。牛郎織女的故事在《源氏物語》出現之前便已經廣為人知。

**概要**

匂宮雖然在新婚期間連續三天來到宇治，卻因為身分高貴無法自由行動，拜訪次數逐漸減少。薰與匂宮十月時以賞楓名義前往宇治，結果因為匂宮之母明石中宮派人來迎接，無法前往中之君家。大君與中之君為此黯然神傷，又聽聞匂宮和夕霧的女兒六之君（見124頁說明）結婚。大君由於過於擔心妹妹中之君的將來，身體日漸衰弱，終至撒手人寰。薰為此悲嘆，躲在宇治服喪。

# 47 總角②

## 故事的背後還有故事

大君紅顏薄命，在薰的照料之下依舊不敵病魔折磨。臥病在床時，她以袖子遮掩臉龐，不讓薰看見自己的模樣。這番行為的典故出自漢武帝與李夫人的故事［※1］。李夫人臥病在床時亦不願讓漢武帝看見自己毀壞的形貌，直到死後都拒絕露臉。李夫人的故事在平安時代的貴族之間也是膾炙人口。大君期待取得還魂香，把父親喚回陽間見面，也是源自漢武帝想要見李夫人一面，於是點燃還魂香。除此之外，大君臨終的場景與《竹取物語》的輝夜姬類似：輝夜姬拒絕貴族與天皇求婚，離開凡間；大君拒絕薰求婚，在青春貌美之際離開人世。在現代人看來，大君「沒必要死去」，考量原型的故事，大君死去是必然的結果。

※1：藤原克己〈紫式部與漢文學——宇治大君與「婦人之苦」〉（《國文論叢》十七，一九九〇）。

## 平安時代的追善供養

〈47總角〉描述八之宮過世周年忌辰的情況。書中多次提及為了死者舉辦的法事，特別是死後四十九天以內每七天要做一次法事。

現代日本人也會舉辦的七周年與十三周年忌辰法事，是從平安時代末期開始普及。

死後第1天：頭七 ●●●●● 死後第49天：四十九日 ➡ 滿1年：周年忌辰 ➡ 滿2年：三年忌辰 ……

咸認故人在死後四十九天之內在陰間與陽間之間（中有、中陰）徘徊。親屬每七天舉辦一次追善供養，祈禱故人前往西方極樂世界。

閻魔王

閻魔王是管理地獄的鬼王之一，負責審判死者生前的行為。

尾七的法事最為隆重。夕顏在不為人知的情況下過世時，光源氏在比叡山的法華堂為她舉辦尾七法事（〈4夕顏〉）。

《源氏物語》中時時出現為了追善供養所舉辦的「法華八講」[※2]。這種法事所費不貲，沒有龐大的財力無法舉辦。

藤壺配合桐壺院過世周年忌辰，舉辦法華八講（〈10賢木〉）。明石中宮也曾為了父親光源氏與養母紫之上舉辦法華八講（〈52蜻蛉〉）。紫之上命人抄寫千部法華經，最後也是以舉辦法華八講的形式來供奉（〈40御法〉。

**用心準備**

卷名「總角」是一種裝飾的繩結名稱。大君與中之君姊妹在父親過世周年忌辰時，以總角圖案的繩結來裝飾法事使用的佛具。

## 喜事需要準備「麻糬」

男方連續前往女方家三天，第三天晚上舉辦慶祝儀式時會準備「三日夜之餅」，也就是麻糬。書中並未描述匂宮與中之君實際食用的模樣，不過一般男女方都必須食用。麻糬是喜事與儀式不可或缺的食物。

三日夜之餅是由女方的母親準備。中之君結婚之際是由大君安排。大君母親過世，乳母又逃走，直到詢問侍女方才知道儀式，在摸不著頭緒的情況下準備。

紫之上結婚時由光源氏安排惟光來準備麻糬。光源氏並未取得紫之上父親允諾，只找來少數親近的人舉辦婚禮。

結婚第三天晚上的儀式到了現代雖然型態有所改變，今上天皇與皇后婚禮之際依舊舉行了儀式（三箇夜餅之儀），一共準備了四個銀盤盛裝祝賀用的麻糬。

祝賀用的麻糬裝在銀盤端出來。男方吃麻糬時不能咬斷。

| | | | |
|---|---|---|---|
| 年度儀式 | 1月 | 餅鏡 | 二～三塊壓扁的圓餅疊放，用來供奉神明佛祖。 |
| 年度儀式 | 10月<br>上亥之日 | 亥子餅 | 當天搗好的麻糬在亥時（晚上十點左右）吃下，據稱可保身體健康。 |
| 人生儀式 | 結婚第三天晚上（三日夜） | 三日夜之餅 | 婚禮第三天夜裡，新郎新娘吃下麻糬後，喜宴開始。 |
| 人生儀式 | 出生後第五十天（五十日之祝） | 五十日之餅 | 把麻糬泡進米湯搗碎，稍微放入嬰兒嘴中含著。 |

※2：法華八講是把八卷《法華經》分成八次，早晚各講解一卷。法事耗時四到五天。不僅用於供養死者，也能用於生前累積死後功德的「逆修」。

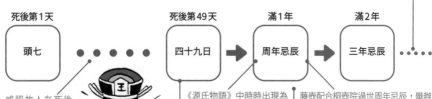

**源氏繪賞析：**
**阿闍梨貼心鼓勵**

**鑑賞POINT 1**
〈48早蕨〉的源氏繪經常描繪孤單生活的中之君，收到在宇治山寺修行的阿闍梨（見左頁說明）所寄來的蕨菜與問荊。新年時固定會收到阿闍梨寄來的春季野蔬。

**鑑賞POINT 2**
阿闍梨為了鼓勵中之君，特意吟詠不熟悉的和歌並寫信寄來。字寫得不好看是因為平常不會寫信給女性，不習慣寫平假名。

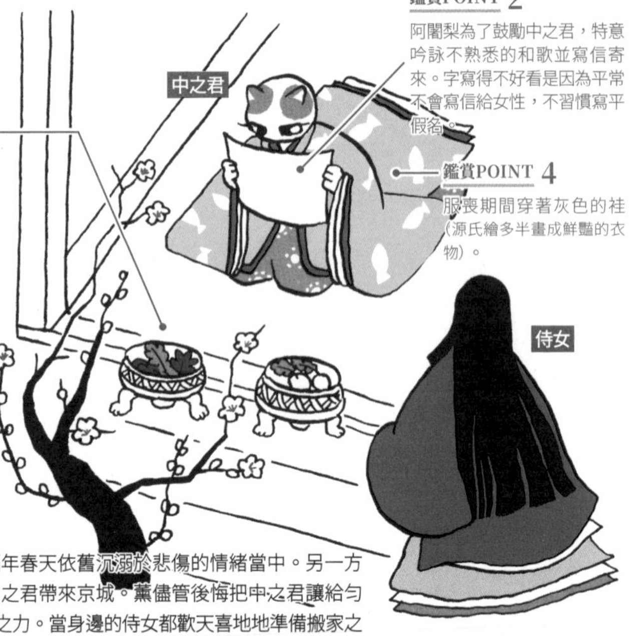


**鑑賞POINT 3**
院子裡的梅花盛開，代表季節是孟春。

**鑑賞POINT 4**
服喪期間穿著灰色的袿（源氏繪多半畫成鮮豔的衣物）。

**概要**

大君過世後，中之君直到隔年春天依舊沉溺於悲傷的情緒當中。另一方面，匂宮和薰商量，想把中之君帶來京城。薰儘管後悔把中之君讓給匂宮，還是願意助中之君一臂之力。當身邊的侍女都歡天喜地地準備搬家之際，只有中之君默默為了離開故鄉而忐忑不安，依依不捨地告別決定留在宇治的出家老侍女辨之尼（辨之君）。匂宮在中之君搬進二條院之後，十分寵愛他。

# 48 早蕨

## 不想淪為笑柄

匂宮（26）　薰（25）　中之君（25）

中之君離開宇治的住處，擔心要是匂宮拋棄自己，會淪為京城居民的笑柄。平安時代的貴族社會保守封閉，淪為笑柄是左右社會地位的嚴重問題。《源氏物語》中提到六條御息所、紫之上與明石之君等人為了避免遭人嘲笑，都擺出毅然的態度，摸索生存之道。例如藤壺雖然生下光源氏的私生子，依舊下定決心要堅強活下去，以免淪為笑柄。紫之上在女三之宮下降之際擺出淡然的態度，以免落人口實。中之君儘管擔心外界的眼光，仍舊認定繼續待在宇治沒有意義，獨自煩惱後決定接受匂宮的邀請，住進二條院。

※1：晚上一直在寢室附近負責加持祈禱的僧侶。
※2：進而衍生出俗諺「蓮座對半分」，意旨彼此關係緊密。

## 《源氏物語》中的高僧

八之宮家的侍女辯之君在大君死後，住進草庵。書中出現不少出家人，高僧尤其經常成為左右故事的關鍵人物。

阿闍梨是能糾正弟子行為，並作為其模範的高僧。〈48早蕨〉鼓勵中之君的宇治山阿闍梨是其亡父八之宮的佛教導師。

光源氏的隨從惟光的兄長也是阿闍梨（德行高的僧侶）。他為夕顏舉辦尾七法事時，表現出色，無人可及。

貴族有時會送年幼的孩子出家當和尚，希望家中能因此出現多名高僧。

末摘花的兄長人稱禪師之君。光源氏為駕崩的桐壺院舉辦法華八講時，獲選解說佛法。他與妹妹一樣，遠離世俗。

告訴冷泉院真正生父的「夜居」也是僧侶［※1］，從藤壺在世時便一路侍奉至今（見〈19薄雲〉）。

〈53手習〉登場的橫川僧都是故事最後一位關鍵人物，救了中之君同父異母的妹妹浮舟。橫川是比叡山延曆寺的三塔之一。

## 「緣分」決定兩人的關係

當時咸認主從與師徒是橫跨前世、今世與來世的緣分。中之君安慰辨之尼之所以現在仍舊思念過世的姊姊大君，「想必兩人在前世有過特殊的緣分」。

「親子一輩子，夫妻兩輩子，主從三輩子」這句俗諺流傳至今。相較於主從是三輩子的緣分，親子只有一輩子，夫妻則是因為上輩子的因緣而在這輩子結為連理。也有人許願這輩子建立了夫妻的緣分，下輩子也要繼續。

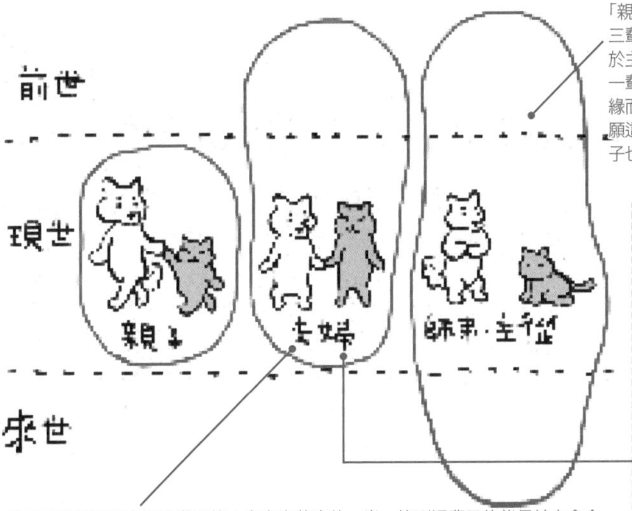


當時流傳前往西方極樂世界的人會空出蓮座的一半，等到這輩子的伴侶前來會合［※2］。光源氏也曾對紫之上與女三之宮說：「下輩子也一起投胎到西方極樂世界的蓮座上吧！」

### 來世也要當夫妻

白居易的《長恨歌》［※3］以「在天願作比翼鳥，在地願為連理枝」來比喻男女感情和睦。比翼鳥是一雌一雄各有一隻眼睛與一片翅膀，所以必須相互協助才能飛行；連理枝是不同樹木長出的兩根枝條糾結在一起。

比翼鳥

※3：白居易的作品深受平安時代貴族喜愛，影響當時的文學作品。《源氏物語》包含〈1桐壺〉等各卷都紛紛引用歌頌唐玄宗與楊貴妃淒美愛情的《長恨歌》。

**源氏繪賞析：**
**匂宮與六之君結婚**

**鑑賞POINT 1**

畫面是結婚第四天早上，匂宮首次在陽光之下看見六之君的美貌，深深著迷。

**鑑賞POINT 2**

六之君無論身分、家世、外貌還是個性都無可挑剔［※1］。儘管兩人是政治婚姻，匂宮還是深受六之君所吸引。

**鑑賞POINT 3**

夕霧舉辦盛大的喜宴歡迎匂宮到來。作者藉此強調這是家財萬貫的家庭所舉辦的「正式婚禮」，更顯中之君的地位脆弱。

匂宮
六之君
侍女

**概要**

今上帝暗示要把女兒女二之宮嫁給薰，薰一邊心想要是能娶到明石中宮的女兒女一之宮該有多好，還是答應了這門親事。另一方面，匂宮與夕霧的女兒六之君結婚，中之君為此傷感，拜託薰陪同她回到宇治。原本薰克制不住對中之君的情感，看到她肚子上象徵懷孕的腰帶，選擇放棄這段感情。匂宮聞到中之君沾染了薰的香氣，懷疑兩人的關係，卻因為缺乏證據，反而更不願放中之君自由。

# 49 宿木①

## 每個時代的貴族都有應盡的義務

匂宮
(25～26)
薰
(24～25)
六之君
(20,1～21,2)
中之君
(24～25)

匂宮與夕霧的女兒六之君結為連理，薰則與今上帝的女兒女二之宮成為夫妻。他們結婚時都已經二十六歲，回想光源氏十二歲便與葵之上結婚，可說是相當晚婚。這是因為他們的生活非常安穩。當時政權穩定，匂宮的父親是天皇，母親是中宮，前途光明。薰因為是光源氏的兒子，受到冷泉院、右大臣與夕霧重視。光源氏當初缺乏有力的後台背景，必須在成人禮結束之後立刻與左大臣家聯姻，好奠定權力基礎。匂宮與薰不需要為了此類理由而急著結婚。儘管如此，考量未來的人生還是需要與掌權者的女兒進行政治聯姻。因此兩人都意興闌珊地與門第高貴的女子結婚。〈49宿木〉的舞台從宇治回到京城，描述匂宮與薰依循貴族社會的規矩度日。

※1：六之君的生母是藤典侍（見99頁說明），由落葉之宮收養。

## 女婿該選薰還是匂宮呢？

薰與匂宮在眾人眼中是光源氏的繼承人。雖然薰是舅舅，匂宮是外甥，外甥卻比舅舅大一歲。兩人認同對方是好敵手。他們是所有人心目中的理想女婿，夕霧希望女兒六之君能與匂宮結婚。

| 薰  | | 匂宮  |
|---|---|---|
| 光源氏［＊］ | 父 | 今上帝（朱雀院之子） |
| 女三之宮（朱雀院之子） | 母 | 明石中宮（光源氏之子） |
| 中納言（官品相當於從三位，屬於上達部） | 官職 | 兵部卿（兵部省長官，由皇族擔任的榮譽職位） |
| 玉鬘的女兒大君（失敗） | 女性關係 | 真木柱的女兒宮之御方（失敗） |
| 八之宮的女兒大君與中之君（失敗） | 女性關係 | 八之宮的女兒中之君（結婚） |
| 今上帝的女兒女二之宮（不得已結婚） | 女性關係 | 薰的女兒六之君（不得已結婚） |

＊生父為柏木

夕霧期盼他最疼愛的女兒六之君能與太子候補匂宮結婚。薰是夕霧的弟弟，讓女兒嫁給他沒有新鮮感（儘管如此，也捨不得讓他做別人家的女婿）［※2］

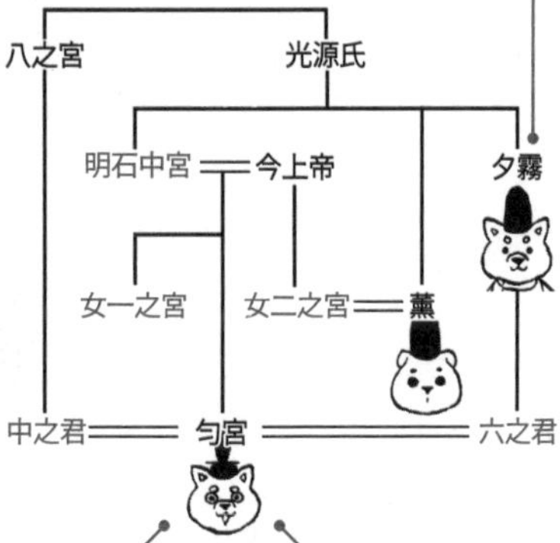


夕霧知道匂宮把中之君從宇治帶來京城後，決定選擇薰當女婿。但是聽到薰跟女二之宮的親事，又把目光轉回匂宮身上。

匂宮因為父親是天皇，母親是明石中宮，視為太子候補。明石中宮也認為他需要「強大的後台背景」，建議他與六之君結婚。

## 生得過麻油香，生不過四塊板

中之君目前懷孕。當時生產風險極高［※3］，為了確保母子平安，動員所有神明佛祖的力量。另一方面，生產會流血，因此視為一種「不潔」。中宮與女御等人生產時會暫時退出宮中，回到娘家。

### 仰賴保佑生產順利的狗娃娃

懷孕五個月左右時，把僧侶加持過的腰帶（著帶之儀）綁在腰上。腰帶由孕婦娘家的親人準備，長約三公尺，用於保暖與固定胎兒的位置。儀式於戌日舉行，流傳至今。

犬張子（紙狗娃娃）

難產時為了保佑產婦順利生產，會剪下一部分的頭髮來受戒。

整間產房都是象徵清淨的白色，產婦與侍女也穿著白色衣物。生產後第八天才能開始穿著其他顏色的衣物。

當時生產採用坐姿。產婦坐著，抱住負責幫忙的侍女來生產。

即將生產之際，由僧侶與修驗道的修行人來加持祈禱。另外也會拉響弓弦與撒米，避免邪靈附身在孕婦身上。

負責接生，旁邊還有其他人待命，負責處理後續事宜。

生產是當時妻子的重要任務之一。中宮與女御為了生產而暫時出宮時，必須由陰陽師來占卜何時為良辰吉時。

※2：當時認為身為父親，盛大歡迎來自別人家的女婿，讓對方住下來才有競爭對象。
※3：許多女性都因為生產而過世，例如一條天皇的皇后定子排不出胎盤，因而崩駕。

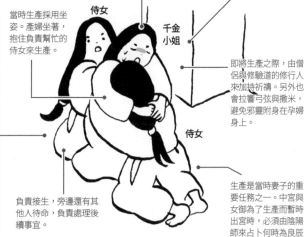

**源氏繪賞析：**
**匂宮安撫中之君**

**鑑賞POINT 1**
匂宮彈奏琵琶，安撫中之君。中之君為了匂宮與六之君結婚而悲嘆。

**概要**

中之君面對薰的情意不知該如何是好，於是告訴他同父異母的妹妹浮舟與大君外貌如出一轍。薰因而產生興趣，向留在宇治的辨之尼詢問浮舟的身世。隔年二月上旬，中之君生下兒子，獲得世人敬重。二月下旬，薰與今上帝的女兒女二之宮結婚，卻仍舊無法忘懷大君。四月下旬，他在宇治窺見浮舟，深感他與大君十分相似，感動之餘要求辨之尼介紹浮舟。

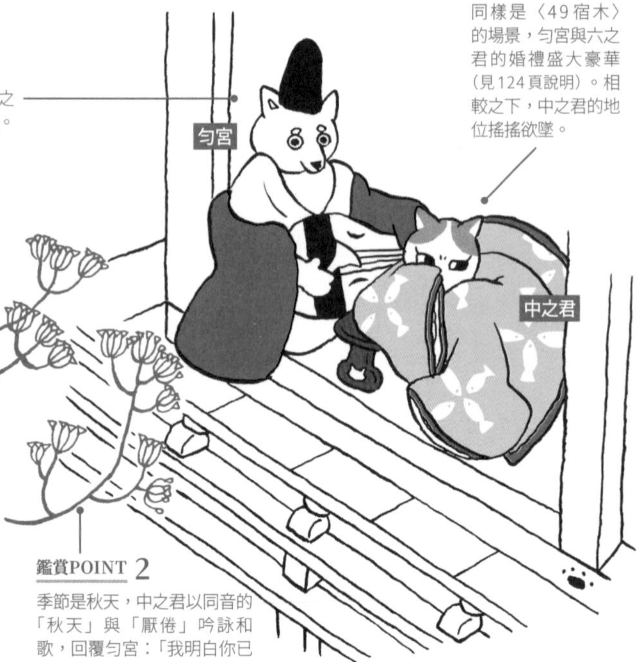
匂宮
中之君

**鑑賞POINT 2**
季節是秋天，中之君以同音的「秋天」與「厭倦」吟詠和歌，回覆匂宮：「我明白你已經厭倦我了。」院子裡秋季的草木與和歌相互輝映。

**鑑賞POINT 3**
同樣是〈49宿木〉的場景，匂宮與六之君的婚禮盛大豪華（見124頁說明）。相較之下，中之君的地位搖搖欲墜。

# 49 宿木②

## 幸運兒真的幸福嗎？

匂宮
(26～27)
薰
(25～26)
浮舟
(20～21)
中之君
(25～26)

中之君住進京城的二條院，生下匂宮的長子，世人都說她是「幸運兒」。《源氏物語》中的「幸運兒」包括明石之君、明石的尼君與紫之上等人。這種形容只會用在女性身上，不曾用來評論集世上所有榮華富貴於一身的光源氏，以及葵之上與女三之宮等原本身分高貴的女性，代表「幸運兒」是用來表示女性獲得超乎身分的愛情與財富［※1］。然而，人稱幸運兒的這些女性真的過得幸福嗎？中之君與匂宮戀愛，經濟獲得薰支持，日常生活貌似華麗璀璨。但是匂宮的愛情不知能持續到何時，還必須維繫與薰的關係以確保經濟來源。書中「幸運兒」其實吃盡了苦頭。

※1：原岡文子〈幸運的中之君〉（《講座源氏物語的世界》8，有斐閣，一九八三）。
※2：「虎頭」是老虎頭形狀的飾品（又稱「頭骨」），用來驅邪。
※3：稱為「鳴弦」。

## 重要的新生兒有許多慶祝儀式

中之君生下的兒子是匂宮的長子。平安生下孩子之後，會舉辦各類儀式與祝賀的宴會。在嬰兒容易死去的時代，這些儀式隱含了期盼順利成長的心願。

出生後七天

**御湯殿之儀**

挑選好日子，一天洗兩次，連續洗七天的儀式。這不是第一次入浴，而是重要的儀式。

洗澡水取用方向吉利的井水，把虎頭放在枕頭上［※2］，拉響弓弦［※3］來驅邪。

出生後第三、五、七、九個晚上

**產養**

慶祝嬰兒順利出生成長的宴會，通常第七天的主辦人身分地位最高［※4］。

親戚朋友贈送衣物與生活用品等等。

出生時統一穿著白色衣物，直到產養第七天。出生八天之後才能穿著其他顏色的衣物。

《紫式部日記》描述眾所期盼的皇子敦成親王出生時，產養連續舉辦了好幾天。

出生後五十天

**五十日之祝**

相當於現代初次餵食的儀式，讓嬰兒含住麻糬等食物。由外公或父親舉辦。

## 日文稱窺視為「垣間見」，是因為從圍籬的「垣」偷看？

〈49宿木〉描述薰從障子［※5］的破洞窺見浮舟。書中也有如同字面意思的「垣間見」——從圍籬的縫隙（垣間）窺視。另一方面，無須窺視，從圍籬便能判斷居民的經濟狀況。

### 簡陋的檜木與蘆葦圍籬

用蘆葦編織的圍籬容易破損。〈51浮舟〉便出現匂宮稍微破壞蘆葦圍籬，悄悄闖入浮舟的住處。

檜木圍籬是用薄木板交錯編織而成，夕顏家便是此類圍籬（見〈4夕顏〉）。

### 住處周圍設有土牆

圍籬環繞庭院與房屋，貴族住處周圍還設有土牆。土牆容易崩塌，需要定期維修。末摘花家的土牆壞了之後並未修理（見〈15蓬生〉）。

### 山莊風格的「柴圍籬與小柴圍籬」

柴圍籬是以小型雜樹的枝條所編織而成，造形樸素，通常用於山莊。小柴圍籬則是以小枝枒或竹子所做成，高度較低。

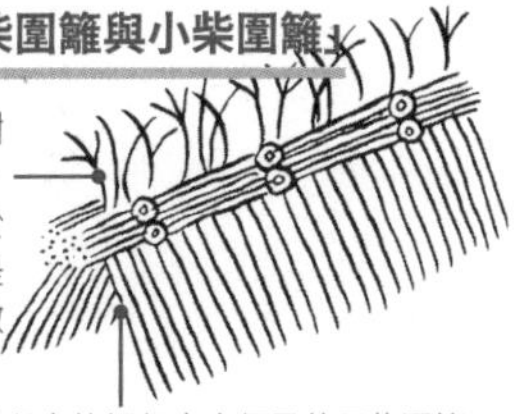

光源氏為了方違暫時留宿的紀伊守家便是使用柴圍籬，營造農村風情（見〈2帚木〉）；在北山窺視若紫時，兩人之間相隔的是小柴圍籬（見〈5若紫〉）。

### 遮掩用的簍空圍籬

以木板或竹子組裝而成的鏤空圍籬，放在住處中，用來遮掩外界視線。

光源氏窺視末摘花時，撞上躲在鏤空圍籬陰影處的頭中將（〈6末摘花〉）。

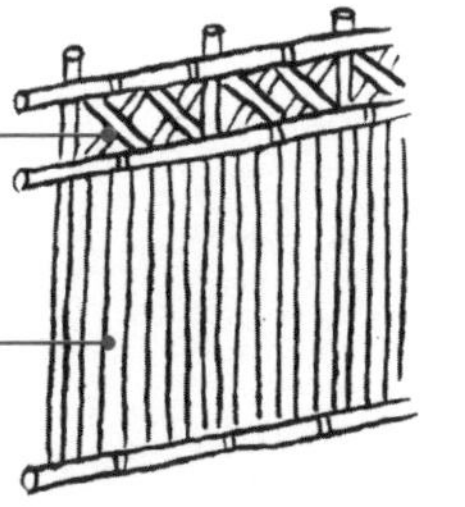

※4：〈49宿木〉描述第三天產養由親生父親匂宮個人舉辦，第五天晚上是生母的監護人薰，第七天是祖母明石中宮，第九天則是舅公夕霧。

※5：紙門，即今日的襖門。

**源氏繪賞析：**
**在自家發現美女（浮舟）**

**鑑賞POINT 1**

畫面是匂宮在二條院徘徊之際，窺見陌生的美女（浮舟），對她產生興趣。兩人之間隔著屏風。

**概要**

中將之君選擇左近少將［※1］當浮舟的丈夫，其實對方是貪圖繼父常陸介［※2］的財產，於是改為與常陸介的親生女兒結婚。中將之君把浮舟交給中之君（浮舟同父異母的姊姊），代表還是希望女兒能嫁給高官顯貴。然而姊夫匂宮竟然開始追求浮舟，中將之君於是慌張地將浮舟帶往三條的簡陋小屋。薰造訪此處，兩人共度一夜。隔天，薰將浮舟帶往宇治。

**鑑賞POINT 2**

浮舟遭到男子拉扯衣襬，嚇得以扇子遮掩臉龐。她發現對方是姊夫匂宮，想到姊姊要是知道了，不知做何感想，流下淚來。

**鑑賞POINT 3**

匂宮拜訪妻子中之君之際，中之君因為洗頭髮（見左頁說明）不在，所以在屋裡四處走動。

# 50 東屋

## 不能直視遙不可及的另一個世界？

浮舟的母親中將之君遭到八之宮拋棄之後，嫁給了地方官（常陸介）。她因此認為與其門不當戶不對，不如嫁給身分相當的專情男性。然而當她看到匂宮等人所處的世界，想法為之一變。平安時代是階級社會，不屬於上流階級不被當作人看待。中將之君的繼子身兼式部丞與六位藏人［※3］。當他奉命以宮廷使者的身分前來，連匂宮身邊都不能接近。《枕草子》的〈了不起之事〉提到六位藏人獲准穿著綾布衣物，顏色則是天皇平常穿著的青色，職位十分了不得。儘管繼子在常陸介一家看來已經是出人頭地，在京城裡卻什麼也不是。浮舟繼承了八之宮高貴的血統，不可能比繼子差——母親的野心打亂了浮舟的人生。

※1：左近衛府的少將，官品相當於正五位下。｜※2：常陸國次官的稱謂，官品相當於正六位下。擔任長官（大守）的親王不會親自前往常陸國（今茨城縣的一部分）赴任，因此次官（介）是當地實際權力最高者。｜※3：藏人是藏人所的職員，身為天皇的親信，負責與宮中各處聯絡，責任重大。

## 是上流階級還是下流階級？這是個問題

《源氏物語》鮮少出現類似左近少將這種露骨奇特的人物，因為貪圖錢財而接近女方。紫式部以戲謔的筆調描述常陸介財大氣粗。《源氏物語》雖然是平安時代的作品，卻早早便出現具備武士要素，價值觀與貴族牴觸的人物。

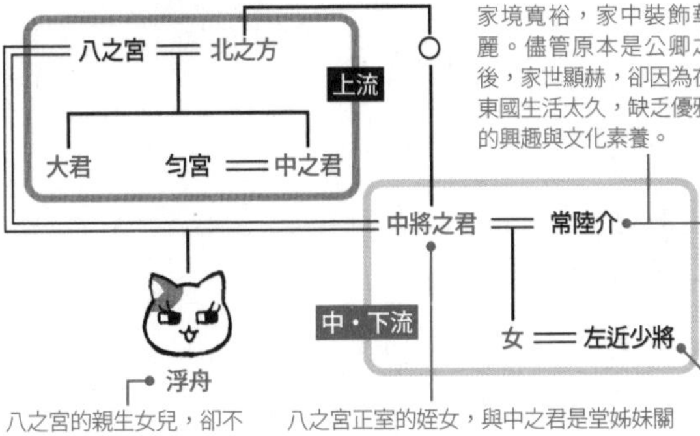


家境寬裕，家中裝飾華麗。儘管原本是公卿之後，家世顯赫，卻因為在東國生活太久，缺乏優雅的興趣與文化素養。

八之宮的親生女兒，卻不受承認。成為常陸介繼女之後，遭到排擠，總是無處可去，無依無靠。

八之宮正室的姪女，與中之君是堂姊妹關係，在八之宮家擔任上臈［※5］。正室過世後，生下八之宮之子浮舟，卻遭到八之宮拋棄，改與常陸介結婚，生下五～六個孩子。

原本官拜大將的父親過世後，怨天尤人。雖然地方官的女兒身分比較低，不過打算靠與對方結婚來出人頭地。不覺得女性的容貌與身分高低有所價值。

### 為何地方官腰纏萬貫？

地方官可以在領地經營農地，向中央政府上繳稅賦後依舊能夠累積財富。常陸介擔任過陸奥、常陸與其他大國的地方官［※4］，累積起龐大的財富。

## 單單洗頭便是一大工程

匂宮來訪時不巧中之君在洗頭。當時洗頭與乾燥需要花上一天的時間，一般相信洗頭髮會洗掉女性的魂魄，必須挑選適當的月分與日期。

國寶《源氏物語繪卷》描繪了中之君梳頭的場景。洗頭一個人做不來，需要侍女幫忙。

清洗頭髮的「泔」是洗米水或蒸糯米時所產生的米湯。咸認洗米水能促進頭髮增長，也會用於整理頭髮。

洗頭必須挑選曆法規定的好日子。中之君原本打算趁丈夫不在時洗頭，但是如果錯過了今天，這個月就沒有適合的日子，九月跟十月又是齋月，忌諱洗頭。

古人是靠晒太陽或是火鉢來乾燥頭髮，得耗上一天。

長頭髮無法經常洗頭，因此需要頻繁梳頭。整理頭髮的工具是細長棒狀的「笄」（男性也一樣）。

### 美麗的「泔坏」

盛裝「泔」的容器是「泔坏」（形狀類似有蓋的碗），底下有托盤，放在專用的檯子上。泔坏是日常生活用品之一。

※4：陸奥國土地遼闊，盛產纖維與良馬，又有金礦。常陸國物產豐饒，盛產纖維、水產與染料等等。
※5：上臈（上臈女官）是身分地位高的女官，推測中將之君是最高階級的召人。

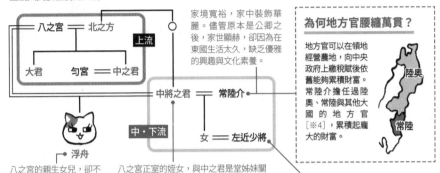

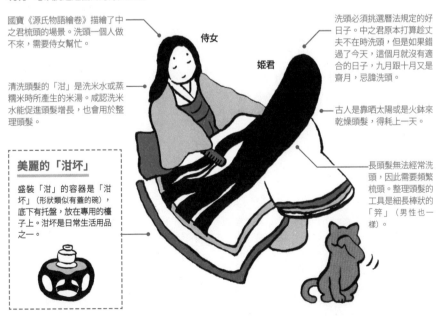

源氏繪賞析：收到新年祝賀

匂宮
中之君
若君
女童


鑑賞POINT 1

小女童傻呼呼地拿來兩封寄給中之君的信，書信內容是「我從宇治來了」。匂宮頓時發現寄信人是他在二條院發現的陌生女子。

鑑賞POINT 2

中之君不願意讓花心的丈夫知道浮舟在宇治，內心忐忑不安。

鑑賞POINT 3

從宇治送來的是綁在小松樹枝的鬚籠（以竹子或鐵絲綁成的籠子，不收邊）。故事中是女童拿來，源氏繪經常改編為男童。

概要

匂宮忘不了在二條宮偶遇的女子（浮舟）。正月時，匂宮看到送給中之君的新年賀禮，發覺寄來的是浮舟，而且人在宇治。他察覺薰與浮舟的關係之後，喬裝成薰，與女方發生關係。浮舟雖然十分困惑，卻深受熱情的男方所吸引。二月，薰來到久違的宇治，看到浮舟陷入沉思，以為是對方終於成為成熟的女性，答應女方會帶她到京城。

# 51

# 浮舟①

## 最後一位女主角是平凡的女性

匂宮
(27～28)
薰
(26～27)
浮舟
(21～22)


《源氏物語》最後一位女主角「浮舟」普通平凡，不像完美的紫之上，學識豐富，擅長樂器，還寫得一手好字。平安時代的貴族女性必須擅長書法、樂器，以及吟詠和歌，浮舟卻缺乏音樂素養。她要是自小在八之宮家成長，應當能耳濡目染，自然學會樂器。可惜她在鄉下長大［※1］，薰也為了浮舟不會彈奏樂器而嘆息。浮舟身邊的侍女和她一樣，缺乏文化涵養，才會分不清薰身上的香氣是與生俱來，匂宮則是依靠薰香，在黑暗中引領喬裝成薰的匂宮進入浮舟房間。浮舟雖然發現來者不是薰，不過也是過了一會兒才發現吧！書中提到「要是（浮舟）打從一開始就發現不是薰」，可見她也缺乏薰香的相關常識。浮舟的母親期盼女兒與上流貴族結婚，從浮舟的言行舉止不難想見她與上流貴族門不當戶不對。

※1：浮舟跟隨擔任常陸介的繼父前往東國（陸奧國與常陸國，前者位於今東北地區西側）將近十年。雖然不清楚母親中將之君為何不教導女兒彈奏樂器，或許她本身也缺乏音樂素養。

## 在鄉下長大的女性角色

明石之君與玉鬘等人雖然是在京城以外的地方成長，卻才能非凡，獲得一定程度的成功。浮舟不知為何卻設定為平凡的人物。玉鬘人在遠離京城的筑紫成長，以下比較浮舟與她的異同。［※2］

| | 玉鬘 | 浮舟 |
|---|---|---|
| 成長地點 | **筑紫**<br><br>筑紫是國際貿易的據點，充滿文化氣息。 | **陸奧與常陸**<br><br>遠離京城的偏僻大國，在京城的貴族眼中已經是另一個世界。 |
| 回到京城之後 | **習慣京城生活**<br>遇上光源氏，住進六條院。以尚侍身分入宮。 | **從京城遷往宇治**<br>一路轉徙流離，從常陸介家、二條院、三條院的簡陋小屋到京城，之後又被薰帶往宇治。 |
| 監護人 | **當代的兩名掌權者**<br><br>養父是光源氏，生父是內大臣（頭中將）。 | **僅有母親可依靠**<br><br>中將之君（地方官的續弦）。 |
| 人生境遇 | **結婚生子，建立圓滿幸福家庭**<br><br>與有力人士鬚黑結婚，育有三男二女，子孫滿堂。 | **自殺未遂，出家**<br><br>面對三角關係不知該如何是好，因而投水自盡。獲救後，在小野出家。 |

雙方都生於京城，長於鄉下。但是陸奧與常陸等東國地區在文化方面居於劣勢，看在平安時代的城裡人眼中是土氣的鄉下。

相對於在京都接受教養，變得洗鍊時髦的玉鬘，浮舟感覺自己低人一等，跟不上上流貴族的對話。

### 前往長谷寺參拜改變命運

玉鬘上京後前往長谷寺參拜，遇上亡母的侍從右進，進而引薦給光源氏。另一方面，浮舟也前往長谷寺參拜，途中在宇治被薰看上。

玉鬘遇上光源氏，擺脫鄉下土氣，並且認祖歸宗。浮舟之父八之宮生前並未承認她是親生女兒，唯一的依靠是母親。

當時貴族信仰佛教，一般不可能選自殺這條路，再次凸顯浮舟「不是城裡人」。

## 連浮舟也沉迷的故事與繪畫其實是貴族的特權

貴族女性的娛樂是閱讀故事，其中又以加上插畫的「故事畫」是少數上流貴族方能欣賞的高級娛樂。玉鬘與浮舟在鄉下長大，沉迷於新奇的故事畫（見〈25螢〉〈50東屋〉）。

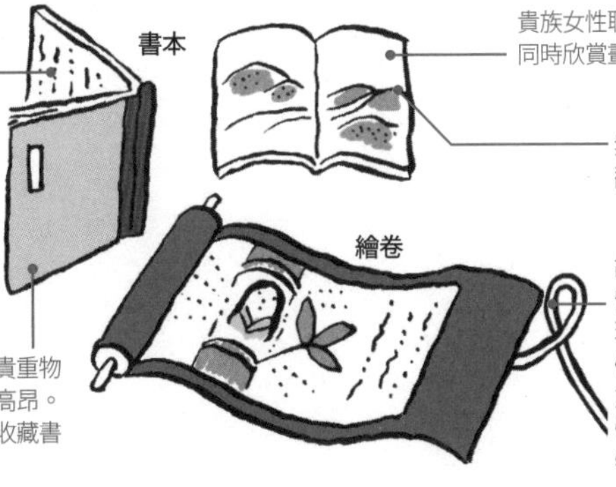


不同於現代人是在書店買書，古人是向人借或是抄寫，才能看得到書。

貴族女性聆聽侍女唸故事，同時欣賞畫作。

紫式部的時代，繪卷比書本好翻閱，成為主流。

紙張在平安時代是貴重物品，所以書籍價格高昂。只有特權階級才能收藏書籍。

故事是以假名書寫，流行於平安時代。《源氏物語》之前出現的故事包括《竹取物語》、《伊勢物語》，日本第一部長篇故事《宇津保物語》，以及情節類似《灰姑娘》的《落窪物語》等等。

※2：明石之君的成長地點「明石」鄰近畿內，不像九州與東國如此遙遠。

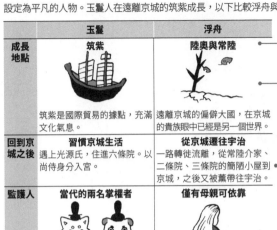

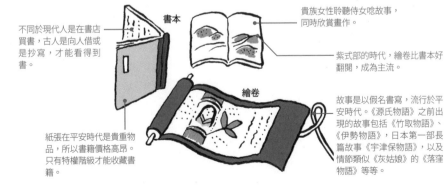

源氏繪賞析：
渡過宇治川，前往祕密基地

鑑賞POINT 1

匂宮與浮舟搭乘小船前往對岸的祕密基地最常入畫。畫家經常省略船夫，好讓觀眾的目光集中在兩人身上。

鑑賞POINT 2

匂宮對著河中小島的常綠樹發誓對浮舟的愛永恆不變。小島指的是宇治川的河中島，又稱為「橘之小島」，以和歌的枕詞而聞名。

鑑賞POINT 3

浮舟回覆匂宮的和歌表示「我像一艘漂浮的小船，不知道會漂向何方」［※1］。角色名稱與卷名來自於此。

概要

匂宮擔心浮舟會遭到薰橫刀奪愛，內心煩躁，於是前往宇治。他和浮舟在宇治度過如夢似幻的兩天。浮舟夾在兩人之間，不知該如何是好。浮舟之母中將之君非常高興薰看中女兒。然而由於匂宮的侍從一個不小心，讓薰發下匂宮與浮舟的關係。薰於是加強宇治的警備，避免匂宮接近浮舟。浮舟陷入絕境，決定跳宇治川自殺。

# 51

## 無人尊重的浮舟

# 浮舟②

薰稱呼戀人浮舟為「人偶」。這裡的「人偶」是祓禊等時候放水流的替身（撫物［※2］，見39頁說明）。對於薰而言，浮舟不過是（有血緣關係的）大君的替身，和人偶沒有兩樣，所以他讓浮舟住在充滿他與大君回憶之地的宇治。宇治之於浮舟沒有任何回憶，更沒有關聯。薰不把浮舟當作獨立的個人，也不在意她的心情。匂宮對待浮舟的態度也是如此。當時男女談情說愛是從贈送和歌開始，匂宮與薰一開始追求浮舟時，都不見贈送和歌的情節。兩人對待浮舟的態度也輕佻隨便。或許當時的上流階級便是如此看待地方官階級的女子。儘管如此，浮舟卻嘗試投河自盡，如同放水流的人偶。

※1：「橘島常綠色不變，浮舟隨波不知處」。

※2：「撫物」是指用人偶撫摸身體，把罪孽或不潔轉移到人偶身上，放入水中，任其漂流。薰在和歌中以開玩笑的口吻，把人偶比做浮舟。

## 替身的人生

其實不僅是薰把浮舟當作替身，姊姊中之君與母親中將之君也是如此。她的人生因此持續受到周遭的人左右。

### 自己的替身

中將之君期待女兒獲得幸福，卻因為過去曲折的人生而把女兒當作另一個自己，期盼女兒實現自己的願望。

浮舟
代替自己跟男性交往
中之君介紹薰認識浮舟來消弭薰對自己的相思之情。
中將之君
（母親）
與社會顯達結婚
中之君
（姊姊）

### 喜歡之人的替身

浮舟經常比擬為放水流的「人偶」或孤零零地端坐在山寺中的「佛像」［※3］，予人「不吉利」、「寂寥」的印象。

浮舟與大君有血緣關係，長相又相似，因此薰把她當作大君的替身。

浮舟
故人
大君
薰把浮舟帶去宇治並讓她住下，意味薰把她當作「大君的替身」。
薰（戀人）

## 結束三角關係的固定情節

平安時代的貴族認為自殺不符佛教教義，是違反常識的行為。但是打從日本的詩經《萬葉集》（六二九～七五三）的時代以來，同時受到兩名男子追求的女性通常會因為煩惱而自殺。

### ①多名男子同時求婚

《萬葉集》也曾吟詠過的傳說美少女真間手兒奈因為多名男子求婚，不知該如何是好，於是跳海自殺。

菟原處女的故事也收錄在《萬葉集》中，是典型的「爭妻傳說」主角。她受到兩名男子求婚後，投水自盡。

無論是何種傳說或故事，共通點都是兩名以上的男子爭奪一名女子。

1
浮舟的故事也是典型的「爭妻」文脈。
2

### ②因為煩惱而投河自盡

平安時代中期的和歌故事《大和物語》第一四七段〈生田川〉描述兩名男子決定比賽射水鳥，由射中水鳥者與女子結婚。但是一人射中頭，一人射中尾巴，女子不知該如何決定，於是跳生田川自盡，兩名男子也隨她而去。故事原型是《萬葉集》的爭妻傳說。

※3：薰在〈49宿木〉與中之君商量：「想打造和大君類似的人偶，當作佛像來修行。」中之君回應：「把姊姊當作放水流的人偶，未免太可憐了。」浮舟的形象因此與放水流的人偶結合。

**源氏繪賞析：**
**窺見憧憬的女一之宮**

**鑑賞POINT 1**

溽暑之際，一群侍女吵著要敲碎冰塊。薰窺見女一之宮，感嘆其美貌。〈52蜻蛉〉以這段華麗的場景最受歡迎，經常成為源氏繪題材。

**鑑賞POINT 3**

之後薰也親手把冰塊交給妻子女二之宮（女一之宮同父異母的妹妹）。由此可見薰對於女一之宮的執著，以及他的身分地位能立刻拿到冰塊。

**鑑賞POINT 2**

在沒有冰箱的年代，只有部分上流貴族才能在夏天享受沁涼冰塊。侍女把冰塊拿給女一之宮時是用紙包起來。紙也是貴重物品，這種使用方式相當奢侈。

**概要**

浮舟失蹤導致宇治山莊上下一陣驚慌。浮舟的同乳姊妹右近看了她留下的字條，相信她應該是投水自殺。眾人在沒有屍體的狀態下，為浮舟舉辦喪禮。薰收到通知後大吃一驚，匂宮則因此臥病在床。後來薰在宇治為浮舟做尾七。同年夏天，薰窺見今上帝的女兒女一之宮，於是把妻子女二之宮打扮得跟女一之宮一樣，想藉此滿足相思之情卻未果。秋日黃昏，薰回憶起八之宮的幾個女兒。

# 52 蜻蛉

## 其他人繼續日常生活

日本民間故事經常出現「爭妻」（見133頁）主題，薰與匂宮爭奪浮舟也是類似的結構。但是相較於民間故事中的男子是追隨女子而去，薰跟匂宮不過是悲傷了一會兒，日常生活並未因而出現任何變化。薰偶然窺見女一之宮，頓時一見鍾情，想把妻子當作女一之宮的替身卻失敗；匂宮也是暫時老實安分一陣子，後來又纏上浮舟的堂妹宮之君［※1］。薰與小宰相之君（女一之宮的侍女）交往，竟貶低故人（其實還活著），認為「浮舟不如小宰相之君嫻雅」令人啞口無言。浮舟為了薰與匂宮而犧牲自己，在兩人心中的地位卻不過爾爾。《源氏物語》雖然是虛構的故事，以冰冷的視線描述現實不如民間故事、傳說美好。

※1：式部卿宮（光源氏與八之宮的兄弟）的女兒。父親過世之後，成為女一之宮的侍女。

## 失蹤的原因是妖怪？

平安時代的日本人認為妖怪會擄人來吞噬。浮舟失蹤之際，母親中將之君也認為女兒是「遭到妖怪吞噬」。雖然妖怪不會出現在眾人面前，不過每當有人失蹤，周遭的人習慣以遭到妖怪吞噬來解釋。

浮舟撿回一條命時心想「寧願遭到妖怪吞噬」（見〈53手習〉）是因為當時廣泛流傳千金小姐遭到妖怪吞噬的故事。

《今昔物語》第二十七卷匯集了妖怪相關的故事。妖怪吃人之後，在現場留下染血的奏板、梳子與人的手腳，但是不會讓人看到自己的模樣。

妖怪
浮舟
呀

### 嫉妒生妖怪

人心中醜惡的部分——嫉妒有時會化身為妖怪。宇治橋姬因為嫉妒而浸泡於宇治川，成為女妖，殺死大量京都的居民。最後成為宇治橋的守護神，受人祭拜。

宇治橋姬

《伊勢物語》第六段描述男子誘拐千金小姐逃走，女方卻遭到妖怪吞噬。現實情況是女子的兄長將她帶回家。

中將之君懷疑「薰的正室女二之宮身邊的人對浮舟懷有敵意，於是將她擄走」。其實浮舟和今上帝的女兒身分天差地別，對方根本不把她當一回事。

故事中經常可見妖怪。陰陽道認為妖怪是從艮（丑寅之間）的方向前來，因此妖怪的形象是有牛角虎牙。

## 柏木跟薰果然如出一轍？

薰因為是準太上天皇光源氏之子，受到今上帝寵愛。真實身分卻是柏木（見92頁說明）的私生子。有其父必有其子，兩人的戀愛模式也有相似之處。

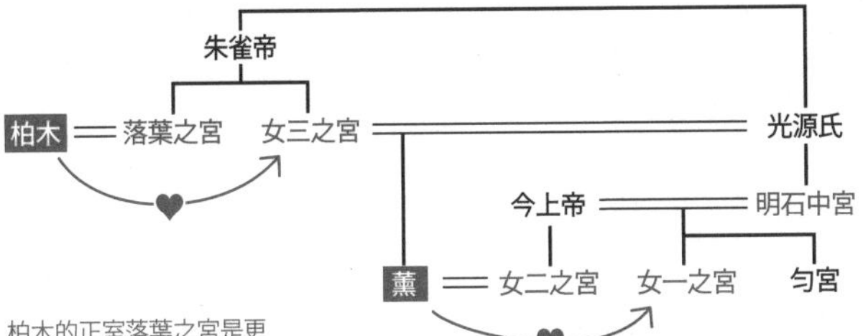
朱雀帝
柏木
落葉之宮
女三之宮
光源氏
今上帝
明石中宮
薰
女二之宮
女一之宮
匂宮

柏木的正室落葉之宮是更衣的女兒，薰的正室女二之宮是女御的女兒。兩人的妻子雖然出身高貴，卻受到身分更高等的大小姨所吸引（柏木愛上妻子的妹妹，也就是女御所生的女三之宮；薰愛上妻子的姊姊，也就是皇后所生的女一之宮）。

生父・柏木
兒子・薰

柏木渴望獲得女三之宮的愛貓，當作女三之宮的替身。薰則是渴望女一之宮的字跡，於是要求妻子寫信給女一之宮。

### 對照的部分

柏木達成與女三之宮幽會的夢想，薰對於女一之宮的情感則止於單相思。柏木對他人（光源氏）的妻子出手，薰則自認浮舟是自己的女人，卻遭到光源氏之孫奪走。

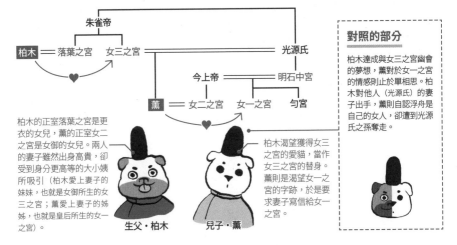

# 53 手習

## 自行切斷一連串不幸

浮舟雖然投水自殺，卻因為橫川僧都出手相救，撿回一條命。由於佛教認為女性難以獲得救濟，倘若出家之後反悔，比不出家還罪孽深重。僧都擔心年輕女性不過是一時興起出家，屆時會後悔，所以原本不願意成全浮舟渴望出家的願望。但是對於浮舟而言，出家是逃離痛苦現實的手段。她至今的人生如同「人偶」，遭到眾人擺布。現在遇上僧都的妹妹，對方又把她當作過世女兒的替身，希望她能和女婿中將結婚。最後她終於完成出家的願望，脫離消極的「人偶」生活。她雖然是靠僧都擺脫陰霾，重獲新生，卻也因為僧都而間接導致薰得知她尚在人間，實在諷刺。

浮舟
（22～23）

薰
（27～28）

橫川之僧都
（60＋α）

**源氏繪賞析：浮舟一息尚存**

**鑑賞POINT 1**

浮舟倒在宇治院的樹下，遭到偶然投宿此地的橫川僧都發現，救回一命。流傳至今的源氏繪鮮少描繪這番光景。

**鑑賞POINT 2**

宇治院位於駕崩的朱雀院（光源氏同父異母的兄長）的領地，現在已經荒廢。相較於浮舟居住的宇治山莊（故人八之宮的家），位置在宇治川的更下游。

**鑑賞POINT 3**

僧都的弟子想把浮舟丟到宇治院外頭。這是因為平安時代的人認為屍體是不潔之物，要是讓浮舟死在宇治院裡，會汙染了宇治院。

**概要**

浮舟昏倒時受到橫川僧都（見左頁說明）救助。僧都出家的妹妹（妹尼）見到浮舟非常高興，把她當作過世女兒的化身，全心全意照料。浮舟恢復意識之後，不願意告知身分，又遇上妹尼的女婿中將對自己動心，感到十分厭倦。隔天她懇求僧都，完成出家的心願。僧都告訴明石中宮自己撿到一名身分不明的女子，薰因而得知浮舟並未死去。

## 習字顯露心聲

《源氏物語》中的女性，就屬浮舟最常習字。本卷卷名〈手習〉便是習字之意。這裡的「習字」意指隨心所意寫下過去或是新創的和歌。寫字時無須在意他人目光，能夠坦率表達所思所想。

妹尼勸浮舟演奏樂器，但是浮舟沒學過音樂等才藝，感到十分羞愧。唯有習字整理思緒，方能撫慰心情。

《無名草子》[※] 稱浮舟為「手習之君」，可知她習字有多頻繁。

〈34若菜上〉也提到紫之上發現自己靠習字紓解女三之宮下嫁所造成的鬱悶心情。

浮舟熱中習字的另一個理由是身邊無人可商量。

和歌與信是以平假名寫成。小時候寫字是把每個假名分開寫，成人則是寫成連在一起。字跡美麗代表有教養。

毛筆等文具放在硯盒裡。

「手習」多半意指習字，這裡則是「隨心所欲寫下過去或是自創的和歌」。

**男人也要習字**

**光源氏也寫過漢詩與和歌。岳父左大臣（葵之上之父）看到光源氏丟掉的紙，驚嘆於他的字跡之美與新穎（〈9葵〉）。**

## 佛祖的緣分帶領故事邁向尾聲

橫川僧都是高僧，在橫川有僧房。橫川屬於比叡山延曆寺的三塔之一（東塔、西塔與橫川）。據稱人物原型是實際存在的橫川僧都——源信。

**人物原型是源信**

源信是平安時代中期天台宗的僧人。他在橫川寫下的著作《往生要集》成為死後前往西方極樂世界的指引，對日本的淨土宗留下深刻影響。

僧都不聽他人阻止，拯救瀕死的浮舟等事蹟顯示他充滿人情味。

橫川僧都擔心出家的母親生病而下山，對母親相當體貼。源信也留下因為擔心母親而下山的故事。

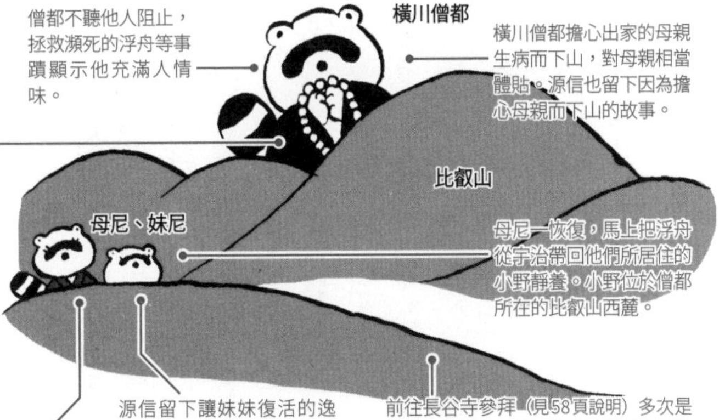


母尼一恢復，馬上把浮舟從宇治帶回他們所居住的小野靜養。小野位於僧都所在的比叡山西麓。

《源氏物語》的時代，源信母親與妹妹透過佛教故事而廣為人知，因此他們一家人成為角色原型一點也不稀奇。

源信留下讓妹妹復活的逸事，令人聯想到浮舟。但是書中的母尼和妹尼，並未如同源信的母親與妹妹德高望重。

前往長谷寺參拜（見58頁說明）多次是故事的轉捩點。橫川僧都之所以在宇治發現浮舟，也是因為母尼與妹尼結伴前往長谷寺參拜路上身體不適，選擇在宇治停留休息，他才會下山前往宇治。

※： 鎌倉時代評論故事的書籍，作者不詳。內容記載《源氏物語》等多篇故事、和歌與其作者，其中關於《源氏物語》的說明格外詳細。

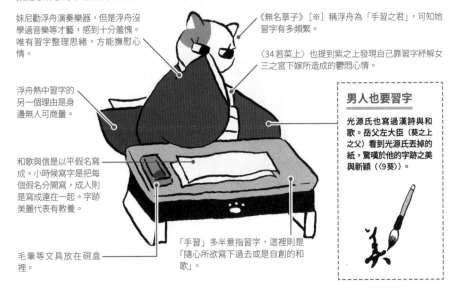

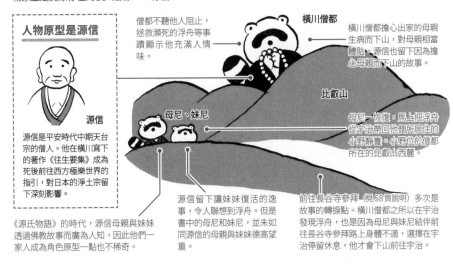

源氏繪賞析：
薰寄信到小野

妹尼
浮舟
小君

鑑賞POINT 1

薰得知浮舟撿回一條命，立刻派遣浮舟的弟弟小君送信去。這是〈54夢浮橋〉最常入畫的一幕。

鑑賞POINT 2

平安時代暱稱少年貴族為「小君」，小君多半是么子。《源氏物語》有兩位令人印象深刻的小君（浮舟和空蟬的弟弟，見20頁說明）。

鑑賞POINT 3

浮舟寄居小野的尼姑庵。「庵」指的是尼姑或僧人居住的簡陋房屋。小野位於京都東北處，相當於現代的八瀨一帶。落葉之宮之母一條御息所（見98頁說明）的別墅也在此第。

概要

薰一如往常在比叡山為故人祈福後，前往拜訪橫川僧都，懇求僧都讓他和浮舟見上一面。僧都拒絕帶領薰前往小野，而是寫信交給浮舟的弟弟小君，請他送信給浮舟。薰隔天也委託小君送信給浮舟。妹尼發現浮舟與薰的關係，質問浮舟。但是浮舟表示不願意讓薰得知自己尚在人世，也不願意見弟弟一面，更不肯寫回信。薰聽了浮舟的反應，懷疑她遭到其他男人包養藏匿。

# 54 夢浮橋

## 最為柔弱的女主角改頭換面

浮舟
(23)
薰
(28)
小君
(?)
橫川僧都
(60＋α)

橫川僧都受到薰委託，希望由他轉介，讓兩人見上一面。他為此十分苦惱。源信的著作《往生要集》記載侵犯尼姑是會墜入大焦熱地獄的重大罪過。大焦熱地獄是八大地獄當中的第七個，其刑罰的痛苦程度是其他地獄的十倍。關於尼姑的戒律便是如此森嚴，強迫尼姑發生男女關係自然也是罪孽深重。橫川僧都理所當然不樂意引見，薰本身也是信仰虔誠，因此表示自己沒有意思要和對方復合，說服僧都。

然而即使僧都引見了，浮舟還是不願意見薰。儘管出家之後內心依舊迷惘，還是採取堅決的態度，與以往隨波逐流的言行判若兩人。另一方面，薰對於遭到女方拒絕而感到不快，看不出他有一絲一毫擔心女方的意思，顯示兩人的思緒是兩條平行線，故事就此劃下句點。

## 54 地獄始於平安時代？



《往生要集》描述地獄的可怕，勸人誦經念佛，死後方能前往西方極樂世界。這輩子做壞事的人死後則會遭到報應，承受痛苦處罰。

《往生要集》與描繪地獄光景的「地獄畫」將地獄的形象深植人心。

地獄在地底深處，根據生前的罪孽分為八大去處（八大地獄）。大地獄的四方有門，門外各有四個小地獄。

等活地獄
黑繩地獄
眾合地獄
叫喚地獄
大叫喚地獄
焦熱地獄
大焦熱地獄
阿鼻地獄

紫式部相信人死後會下地獄，進行供養。這是因為寫虛構的故事等於造了說謊的罪孽。

由上往下的七個地獄大小分別是長、高、寬皆一萬由旬（十四萬公里），最底層的地獄為一邊八萬由旬（一百一十五萬公里）。

### 靠「御佛名」消除罪孽？

御佛名是一種儀式，在年底藉由懺悔該年罪孽並打消。舉辦儀式時，會豎立畫有地獄的屏風。貴族便是看著屏風上的畫，想像地獄的光景。

| 地獄 | | 罪孽 | 處罰 |
|---|---|---|---|
| 第一 | 等活地獄 | 殺生 | 身裂骨碎 |
| 第二 | 黑繩地獄 | 竊盜 | 遭到熱鐵繩綑綁，鋸子沿繩結切割 |
| 第三 | 眾合地獄 | 邪淫 | 遭到鐵山或巨石等物品壓輾 |
| 第四 | 叫喚地獄 | 飲酒 | 喝下滾燙的銅液 |
| 第五 | 大叫喚地獄 | 妄語 | 痛苦是叫喚地獄的十倍 |
| 第六 | 焦熱地獄 | 邪見［＊1］ | 身體放在滾燙的鐵塊上炙烤 |
| 第七 | 大焦熱地獄 | 侵犯尼僧 | 炙烤的鐵塊更燙，痛苦是前面六大地獄的十倍 |
| 第八 | 阿鼻地獄 | 犯大惡［＊2］ | 八大地獄中，處罰的疼痛最為強烈 |

＊1：提倡與佛教矛盾的觀念並實踐。

＊2：殺死父母或神職人員，傷害佛祖肉身，以及破壞修行人的組織。

## 何謂橫川僧都的信？

橫川僧都在信中對浮舟表示：「希望你能洗清薰所背負的『愛執罪孽』」。自古以來這句話一直多所爭議，因為可以解讀成兩種意思。

薰
浮舟
浮舟
NO!
薰

橫川僧都在信上也寫了「即使只出家一天，依舊功德無量」，可以解讀為勸浮舟「相信佛祖保佑，還俗與薰復合吧！」浮舟看了應該大受打擊。

另一方面，也能解讀成「遠離世俗，放下過去的異性關係」。僧都或許也難以決定，所以才故意寫得模糊不清，收信人可以自行解讀。

### TOPICS
### 謎樣的結局令人疑惑 故事是否真的完結

長篇小說《源氏物語》的結局並未明確交代最後一位女主角浮舟的去向便告終［※］。其續集《山路之露》（書寫年代與作者不詳）亦不見明顯進展。浮舟雖然與母親、薰相見，對於日後生活並未多加著墨。故事在薰的正室女二之宮生產前夕告終。續集或許是受到支持薰的讀者要求，希望能看到兩人再見一面。

※：長篇小說《源氏物語》以「書中如是說」作結。鐮倉時代的抄書人習慣抄寫到最後加上這句話。至於《源氏物語》的「書中如是說」，一說是後人加筆，另一說認為是紫式部本人，後者的可能性極高。

# 主要的參考文獻


· 玉上琢彌譯註《源氏物語》(1～10)　KADOKAWA　1964～1975年
· 清水好子《源氏的女君》　塙書房　1967年
· 秋山虔《源氏物語》　岩波書局　1968年
· 上坂信男譯註《竹取物語》　講談社　1978年
· 石田穰二譯註《伊勢物語》　角川學藝出版　1979年
· 清水好子《源氏物語五四帖》　平凡社　1982年
· 原岡文子〈幸運的中之君〉(《講座源氏物語的世界》8　有斐閣　1983年
· 尾崎左永子《源氏的香氣》　精興社　1986年
· 藤原克己〈紫式部與漢文學——宇治大君與「婦人之苦」〉《國文論叢》17　1990年
· 秋山虔《源氏物語的女性》　小學館　1991年
·《新裝版　常用　源氏物語要覽》　武藏野書院　1995年
· 三田村雅子《源氏物語——解讀物語空間》　筑摩書房　1997年
· 秋山虔　小町谷照彥《源氏物語圖典》　小學館　1997年
· 鈴木一雄審訂《源氏物語的鑑賞與基礎知識》　1998～2005年
· 鈴木日出男編《源氏物語手冊》　三省堂　1998年
· 池田忍《日本繪畫中的女性——從性別美術史的觀點出發》　筑摩書房　1998年
·《特別展　國寶　紫式部日記繪卷與風雅的世界》展圖鑑　德川美術館　2000年
· 胡潔《平安貴族的婚姻習慣與源氏物語》　風間書房　2001年
· 小泉吉宏《大摑源氏物語　我，嗯？》　幻冬舍　2002年
· 秋山虔　三田村雅子《解讀源氏物語》　小學館　2003年
· 日向一雅《源氏物語的世界》　岩波書店　2004年
· 川村裕子《王朝生活基本知識　古典文學中的女性》　KADOKAWA　2005年
·《畫中的源氏物語——畫筆傳承的源氏畫的系譜》展圖鑑　德川美術館　2005年
· 雨海博洋　岡山美樹譯註《大和物語》(上、下)　講談社　2006年
· 西澤正史編《源氏物語作中人物事典》　東京堂出版　2007年
· 山本淳子《源氏物語的時代　一條天皇與衆王后的故事》　朝日新聞出版　2007年
· 河添房江《光源氏所愛的王朝名品》　角川學藝出版　2008年
· 倉本一宏《平安貴族的夢境解析》　吉川弘文館　2008年
· 三田村雅子　藝術新潮編輯部編《源氏物語　無法登基的皇子故事》　新潮社　2008年
· 林真理子　山本淳子《誰也不肯分享的〈源氏物語〉真正有趣之處》　小學館　2008年
·《源氏物語的風雅　平安京與王朝衆人》　京都新聞出版中心　2008年
· 福嶋昭治《〈源氏物語〉文化講座》　扶桑社　2008年
· 伊藤鐵也〈《源氏物語》本文研究的新時代〉《總研大期刊》第15號　2009年
· 田口榮一審訂、執筆《源氏物語繪畫　全解》　東京美術　2009年
· 山本淳子編　《令人想讀〈源氏物語〉之書》　graph公司　2009年
· 增田繁夫《平安貴族的婚姻、愛情、性愛　多妻制社會的男女》　青簡社　2009年
· 清水婦久子《源氏物語的真相》　角川學藝出版　2010年
· 山本淳子譯註《紫式部日記》　KADOKAWA　2010年
·《周刊　看繪卷讀源氏物語》　朝日新聞出版　2011～2013年
· 高野晴代《源氏物語的和歌》　笠間書院　2011年
· 池田龜鑑《平安朝的生活與文學》　筑摩書房　2012年
· 加須屋誠《生老病死圖像學　欣賞佛教故事畫》　筑摩書房　2012年
· 工藤重矩《源氏物語的婚姻》　中央公論新社　2012年
· 川村裕子《平安女子的快樂！生活》　岩波書店　2014年
· 山本淳子《以平安時代之心閱讀〈源氏物語〉》　朝日新聞出版　2014年
·《國寶　源氏物語繪卷》展圖鑑　德川美術館　2015年
· 三田村雅子《NHK〈一百分鐘名著〉圖書　紫式部　源氏物語》　NHK出版　2015年
· 木村朗子《在女子大學閱讀〈源氏物語〉　自由閱讀古典文學的方法》　青土社　2016年
· 川村裕子《裝扮的王朝文化》　KADOKAWA　2016年
· 川崎庸之　秋山虔　土田直鎮譯《往生要集》　講談社　2018年
· 稻本萬里子《源氏畫的族譜　平安時代到現代》　森話社　2018年
·《和虎形琳之丞一起學日本美術①》　淡交社　2019年
· 藤原克己審訂《第一次讀源氏物語》　花鳥社　2020年
· 山本淳子《紫式部自言自語》　KADOKAWA　2020年
· 八條中基《詳解　有職裝束的世界》　KADOKAWA　2020年
· 川村裕子《平安時代男子的充滿活力！生活》　岩波書店　2021年
·《別冊太陽　日本之心二八七　有職故實的世界》　平凡社　2021年
· 高木和子《讀源氏物語》　岩波書店　2021年

# 結語

讀完本書之後，重新從〈1桐壺〉讀起，便能比之前更加理解天皇獨獨寵愛桐壺更衣一人是多麼破格。由於了解當時的常識，看到缺乏娘家後盾的更衣受到天皇鍾愛，亦會覺得「怎麼可能！」

而再次閱讀夕霧進行成人禮「元服」之後，官位階級從六位開始一事，感受也會與一開始大相逕庭。明白高官弟子受到優待的「蔭位制度」，自然會對夕霧心生同情：「光源氏的兒子怎麼可能從這麼低的六位開始！」

深入故事的背景與歷史能加強解讀的深度，眼前的世界隨之開闊，今後閱讀《源氏物語》所獲得的喜悅也將更加強烈。

國家圖書館預行編目資料

源氏物語 解析圖鑑：全面通曉平安時代人們的生活與心情／佐藤晃子 著；陳令嫻 譯
—初版.— 新北市：遠足文化事業股份有限公司，2024年12月
144面；14.8×21公分
譯自：源氏物語 解剖図鑑
ISBN 978-986-508-328-1（平裝）
1.源氏物語 2.日本文學 3.小說 4.文學評論

861.542　　113015197

# 源氏物語 解析圖鑑

全面通曉平安時代人們的生活與心情

源氏物語 解剖図鑑

作　　者　佐藤晃子
插　　畫　伊藤倉鼠
譯　　者　陳令嫻
責任編輯　賴譽夫
日版設計　米倉英弘（細山田設計事務所）
日版 DTP　TK（竹下隆雄）
美術排版　一瞬設計

編輯出版　遠足文化
行銷企劃　張偉豪、張詠晶、趙鴻佑
行銷總監　陳雅雯
副總編輯　賴譽夫
發　　行　遠足文化事業股份有限公司
23141 新北市新店區民權路 108 之 2 號 9 樓
代表號：（02）2218-1417
傳真：（02）2218-0727
客服專線：0800-221-029 Email：service@bookrep.com.tw
郵政劃撥帳號：19504465
戶名：遠足文化事業股份有限公司
網址：http://www.bookrep.com.tw

法律顧問　華洋法律事務所　蘇文生律師
印　　製　韋懋實業有限公司
初版一刷　2024 年 12 月

ISBN　978-986-508-328-1
定　價　360 元